人間思想與創作叢刊【增刊版】

一九九九年秋

1947-1949 台灣文學問題論議集

陳映真・曾健民 編

目錄

【論文】

【附錄】

序一

一場被遮斷的文學論爭

關於台灣新文學諸問題的論爭(一九四七~一九四九)

石家駒

一九四七年二月末，台灣爆發了不幸的二二八民衆崛起事件。三月初，國軍二十一師登陸，以屠殺和恐怖鎮壓民變。然而，事隔三月大屠不過八個月，即一九四七年十一月，在當時《台灣新生報》名爲《橋》的副刊上，展開了一場持續到一九四九年三月的、連繫到台灣新文學諸問題的討論、議論、甚至爭論，表現了一種於今猶令人驚嘆的、對強權的蔑視；對台灣新文學發展前途之熱情關懷；表現了省內外作家、評論家——特別在一九四七年二月事件之後——拒絕被分化的堅強、溫暖的團結，更表現了對於理論和眞理認眞的、水平頗高的、嚴肅的探索，在台灣文學思潮史上，這是一次繼台灣從中國五四新文藝運動中汲取並承繼其理論和創作、而展開台灣現代新文學以來，另一次汲取和承繼中國三〇年代文藝思想、理論和創作的重要歷史事件。

但這樣一個在台灣文學史上具有重大意義的爭論，卻因為國民黨反共、獨裁的意識型態機制，和八〇年代以降台灣文學研究領域中台獨派研究者刻意歪曲和欺騙，至今無從窺見爭論的眞實面貌。

小文的目的，是希望對這次爭論中所涉諸問題，以及提出來爭論的個別議題的具體內容，做初步的概括和介紹，以利於從個別論題到爭論的全面，深入理解這次爭論的意義。

一、關於台灣新文學的歷史和本質的問題

《橋》副刊討論具體的台灣新文學問題，始於發表在一九四七年十一月七日，歐陽明的文章〈台灣新文學的建設〉。在這篇文章中，作者提出了一系列關於台灣新文學歷史、和台灣新文學的性質的議題。一直到翌年三月之間的討論，可以說都是圍繞著歐陽明在這篇文章所提出的議題開展的，而且，在一個意義上，其理論高度也很少超過歐陽明的水平。

在文章中，歐陽明拋出了這些議題：

㈠台灣新文學與中國新文學的聯繫問題。歐陽明強調，建設台灣新文學的課題，是和建設中國新文學的課題相關相聯的。他認爲建設台灣新文學問題，是今後中國新文學運動中一個重要課題。他說，台灣文學始終是「中國文學的戰鬥的分支」，而台灣文學工作者是中國新文學工作者的「一個戰鬥隊伍」，其使命和目標一致。「台灣既（因光復）爲中國的一部份，則台灣文學絕不可以任何藉口分

離」。

歐陽明首先提出的這個台灣（文學）與中國（文學）間相互緊密聯繫的論題，在整個論議結束之前，受到論者幾乎衆口一辭的支持和強調而殆無異說。這與八〇年代以後力言台灣文學與中國文學殊途分立之說，大相逕庭。考慮到當時是四七年三月屠殺之後，這種文學上堅強的民族理解與民族團結，發人深思。

㈡台灣新文學的歷史和性質的問題。歐陽明指出，台灣新文學發軔於台灣反日民族鬥爭，以「民主與科學」爲奮鬥的目標，因而與中國內地的新文學的目標「不謀而合」。因此，在台灣人民反日民族解放運動中誕生和成長的台灣新文學，「在形式、風格和思想上回應了台灣人民的需要」。而正是這樣的台灣新文學，而不是一些日本在台作家寫的殖民地文學，才是台灣新文學的主流。

因此，歐陽明高度評價了賴和、朱點人、蔡秋桐、楊逵、呂赫若在文學實踐上的成就。在堅持使用五四文學革命所倡白話漢語而反對極端採用台灣方言，堅持白話漢語的創作道路，以增進與祖國文學的關繫，共同抗擊日帝的思想上，歐陽明對三〇年代台灣文壇上關於「台灣話文」的爭論的歷史中，支持了白話文的論將賴明弘。

㈢人民文學論的提出。歐陽明把一九四七年底的形勢，認識爲「人民的世紀」、「和平建設」和創建民主的時代。一九四六年六月，國共內戰在國府挑釁下全面爆發，違背了全中國人民要求休養生息、「和平、民主建國」的願望。到四七年，大陸的學生、市民、知識份子掀起了反對內戰、要求和平建國、反對獨裁專制、呼喚民主改革的全國性學生運動和國民運動的浪潮。歐陽明上述的提法，離開當時的時局，是無法理解的。在廣泛人民的反戰、和平、民主化運動的波濤中，歐陽明提出文學要走向人民群衆、文學要爲人民、文學要有爲人民服務的「戰鬥的內容」；在形式上，應採取人民所「喜見樂聞」的「民族風格」和「民族形式」。這種「人民文學論」，終整個一年多的爭論中，爲多人所提起，三復斯言，有所共識而從無異議。

㈣省內省外作家和文化人的團結問題。最後，歐陽明提出在台灣的文藝工作者，不分省內省外，要合作共勉，深入台灣的社會生活，深入台灣的人民群衆，從而繼承和完成一九一九年中國五四運動的精神，即「民主」與「科學」的精神。

在四七年三月大屠之後，在台灣的文藝界，力言克服國府所加予的傷痕，呼籲在台灣的省內和省外作家之間相互眞誠的合作、團結、共勉，反對互相隔閡、誤解的人很多，例如楊逵、楊風等人，今日讀之，猶爲之動容。

此後一直到一九四八年四月，楊逵、孫達人、林曙光等著重指出台灣新文學是在反日民族解放鬥爭中誕生與成長；楊逵、林曙光和歐陽明一樣，強調了台灣新文學的「民主與科學」（五四新文學運動的）精神；楊逵、林曙光、田兵和葉石濤也強調台灣是中國的一部份，因而台灣文學也是中國文學的一部份；揚風、楊逵、歌雷等人都熱情呼喚在台省內外作家間廣泛的統一戰線，「消滅省內外隔閡」（楊逵），相互團結，力言以團結互勉，克服二二八事變後苛酷的政治帶來的恐怖、噤默，進一步爭取創作和寫作的自由空間。

此外，議論中也提出了台灣新文學的特質和特殊性問題。歌雷指出，台灣新文學在語言上停留在五四時代初生狀態的白話漢語，並夾雜著閩南方言，思想感情上顯出「個人感傷主義」傾向，缺少「創作活潑性和豐富性」，卻有民間形式、寫實主義的特徵。他以望鐵成鋼的熱情，建議台灣作家鍛鍊好白話漢語，克服問題，把台灣新文學的創作拉上來。

針對台灣新文學表現的問題點，省外評論家孫達人強調指出，台灣新文學發展的獨特歷史，使她在反帝、反封建、反侵略的特質上，比內地新文學更爲先進，不能因爲特殊歷史所造成的語言、感情等問題而連帶否定了台灣新文學的思想內容的先進性。雷石榆認爲，台灣文學界也許對內地四十年代文學的發展有隔膜，但對二十世紀初（即二、三十年代）文藝思潮「未必比內地文學界無知。」一主張台灣文學先進論者，還有陳大禹等。蕭荻、陳大禹、姚筠，不論籍爲省內外，都異口同聲地主張，儘管有不少人爲了如何建設台灣新文學問題出謀獻策，但歸根結柢，台灣文學的創作與建設，一定主要地要依賴「生於斯長於斯」、歷經日帝統治，在人民中培養出來的省籍作家。而省外作家要多幫助、多團結共勉。

歌雷分析台灣文學的特質，當然提出了台灣文學「特殊性」問題。對於特殊性（例如五四時代的白話漢語加閩南方言、思想感情上的個人感傷主義……），歌雷和陳大禹不主張加以強調，但主張應該承認和「固定」台灣文學的特殊性基礎上，以之爲出發點，發展台灣新文學。台灣新文學的特殊性問題，發展爲「特殊」（台灣新文學）與「一般」（大陸新文學）的辯證法的思維。陳大禹、何無感（張光直）、林曙光等人都主張不以台灣文學的「特殊」爲已足，而要向內地新文學的「一般」進行辯證轉化。林曙光主張逐步地去除台灣文學的「特殊性」，而使台灣文學向著「成爲中國文學之一翼而發展」。葉石濤評價台灣新文學有「畸型」、「不成熟」的缺點，主張「從祖國導入進步的、人民的文學」，使「中國文學最弱的一環」的台灣新文學得以充實、健全。

二、關於「奴化教育」的爭論

特別在二月事變以後，台灣國民黨當局爲了推卸自己的貪腐劫掠引發事變的責任，把人民反國府當局暴政、爭自治的鬥爭歸因於台人受「日本奴化教育」，不服光復所致。這種對在殖民地台灣歷史發展起來的台灣人民愛國主義傳統的傲慢、無知從而橫加誣蔑的言論，引起台灣知識文化界的反感。

但是，除了陳儀當局腐敗官僚外，當時在台灣對台灣人民懷抱善意和同情的一部份省外知識份子，由於殖民統治而兩岸長期隔絕，對台灣歷史、文學和文化理解不足，也在與國民黨惡官僚不同的意義上，對日本殖民統治的具體影響，有刻板認識，誇大、以偏概全地對待日本影響，從而引發坦誠的爭論。

一九四八年五月十日，彭明敏發表〈建設台灣新文學，再認識台灣社會〉。他強調建設「台灣新文學」，必須建立在「更深刻的探索和科學的分析」台灣具體社會的基礎上。於是他舉了雷石榆一篇與文學無關的雜文，指出光復初「哪怕是（對台灣、台灣人）極懷善意的人」，也有對台灣「受日本奴化教育」惡劣影響的刻板認識，從而據以論事評理，把「奴化教育」論上綱，從而把台灣生活中若干消極的事務，一概說成台灣因「日本奴化教育」惡劣影響的結果。青年彭明敏不僅對此表達了不滿，他的主旨是認為這樣以偏概全、刻板印象，對於科學地認識台灣生活和台灣社會毫無助益，則對「建設台灣新文學」更無助益了。

雷石榆和彭明敏做了兩個來復的爭論。雷石榆的知識、理論素養皆多有涵養，但獨獨在這一個議題上，他的辯解顯得牽強而辛苦。但在另一方面，彭明敏的漢語熟達，邏輯思辯清晰，以理服人，在有理的基礎上表現了尖銳的諷刺力。

在有關台灣文學問題的討論中，不能否認，有一些作者，包括葉石濤和其他省內作家在內，雖出於善意，無如對台灣文學史所知有限，在議論中過低評價了台灣新文學的成就。總的看來，這種過低評價之來有二，一是認識不足，二是對台灣新文學在日本統治下備受抑壓難以伸展的歷史有一般印象，從而以爲理所當然地想像在文學發展上落後於內地文學（例如葉石濤就以為台灣新文學「畸型」、「不成熟」從而有待引進進步的內地文學加以匡正）。

六月一日，蕭荻發表在《橋》副刊在彰化舉辦的文藝座談中的發言稿〈瞭解、生根、合作〉，反對對於台灣文學過低評價，甚至說內地文學「除了出一個魯迅」，其餘「成績不大」。台灣新文學因五十年日本抑壓，發展受影響。因此，他告誡省外作家「不應有優越感」，否則對台灣新文學十分「有害」。他並著重指出，建設台灣新文學的任務，畢竟落在經歷日治劫難一生的本地作家身上，所以省內外作家應精誠團結，「有意無意的偏見，易生芥蒂」。他切切提醒省外作家一定要根除「特殊感」和「優越感」。

而正是這一位蕭荻，以堅定的語氣，在文章中說「台灣只是而且只能是中國的一角土地；台灣文學只是而且只能是中國文學中的一環」。省內省外文學家文化人團結的基礎，在於他們（在台灣局勢下）皆有不滿、處境「困苦」與「苦悶」。

六月四日，王澍發表了〈我看台灣新文學運動論爭〉，對彭明敏的論點表示同感。他批評有人過低評價台灣新文學的成就，這將造成「不可補償的損失」。他也批評有人以台灣受到日本統治五十年所以文學成就不高的論斷。爲了深入認識台灣人民的思想感情，他呼籲作家、知識份子「下鄉」，到台灣人民中去……

關於日本殖民地「奴化教育」的影響問題，楊逵在六月二十五日刊出的〈台灣文學問答〉中，做了具有高度思想理論性的分析和概括。因爲有另人專文介紹，所以於茲不贅。

三、關於寫實主義和浪漫主義問題

一九四八年五月十四日，作者阿瑞在《橋》副刊上發表〈狂飆運動〉。他先叙述了德國十八世紀浪漫主義的「狂飆運動」的歷史和思想，緊接著，他主張在台灣也發展「狂飆運動」，藉以排除、打破當時台灣新文學開展的「障害——歷史重壓」，從而使「感情與良心」得以釋放，「盡量」把作家的「個性」「發揮」出來，激發「創作精神」。

阿瑞的文章獲得雷石榆的某種呼應。五月卅一日，雷發表〈台灣新文學創作方法問題〉。一貫認爲台灣新文學爲「個人感傷主義」壓抑難伸的雷石榆認爲，台灣文學在日本殖民統治期間飽受壓迫，思想、感情和個性抑挹，因此他同意阿瑞台灣文學因「歷史重壓」，致思想和感情飽受壓抑的論斷。然而，雷石榆認爲，爲了「開放個性」、「打破台灣文學（中）的狹隘觀念」，單靠狂飆運動是不夠的。他說狂飆運動之所倡，是浪漫主義的創作方法。我們固然可以用浪漫主義去「打破狹隘觀念，剷除封建的資產階級的思想」，但這還不夠，還要進一步「涵養更高的人生觀——把浪漫主義的個人中心」「提升到群體中心」，建立「更高的宇宙觀」，從而把「浪漫主義提高到（對於生活的）科學的認識」。

緊接著，雷石榆提出了「新寫實主義」的問題。什麼是「新寫實主義」？雷石榆說，深入生活與現實，「從民族與生活現實中掌握典型人物」，並且超越自然主義的「機械刻劃」，也超越「浪漫主義的架空誇張」的這麼一種創作方法，即表現了客觀中的現實，也表現了作者的精神和對人的啓發。雷石榆又說，所謂新寫實主義是「自然主義的客觀認識和浪漫主義的個性、感情的綜合與辯證的提高」。

人們熟知，寫實主義與浪漫主義原是相剋的。隨著資本制生產方式的登場，新興資產階級登上了世界的舞台，這個新生的階級，隨船隊、貿易、市場的擴大，對生活充滿了憧憬、幻想和綺想。封建身份制的瓦解，使資產階級做爲個人而甦醒，從而歌頌個人一已的感情（熱戀、感傷、憂鬱……）和想像。表現在文學上，就是「浪漫主義」。到了十九世紀中期，隨著資本主義對外擴充而迎來帝國主義時代的同時，資本制生產也顯現了它的弊病、矛盾和破綻。資產階級的前此的幻想、綺想開始幻滅。科學、技術的長足發展，帶來了物質論、實證論的哲學思想。於是，做爲浪漫主義的批評和揚棄，發展了「寫實主義」的創作方法，追求對於人和生活的「科學」的研究，要求文學反映（社會下層的）生活「現實」。這種創作方針發展到極至，就成了專事人與生活細緻「準確」的研究調查和刻劃，世稱「自然主義」。

但馬克思主義的現實主義論與此不同。馬克思主義的現實主義論，不取例如自然主義的描寫、刻劃，刻意進行「科學」性調查、研究所得的細節，而要求深入生活、深入民衆所得的眞實，進一步掌握這眞實的本質，表現生活中矛盾的本體，增進讀者對平素被隱藏、曲扭的本質的洞識，產生懷疑和改造的願望和意志。馬克思主義的現實主義論，當然和舊的、傳統浪漫主義的唯心主義、個人主義、個人感傷、憂悒和綺想相剋的。此所以雷石榆說「新寫實主義」要超克自然主義和浪漫主義。經過超克的辯證綜合，「新現實主義」又綜合了掌握現實本質的現實主義和爲人們帶來「啓蒙」和「精神」的浪漫主義。

以今天的眼光看，雷石榆在政治上苛刻的台灣的一九四八年，以無法不抽象、晦澀的語言強說的，其實是：「新寫實主義就是革命的寫實主義與革命的浪漫主義相結合」的寫作方法。這種創作方法，是蘇聯革命勝利，「走向社會主義」的總過程中產生的。它一方面要求眞實、客觀地描寫「走向社會主義」過程中的現實及其本質，一面又勢必描寫對革命與社會主義的高度熱情、理想、描寫奔向新時代、新生活的樂觀主義和英雄抱負。而這就是革命寫實主義與革命浪漫主義的「雙結合」論。雷石榆把這「雙結合」寫成「自然主義的客觀認識與浪漫主義的個性、感情的綜合與提高」，雖然不準確，也可說離題不遠了。

雖然嗣後的七月三十日至八月六日刊出駱駝英（羅鐵鷹）的長文〈論「台灣新文學」諸論爭〉中，

對於「新寫實主義」問題（從而對寫實主義和浪漫主義的矛盾統一問題）做了比較明晰、深入的解析，但歷史地觀察，雷石榆是台灣文學思潮史上第一個把馬克思主義的新寫實主義論引進台灣，並引發討論的人。台灣的三〇年代，受到國際無產者文化和文藝運動的影響，《伍人報》、《先發部隊》等由台共黨人主編的刊物中引介了「無產階級文學論」，但不可諱言，理論層次還比較幼稚，遠遠沒有形成體系。當然，在創作實踐上，楊逵、朱點人等的作品中，既表現了現實生活中劇烈的矛盾及其批判，又表現了對於改造的熱情、樂觀和英雄氣概，很合於新寫實主義的標準，但體系性的理論引入，不能不以雷石榆為台灣文學史上的第一人。

在雷石榆文章刊出前的五月二十四日，揚風寫〈文章下鄉〉，批評了阿瑞主張在台灣來一次「狂飆運動」。他說德國「狂飆運動」自有其獨自的歷史和社會條件，今人不宜「開倒車」。當面的中國形勢下的文學運動口號是「現實主義的大衆文學」，不能再提倡浪漫主義，搞「個人感情的解放」。建設台灣新文學，要趕上全中國、全世界（進步文學運動的）潮流。最後，他指出文學總是侷限在城市中「亭子間、沙發椅」上的知識份子圈中，於今，「都市已經枯竭」！作家要「到（台灣）人民中去」，把文學帶下鄉，在農村，才有「豐富的創作泉源」。

六月三十日，雷石榆發表「再論新寫實主義」，批評揚風不曾理解到浪漫主義有消極、積極之別；不曾理解到新寫實主義是寫實主義與積極（革命的）浪漫主義的矛盾統一，也不理解「社會主義現實主義」不是口號教條，而是在蘇聯經歷幾次理論上反機械化、反庸俗化爭鬥中所得的結晶，而揚風對雷石榆上揭文章也做了誤解的、無的放矢的評論，並且提出了要不要「回到五四」重新起步的問題。事實上，第一個認爲五四時代的中國社會性質，到四十年代當時基本上沒變，基本上是「半殖民地半封建社會」，文學的任務，依舊是「反帝・反封建」，而這任務仍未完了，從而主張步武五四的人，是孫達人（四八年五月廿八日）。關於評價「五・四」的論題，另文介紹的駱駝英對這次爭論的總結中，有深刻的分析，本文就暫不論及。

四、關於「台灣新文學」的名實問題

一九四五年台灣光復，五十年日本佔領所造成兩岸分斷結束，台灣和中國許多其他省份一樣成爲中國的一個組成部份。在國家恢復統一的條件下，有沒有特別以「台灣（新）文學」來指謂在台灣的文學的必要？如果有，理由何在？這些提問，其實早在一九四七年十一月歐陽明〈台灣新文學的建設〉文章提出後，成爲被許多作者熱烈討論的焦點。

一九四八年五月廿六日，田兵在〈台灣文學的意義〉文章中給自己提了一個問題：沒有特稱「浙江文學」、「四川文學」或某省文學，則何以有「台灣文學」這樣一個獨特的稱謂？他從幾個方面回答了自己的提問：

㈠台灣歷經五十年「不同的、特殊的、黑暗的社會環境」（所以反映在文學上也自有特質）。

㈡日本統治壓抑了台灣文學的發展。相對地，「祖國的新文學」有了長足發展。光復後（截至一九四八年因為國府政治壓制）台灣新文學停滯不前。但光復使兩地「聯在一起」，兩岸社會性質容有差異，但（政治、文學）一般性要求和目標是一致的，所以「台灣新文學運動是祖國新文學運動完整的一環」。田兵似乎意謂，爲了做爲這種離失而又復合的客體之文學表現，有特別強調「台灣文學」存在的必要。

㈢文學存在的目的「不在培養幾個個別作家」、「不在生產各別作品」，而在於促進「社會改革」。爲了以文學促進台灣社會改革，「台灣文學」名義的存在有其必要。

㈣此外，爲了促進台灣各地方文藝團體與大陸各地文藝團體的交流，「台灣文學」的特稱有所必要。

爲了增進省內外文學的交流，他建議本省老作家多寫文章。語言一時有問題，可以以日文寫，再翻譯成中文；另一方面，多介紹內地文學來台，這樣就可以增進理解。他還建議省內外作家搞集體創作。「台灣文學」存在之必要，要之在與內地文學交流從而充實、茁壯起來。

田兵說理並不淸晰嚴密，要而言之，可以概括爲：由於歷史原因，台灣文學有其一定的特殊性。相應於光復後民族與文學再整合過程，「台灣文學」在與「祖國新文學」重新整合過程中，有做爲一客體而存在的需要。

六月九日，姚筠發表〈我對新台灣文學運動的看法〉。他認爲「新台灣文學（台灣新文學）」的提起，有幾個理由：

㈠相應於光復後的一個新的台灣，「新台灣文學」的產生是自然之事。

㈡台灣甫自殖民地解放，台灣生活的內容改變了，台灣文學也有相應的變化（所以有特別立名指稱之必要）

㈢日本在台五十一年統治，形成台灣社會的「特殊性」和「地方性」，所以提出「新台灣文學」（以表現其特殊性與地方性）。

㈣光復後，「新台灣文學」是「清算日據時代的生活，認識祖國現狀」的手段。

姚筠認爲日據下台灣文學「無法擔負作爲生活啓示和現實反映的任務」，顯然是認識不足，過低評價。但他主張爲了表現台灣生活的特殊性、爲了和內地進行民族整合而有成立「新台灣文學」之需要，又頗近於田兵。

六月十四日，中華日報有鑑於「台灣文學」問題爭論得沸沸揚揚，特地找當時台灣大學文學教授錢歌川做了訪問報導。

在回答記者「台灣文學」的說法能不能成立時，錢歌川回答：地理區域、民族、國家、語文和生活不同，而有文學上的不同，如「北歐文學」、「南歐文學」的提法。但語文與中國統一，民族與中國一體的台灣，如何獨稱「台灣文學」，譬如「四川文學」或其他中國省分的文學，成爲疑問，因此「台灣文學」的提法「有語病」。

錢歌川認爲，因爲日本殖民統治，「台灣的文學活動陷於停頓狀態」。在建設台灣文學時，同意「使用、摻雜台灣地方語言」，但不能將台灣文學與中國文學、日本文學相提並論。

從一般論出發，錢歌川的說法沒有什麼大問題，但錢氏顯然不理解整個論爭的背景與當時的形勢。六月十六日，陳大禹寫〈「台灣文學」解題〉主張「台灣文學」應該成立的理由是：㈠台灣新文學自有其光榮的歷史傳統；㈡台灣歷史中五十年日本統治，是她在中國歷史中「最突出的特性」；㈢在文學成就上，絕不能抹殺台灣文學在日本統治下「勇敢的工作」做台灣人民「不甘被奴化的戰士」、「堅強反侵略」，「努力喚起民族自覺意識」的業績；㈣日據下（與日本針對的）「台灣文學」，是用來「呼喚（面）向祖國的語言，發揚了民族精神」；㈤況且眼下台灣文學亟待建設，更需要以「台灣文學」正名。要之「台灣文學」是中國的「邊疆文學」的存在。

六月二十二日，瀨南人（林曙光）寫〈評錢歌川、陳大禹〉強調，「台灣文學」的目標，是要將台灣文學構建爲中國文學的一部份，從而使中國文學（因台灣文學的加入）有了「更豐富、精采的內容」，「達到世界文學的水準」。

六月廿五日，著名作家楊逵發表了重要談話「台灣文學問答」。其中，有關台灣文學一辭有無「語病」問題，鮮明採取了否定態度。他指出，（二二八事變後）省內省外人士間的誤解與不理解擴大了，現在大家無不爲了「塡補（省內省外間的）鴻溝而努力」。而台灣文學，做爲深刻認識台灣人民、台灣歷史，和民衆思想感情、增進民族團結的手段，極有成立之必要。

從一九四八年七月三十日開始刊登的駱駝英對這次論爭的總結性分析〈論「台灣文學」諸論爭〉，以較高的次元看待台灣文學的特性問題。駱駝英指出五十年日帝統治當然在台灣政治經濟和意識上造成許多特殊性。但他又從兩岸社會型態的比較，說明了兩岸社會的「一般性」（兩岸社會（半）殖民地半封建性），從而主張善於從兩地社會的特殊性與一般性的辯證統一去看問題。至於要不要用「台灣文學」這個名稱，因爲「凡成功的文學作品必定是地方的、同時也是民族的、世界的」，「用不用『台灣文學』四個字，那不是什麼大問題」。

縱觀這次「台灣文學」正名問題，論者多從台灣文學因歷史發展的特殊而顯出其特性，並且也在一九四五年以後以迄四八年當時，擔負著增進省內外人民的理解與團結的任務。駱駝英更從兩地社會型態論著手，深刻處理了台灣（文學）的特殊性與中國內地（文學）的一般性的辯證統一問題，提高了理論，也提高了認識。

五、關於「五・四」的評價問題

在這次有關台灣文學的討論和爭論中，有很多人提到五四運動對台灣新文學的發展所起的重大啓蒙作用。但一九四八年五月廿四日，胡紹鐘發表〈建設台灣新文學之路〉，強調建設「自主的」、「有地方特性」的文學。在這篇邏輯思維比較紊亂的文章中，他提出台灣文學不應再受到五四的限制，理由是要「不斷革命」，而五四文學革命是「過去的革命」。文學應該「不斷向前革命」。

五月廿八日，孫達人發表〈論前進與後退〉，針對胡紹鐘的文章加以批駁。孫達人首先將五四運動定性爲「反帝、反封建的政治社會思想運動」。而五四以來中國新文藝運動，一直是中國「反帝、反封建思想鬥爭的一翼」。而且，五四時代中國社會的性質（即社會型態）與今日者大同小異，即一直都是「半殖民地・半封建」的社會，因此，今日文學的任務，同樣也是反帝反封建，如何能說遵循五四精神是一種「倒退」？

六月七日，揚風發表〈五四・文藝寫作不必向五四看齊〉，聲言「反對回到五四」，不同意孫達人所說「五四時代中國的社會性質未變」論。楊風指出，五四之後，中國社會發生了這些變化：㈠第一次大戰後，帝國主義對外更積極擴張；㈡一九二七年北伐這個「資產階級性大革命」，使中國資產階級也外抗侵略，內求統一圖強，「工商業努力和進步很大」；㈢中國的現代產業工人階級覺醒了，發動過一九二三年反吳佩孚大罷工；㈣在文學上一九三〇年「左聯」成立，主張「大衆文學」。「九一八」、「八二三」事變後，日帝侵華日甚，「左聯」又提出「民族革命戰爭的大衆文學」，全國歷經八年抗日戰爭，眼下又在進行內戰，所以不能說五四時代的中國社會性質至今未變。

對於五四的評價，自孫達人文章發表之後，變成如何評價一九一九年五四運動當時的中國社會性質和一九四八年論爭當時中國和台灣社會性質的爭論，在台灣，這是富有社會思想史意義的。六月三十日，雷石榆的「再論新寫實主義」文章中，以中國五四至今的社會性質仍然爲半殖民地半封建社會，則五四新文學「反帝反封建」的任務至今仍然有效，而台灣文學作爲中國文學之一環，「反帝反封建」的任務仍是正當的。

揚風和孫達人的爭論，要等到八月間駱駝英〈論「台灣文學」諸問題的論爭〉中，有了理論上的概括。駱駝英認爲，既不能說五四以來的社會型態全變了，也不能認爲五四以來的中國社會完全停滯未變。雖然社會性質仍是半殖民地半封建，雖然「革命的口號」仍是反帝反封建，但也要認識到這個舊社會（在四八年當時）「根幹已朽」，半殖民地半封建性的壓迫即將被否定。所以，「回到五四開步走」，「就台灣而言，孫達人的意見是對的」。我們「應該不但承繼五四精神和五四以來一切優良的傳統，也要（繼續）提倡那種（五四）精神、發展那種精神」。

六、關於理論和實踐的關係問題

論爭在一九四九年春驀然中斷結束之前，還有一場理論與實踐的關係問題的爭論。一九四八年八月十五日，陳百感（邱永漢）發表〈台灣文學嗎？容抒我見〉。文章對邇來文藝哲學、理論的交鋒，表示了不耐，把爭論評價爲「一般論的過招」。他主張理論來自人民，屬於人民。搞理論應該認識人民的思想、情感，「與人民同苦樂、教育人民，向人民學習，以文學爲武器，爲人民服務」。

因此（文學）理論的提出，應依據客觀環境的需要而提出。「實踐是理論的南針，理論是實踐的燈塔」。理論應從人民中來，經過提煉，爲創造和實踐所用。這是重建台灣新文學的條件。

駱駝英答辯文章〈關於理論與實踐〉刊出的一九四八年八月二十二日，已經是他在政治恐怖中匆促、突然逃亡東渡上海的前後了。理論知識厚實，邏輯嚴謹的駱駝英，在這篇文章中顯得急躁甚至紊亂，似乎反映了他臨危脫逃時不安定的心情。他責備陳百感抹殺這次爭論的成果，然而「沒有革命的理論就沒有革命的行動」，陳百感徹底否定了理論對實踐的作用，淪爲唯實踐論、經驗批判論和實用主義。

八月廿五日，駱駝英的學生何無感（高中時代的前中研院副院長張光直）寫了一篇天才橫溢的文章「致陳百感」，爲他的老師駱駝英申辯又兼批駁陳百感。文章邏輯思維極爲清晰嚴謹，唯物辯證思想方法運用自如，語言通暢，以理服人，無法想像今日高二、高三既使是最優秀的學生能寫出這樣的文章。由於有另人另文介紹這篇論文，在此不贅。

一九四八年九月五日，陳百感發表〈答駱駝英先生〉。這時國共三大戰役正在華北展開，國府形勢急轉直下。陳百感的文章透露了對當時時局敏銳的感受，從而也透露了他之所以對「實踐」迫不及待的心情。文章一開始就說「歷史開始了新的一頁」，「『正』和『反』的鬥爭臨到了定命的前夕」。陳百感看見了中國革命的勝利迫在眉睫。他吶喊，「這是行動的時代」，所以不能說他以實踐抹殺理論。嘴巴說文學爲人民，「但文學已經落在人民和形勢之後了」，這說明向來理論和實踐的結合不足。陳百感瞭望急變中的內地的形勢，說「『那裡』（內地）在前進，因爲理論結合了實踐……」他說出了他對理論／實踐問題的本旨：爲了理論「普及」於人民大衆，應力求理論之淺白易懂，求理論聯繫實際。

七、結論

《橋》副刊上關於台灣新文學各方面問題的爭論，從一九四七年持續到一九四九年初春，總共一年又三個月。在這段時間，中國內地的形勢發生巨大變化。一九四五年底，國民黨壓制全中國人民要避免內戰、和平建國的普遍要求，引發廣泛的學生與國民的反戰運動。一九四六年六月，國共全面內戰爆發。一九四七年二月台灣發生了要求民主自治的民衆蜂起事件，三月初，事變在殘酷殺戮下釐平。在大陸，全國各地爆發了反內戰、反獨裁、反飢餓，要求和平建國的學生運動。運動在國府當局殘暴鎮壓下逾演逾烈。台灣文學論爭擴大發展的一九四八年四月，國府對北平、成都的高校學生的反內戰、反獨裁運動進行暴力鎮壓，引發了各地大規模的學生示威。這時飽受壓制的民主人士，紛紛潛往香港，恢復民主黨派的活動，加強了反對國府內戰政策運動的聲勢。

一九四八年秋天開始，一直到翌年元月，台灣文學論爭接近尾聲時，國軍在「三大戰役」中慘敗，折損百萬大軍，國共力量對比根本性逆轉，華北解放，共軍直逼長江。

正是在這樣一個內戰形勢劇變的形勢下，台灣的作家、知識份子，在當時滯台的進步的省外文學批評家、作家、知識份子的鼓舞、同情和幫助下，克服了二月事變大屠殺所造成省內省外人士間的芥蒂和隔閡，堅強呼籲省內省外知識份子的相互理解，衝破國府恐怖政治造成的低氣壓，堅持了民族理解和民族團結。以當時備受省內省外作家尊敬的台灣著名作家楊逵爲中心，由《橋》副刊傑出主編歌雷推動下，克服各種困難，竟而在屠殺後肅殺的台灣開展了熱情洋溢，睥睨強權、意氣風發，思想前進的一場有關台灣文學的爭論，並且取得了豐碩的思想和理論成果。

論爭中，不問省內省外，不論文論的差別，衆口一辭、三復斯言地強調了台灣是中國的一部份，從而台灣文學是中國文學的一環。台灣文學建設的目標在向中國新文學整合與發展；台灣文學的任務，是增進（二月事變後）對台灣人民和生活的理解，從而做爲增進省內外團結的手段……

其次，在文藝理論中引入馬克思歷史唯物主義和辯證唯物主義的方法，從社會型態理論的高度，分析地認識兩岸社會和文學的異同。爭論也第一次向台灣知識圈介紹了關於寫實主義和浪漫主義及其相互關係的理論，介紹了積極浪漫主義與消極浪漫主義的差別，介紹了蘇聯和三十年代中國進步文學理論社會主義寫實主義、新寫實主義、革命寫實主義與革命浪漫主義「雙結合」的理論。這些，在台灣文藝思想史上，意義十分深遠，這次爭論的材料及其所顯現的意義，是台灣當代文學史上的重要補白。

一九四九年四月二十一日，楊逵發表「和平宣言」，要求和平、民主、改革，並警惕「台獨」和「台灣託管」陰謀。四月六日，楊逵和歌雷、孫達人、張光直（何無感）先後被捕下獄。駱駝英在四十八年八月間免逃東渡。台灣新文學諸問題的爭論戛然終止。一九四九年底，從基隆中學中共地下支部遭到情報機關破壞開始，台灣展開了長達三、四年許的「白色恐怖」，在非法、秘密逮捕、拷訊、審判、處決和投獄下，五千人遭刑殺，八千至一萬人遭投獄。而白色恐怖所摧折的，不只是黨人的生命和青春，連帶也消滅了自日據以來三十年代和四十年代民族解放的哲學、社會科學和審美思想系統即這次爭論中出現的左翼文藝理論體系。

一九二〇年代，中國五四文學革命的思潮和創作範式與創作實踐，深刻地影響了台灣現代文學的形成與發軔。大陸五四語文革命、白話文，文學叙寫範式不但傳到台灣，還在嗣後許多優秀作家若賴和、楊逵、朱點人、呂赫若等人極爲傑出的創作實踐中發展爲台灣文學具體的血肉和實體。但一九四七年末到一九四九年初的這一場論爭，從內地帶來了頗爲完好的左翼的、進步的文論，卻因白色恐怖的打擊驀然終止，沒有機會在其後的創作實踐中成爲台灣文學的實體發展下去。一九五〇年後，正是在中國進步文學理論被法西斯徹底粉碎的基礎上，以渡台國民黨右派文人爲中心，發展了墮落的反共國策文藝和虛無反動的現代主義文學，支配台灣文壇直至一九七〇年！

這一場論爭的動力，是探索在光復後台灣的政治、社會脈絡下「建設台灣新文學」的理論。但法西斯白色恐怖遮斷了理論向縱深開展，更打擊了台灣左翼文學的創作實踐，就更遑論「台灣新文學」的建設了。

國民黨當局成功地以白色恐怖打殺和湮滅了這一場意義深遠的文學論爭。八〇年代，台獨派文論者掌握了這次爭論的材料。但由於這次文學爭論的思想、意識形態和強烈的民族團結與愛國主義，不但不合乎台獨派的政治意識形態，更對台獨基本教義造成根本性動搖。以故，台獨派長年來曲解這些材料，長期隱藏不利於台獨教義的材料——例如楊逵的〈台灣文學問答〉。

學術研究當然有黨派性，當然有政治傾向。不過，這些傾向、黨派性的立論，至少應該對材料誠實不欺，不搞欺瞞歪曲，在知識上準確，誠實。在邏輯上嚴謹。詐欺、變造、曲解、湮滅的道路，無論如何，是走不遠的。

一九九九年六月

序二

為它的復活歡呼！

曾健民

復活了，它復活了！

在幾位渴望新的光與熱的年輕人辛勤的追尋中，它從陰暗的書庫、從腐損的報紙、從糊暗的微捲、從逐字手抄中復活了！

衝破了五十年時光蠹蟲的腐蝕和五十年的政治與思想的囚禁，它重新與台灣的文學見面了！讓我們張開雙手擁抱歷劫的兄弟吧！

五十年前……

在殖民地解放以及光復的微曦中，台灣復歸到全中國的現代史明與暗的潮流中。

在全中國各地激烈進行著「反獨裁爭民主、反內戰要和平」的大浪潮中、在國共的尖銳鬥爭中；

雖然二二八事件的餘悸猶存，雖然物價持續飛漲民不聊生，雖然在南京的國民黨中央政府宣佈了動員戡亂的背景下，一九四八年的台灣，是一個暴風雨來臨前相對寧靜的一年。在這一年，不論是省內還是省外作家，像珍惜短暫盛夏的蟬，紛紛破殼而出，盡全生命引頸嘶叫，喊出他們的文學主張，呼籲建立新時代的台灣文學。他們萬萬也沒想到，不滿一年後，白色恐怖的天羅地網正張開大口等待著他們。

他們熱烈地討論了「如何建設台灣的新文學」！

討論如何克服語言、政治恐懼、省內外隔閡的障礙，省內外作家攜手合作、團結，共創新的文學園地，「爲苦悶的現實樹立說話的水準」（陳大禹）。

他們針對「如何建設台灣新文學」，不止討論了日據期的台灣文學歷史，也討論了「五四精神」、大陸的三〇年代文學、新民主主義文藝；也把台灣文學放在中國文學、世界文學的範圍內討論。

他們不止討論了台灣的文學，也討論了台灣社會的性質，以及在這社會性質上的台灣文學的課題。

他們熱情地激辯了「台灣的特殊性」與「中國的普遍性」的辯證關係，同時也都主張：

「如何建設台灣新文學需要放在如何建立台灣的文學使其成爲中國文學才對！」（林曙光）

「我們必須自祖國文學導入進步的人民的文學，使中國文學最弱的一環能夠充實起來！」（葉石濤）

「是台灣的特殊性向大陸進步的一般性轉化，以及大陸的一般性在台灣的特殊化的問題，最後是台灣的特殊性與大陸進步的一般性的統一」（何無感——張光直筆名）

他們也深入激辯了一般的文學理論；新現實主義與浪漫主義的關係、個性與群衆性人民性的關係、理論與實踐的關係、具體與抽象的關係，但是也都一致主張：

「要走向人民的新文學的路」（歐陽明）

「要忠實反映現實，反對藝術至上主義」（秦嗣人）

「要反帝反封建與追求科學、民主」（楊逵）

「要文章下鄉」（陳大禹）

這些繼承了台灣文學的反帝反封建優秀傳統的省內作家們，這些肩負著五四精神、三〇年代文學精神以及新民主主義文學理念的省外作家們，跨越了「澎湖溝」（楊逵語），正共同攜手，在新時代的要求下，整裝建設一個新的台灣文學的時刻……

這個氣宇軒昂、充滿無限可能性、熱情、進步的年青聲音卻被一九四九年「四六事件」的狂嵐中絕了！

接著，在五〇年代的白色恐怖被肅清了！

長達三十七年的反共戒嚴把它們打入了地牢！

被十數年來分離主義的台灣意識論、被後現代主義的狂潮、被資本主義經濟邏輯所遮蔽了！

這個五十年來被台灣的各種各樣的統治者所湮滅、所禁忌、所討厭的文學聲音，它的復活，除了具有史料的意義之外，最重要的還在於：它對這五十年來台灣的各統治者以及各統治者的文學意識型態提出了最直接的批判！

在孤島化、內向化的今日文學環境中，渴望新的光和熱的朋友們，爲它的復活歡呼吧！

在此，必須感謝宋文揚先生，沒有他的共同辛勞，本書是不可能這麼快出現的；我們也要感謝甘惠如、許碧薛、蔡紫雯等三位年輕朋友，他們從模糊不清的原件上逐字逐句的手抄了原作；也要感謝世新大學的劉孝春教授提供了部份的影印原件；更要爲人間出版社的總編輯林一明先生的協助致上謝意。

本書的編集原則是，完全依照報紙的原文，不擅自更動任何原件的錯別漏字。

本書所集的文章，是以新生報《橋》副刊上的文章爲主；另外又蒐集編入了當時中華日報「海風」副刊上，針對《橋》副刊的「如何建設台灣文學」議論的批判文章數篇。當然，當時這類的文章可能不止這些，如果將來有新的發現，再補上。

一九九九年九月一日

台灣新文學的建設

歐陽明

在今天，來探討台灣新文學的建設問題，是有著新的歷史性與現實性的。這問題，在今後中國新文學運動中也將是一部份的問題。這問題的提出，自然包含了對於過去台灣文學的批評。

一八九五年中日戰後，訂立「馬關條約」，雖然，淸廷搼搼地把台灣贈給日本，但是，台胞卻義無反顧的樹起「抗倭」的旗幟。一八九五年六月，邱逢甲、唐景崧、劉永福在人民力量支持之下建立了民主國，在古老的東方揷下了第一支革命的火箭，從一八九五年至一九一五年的二十年間，台灣智識份子反日的革命鬥爭，特別是肇端於一九一四年歐洲大戰時期的近代化群衆性的如火如荼的台灣民族解放運動是台灣歷史劃時代的一個運動，其開始是政治經濟的民族解放運動。但其影響，都是深滲於思想、文化、科學文學各方面，特別是文學方面受影響最大，其成就也最大。

台灣反日民族解放運動使台灣文學急驟的走上了嶄新的道路。它的目標是要求「民主」與「科學」。這目標正與中國革命的歷史任務不謀而合地取得一致。

這說明了台灣文學運動與台灣反日民族解放運動是分不開的。因爲反日民族解放鬥爭是適著廣大台胞的要求，台灣文學歷史的發展就是由這樣的鬥爭而來的。它適應廣大台胞的要求而創造了反映了社會的眞實的新內容新形勢新風格。正因爲如此，所以說，台灣文學運動的主流，決不是以在台的那些爲殖民統治者幫佣狗吃的所謂日本「作家」，而是龐大台胞自己倔強的靈魄的民族文學運動。

雖然，一九三〇年以後，台灣的反日民族解放革命運動在殖民統治者的高壓下暫時消沉了，但台灣新文學運動並未因之停止。

台灣這一個階段舊文學正完全表現了台灣民族文學的主體。台灣文學的第二階段，是一個新舊興替的扭轉期，是一個台灣的「五・四」新文學運動，它隨著本島台胞民族解放革命鬥爭，高漲的激勵的轉變而轉變。同時也受祖國新文學運動的影響和刺激，因而以新文學革命的姿態去批評揚棄了過期的台灣舊的民族文學，加以新的發展，從此，台灣文學可說趨向嶄新的階段，開始其革命文學的建設，在這個階段裡，客觀形勢的要求和社會堅強的條件之下，產生了不少偉大的作家和有著歷史價值的文學作品，如被比爲台灣的魯迅之賴和（筆名：甫三、懶雲等，他竟於一九四三年不堪日寇的威迫拘禁而致死。）在這時期裡先後發表了很多有著歷史的社會革命價值的文學名著。又如被稱爲台灣文學創作界麒麟兒之朱點人、蔡愁桐、楊守愚等，在這時期中，也曾經大膽地發表許多值得珍貴的文學作品，楊逵的送報伕，呂赫若的牛車，楊華的薄命等短篇小說。曾經轟動過去台灣文壇，獲得日本文學評論界盛大的讚譽，也受祖國文學界頗爲重視，於抗戰前經胡風譯成中文載於「譯文」，後再經胡風將此三篇小說與朝鮮作家張赫宙的〈山靈〉小說等四篇集成一單行本，名爲《山靈》小說集，由上海文化生活出版社刊行。李獻璋著，賴懶雲（賴和）序的《台灣民間文學集》，可謂台灣人民全體的詩的想像力的總匯，是台灣人全體的心血的記錄。楊貴主編的《台灣新文學雜誌》，經常有楊逵、呂赫若、朱點人、吳濁流、楊華……等作家的文學創作，有時亦刊載祖國名作家魯迅、郭沫若、郁達夫、新詩人胡明樹等的作品，郁達夫於民國廿三年（昭和十一年）十二月廿二日來台，尚未央氏寫了一篇〈會郁達夫記〉刊載於昭和十二年二月號《台灣新文學》，有謂：「台灣文壇受中國中堅作家郁氏，外如魯迅、郭沫若、矛盾的影響也可以說不淺，郁氏的作品之內容暫且不說，單以其措辭淺白，沒難澀之點，輕易閱讀，令人們快親近愛讀之後，也是值得我們會郁氏之必要了。」楊逵曾經譯成一巨册的魯迅小說集。尤其是賴明弘、黃石輝、郭秋生諸先生在這期中曾經展開了一場關於「台灣鄉土文學的論爭」也算是台灣新文學理論上的一種新的建設。黃郭二氏的觀點是希望以創造台灣語文學來作台灣的鄉土文學，其持論是依據當時台灣的客觀事實，因其特殊環境的不許可，廣泛施行中國白話文似乎是不可能，同時，因爲感到白話文與台灣話有些出入，距離不近，所以，他們主張須另創一種適應當時台灣，現實需要的所謂台灣話文。賴明弘氏的意見卻剛剛與他們的看法相反。他認爲：「㈠台灣語是中國地方方言之一，我們必須與中國文學思想不斷地交流，如果另創設一種台灣語文，可能阻礙雙方的文學思想之談話，而使中國與台灣的關係越是隔閡。㈡社會的進化，應使文字愈爲簡單統一，不應使之愈爲複雜而分立，台灣本來就沒有特殊的文字，故提倡採取中國白話文，對統一文字上，有相當大的貢獻。我們無妨在文章裡，儘量揷入台灣普遍的地方方言以及俗語，以此建設大衆文學。㈢日人的文化政策旣然彈壓白話文的成長，那麼台灣話文當遭受同一的命運，其無法存在與成長乃瞭如睹火。故與其提倡無法普及的新一種語文，不如努力去推廣已有相當根底的白話文爲合理」。（賴著〈台灣文學今後的前進目標〉）賴明弘的這種看法大致是正確的。基於上述理論，我們可以看出當時賴氏所抱負的理想和見解：「台灣的文化終不可與中國的文化分離，台灣的民族精神必須經由文學上的連絡與祖國的民族精神密切聯攜在一起。台灣亦由此可以排擊日本奴化的政策。不但如此，我們可由文學上與文化上思想上的聯攜，來共同展開對日的民族鬥爭。」賴著：〈台灣文學今後的前進目標〉，這是一種歷史遠大的意願。雖然，殖民統治者壓力愈益膨大，使台灣反日民族解放革命鬥爭不得不暫入地下，作爲民族思想表現工具的台灣話文，隨著長期的「皇民化」與日語運動的強行，像叫無情的手擊盡了這靑條上的燦爛，使得再受一次摧殘的台灣話文於抗日戰爭前後被禁用。

然而，台灣新文學運動正如台灣反日革命運動一樣，並未因橫遭殖民統治者暴力的阻礙而宣告消滅或投降，相反地，台灣新文學運動終是和台胞反日民主的革命運動緊密取得一致地發展。台灣新文學的嫩紅芽並沒有遭受凜冽的風凍僵了而發不出，它卻在暗地裡由台灣新文學工作同志以其腦汁血汁灌漑滋長著，許多有思想有感情有生活有骨氣的堅韌新文化鬥士在台灣反日民主革命低潮的時期，罪惡的黑手把持之下，仍能迂迴地發展，以中文（在昭和十二年出版的台灣新文學雜誌許多作家以中文寫作，如〈會郁達夫記〉便是）或以日文形式轉彎抹角地抒寫台胞憤怒的哀曲，努力於台灣新文學的建設，其時產生了不少值得注意的佳作，有的文化鬥士因鑑於環境的惡劣，無法立足容身，偷偷地渡回祖國懷抱投入民主科學的新文學運動的漩渦裡，從事於祖國新文化工作和學習，希望一旦榮歸桑梓，圖重振旗鼓，與祖國新興文學運動互相呼應，互相交融，他們更能利用日本學術界普遍的翻譯介紹英、美、法、蘇、德，各國的新文學及其古典作品的機會去接觸和吸收許多外國名著的精華，滋長自己民族文學的長處，這應歸功於日本前進學者的吧！

在日人殖民政策統治了半世紀的「皇民化」的特殊環境，在經濟上、政治上、教育文化上，特別是在新文學遭受了日本殘酷的彈壓，造成了許多畸形的意識和特殊的形態，台灣新文學發展的過程，始終爲死的拉住活的打轉在迂迴崎嶇的路上，不能進步前進，走上康莊大道，與祖國新興文學活動並駕齊驅，雖然如此，但是，歷史命令著：台灣的文化絕不可以與祖國的文化分離；事實上，五十年來的台灣文學，雖然得不到祖國新文學運動者直接的交流，現在原則上是互通聲息的。換言之，台灣文學始終是中國文學的一個戰鬥的分支，過去五十年事實來證明是如此，現在、將來也是如此，這正如范泉先生在其〈論台灣文學〉一文裡所明白指出的，他說：「台灣文學始終是中國文學的一個支流，而且台灣與中國文學不可分，前者是承於後者的一環，現在的台灣文學，則已進入建設時期的開端，台灣文學站在中國文學的一個部位裡，盡了它最大的努力，發揮了中國文學的古有傳統，從而更建立起新時代和新社會所需要的，屬於中國文學的台灣新文學。」

從社會歷史發展上看，從客觀形勢的要求上看，台灣反日的民族解放革命必然隨著祖國反帝反封建的民族解放革命取得勝利而勝利，台灣的光復歸回祖國的疆圖，台灣同胞的解放投入祖國的懷抱，這已經有了事實來證明了。現在，台灣既然中國的一部份，那麼，台灣各方面的建設無論軍事國防政治經濟文化教育也是新中國建設的一部分，絕不可以任何藉口粉飾而片面分離，台灣新文學的建設問題也是如此，今天，台灣新文學的建設的問題根本就是祖國新文學運動問題中的一個問題，建設台灣新文學，也即是建設中國新文學的一部分。所以，台灣的文學工作者根本也就是中國新文學工作者的一支戰鬥隊伍，他所負的使命所向的目標正與中國新文學運動者統一的！

特別是在今天，在「人民世紀」的今天，「民主」喊得震天價響，人民的力量已經成為不可抵拒的世界潮流。但中國的和平的建設待爭取，民主政治待創造，文學既是社會生活的產物，並反映著時代的動向，那麼，我們的新文學的領域裡，就要絞更多的腦汁，流更多的血汗，培養民主的新文學的□

□，讓新的文學走向人民，作爲人民自己的巨大的力量，創造今天人民所需要的「戰鬥的內容」、「民族風格」、「民族形式」適合於中國人民大衆的要求和興趣，適應今日中國人民大衆的生活現實的，讓走向人民的新文學，作爲人民戰鬥的力量，爲和平、團結和民主而奮鬥。

這就是中國新文學運動的路線，也就是作爲中國新文學運動的一環的台灣新文學建設的方向，這是一個巨大而切合實際要求的建設工程，需要台省的文學工作者與祖國新文學鬥士通力合作，互相勉勵，集中眼光朝著一個正確的目標，深入社會，與人民貼近，呼吸在一起，喊出一個聲音，繼承民族解放革命的傳統，完成「五・四」新文學運動未竟的主題：「民主與科學」。

在五十年來的台胞反日民族解放革命的鬥爭中，散播下的台灣新文學的種子，經過了台灣文學工作者的血汗腦汁灌溉滋潤，將來一定會在祖國民主自由的泥土上茁長，在祖國新文學的領域裡開出台灣新文學一朶燦爛的花。

新生報《橋》副刊　一九四七・十一・七

（卅六年十月廿七日改寫於台北）

新時代，新課題

——台灣新文藝運動應走的路向

揚風

新文藝不是舊文藝，新文藝的內涵，永遠是新的；進步的，它隨著時代和社會的進展，而忠實的反映出那個時代和社會的眞實面目來——苦痛和歡樂，黑暗或光明，他甚至預感到這個社會的未來。所謂一個文藝工作者，有時代的敏感，他不但要敏感到現在，而且還要敏感到未來，敏感到這個社會將來的趨勢和發展，給那些在沈睡中的人，喊出警惕的聲音，黑暗中的人，歌唱出新的未來的光明。擺在文藝工作者面前一個新的時代，就有他寫著上新的課題。

新文藝的內涵，既是新的，進步的，反映出這時代和社會的眞實面目來——苦痛和歡樂，黑暗或光明。那一個忠實的文藝工作者，必然的是應生活在大眾的中間。他是屬於大眾的，他的聲音應該是大眾的聲音。所謂生活在大眾中間，並不是被動的由上而下的只看到大眾歡樂和痛苦的表面，黑暗或光明的輪廓就算了事，而是要主動的由下而上的深刻的了解他們，同大衆一樣的呼吸，一個忠實於文藝工作者的心，應該同大衆的心融合成一個心。能這樣，才能產生瑰麗燦爛不朽的文藝作品來。這是展開台灣新文藝運動的一個大前提，一個總路向。

展開台灣新文藝運動，不但是必要，而且是迫切。但台灣的新文藝運動究應如何展開法呢？我覺得：

一、文藝統一陣線——這有二：第一、內地來台的台灣當地文藝工作者普遍的合作，共同攜手，我同意歐陽明君在《橋》上那篇〈台灣新文學的重建〉文章裡的意見：「台灣文學運動，是整個中國新文學運動的一環，一個支派」。在「展開台灣新文學運動」這個口號，文藝工作者，應該攜著手，心貼著心的來組織和堅強更新文藝運動的統一陣線。第二、還要討論出台灣新文藝運動統一的路向，這就要文藝工作者的步伐一致，這所謂的步伐一致，並不是否認或抹殺了文藝的批判，相反的，統一陣線反不過文藝工作者一個大聯合，使展開台灣新文藝運動，有更大更堅強的力量。在這統一陣線的內部，仍要嚴格的批判，才有進步發展。統一的路向，只是說否棄那些落伍的，開倒車的，頹廢的文藝思潮，而建立文藝工作者聯合堅強的營壘。

二、開拓文藝園地——沒有園地就如沒有戰場，這就會「英雄無用武之地」了。在目前的台灣，除了新生、中華、全民等報紙，有一個篇幅很小的副刊外，就沒有定期的文藝刊物，雖然我不敢批評各報的副刊，但我總覺得，在這不足報紙七分之一的副刊篇幅上不可能擔負起「展開新文藝運動」這一任務的，因此……第一、我們希望新生等報的副刊編者，應盡量的向報館爭取副刊篇幅使能多容納文藝作品。第二、文藝工作者既能組成統一陣線，我們可拚出自身的力量也來出版定期的文藝刊物，作爲主動的推動台灣新文藝運動的基幹。

三、大衆化問題——所謂文藝的大衆化，第一、應該寫的是大衆，不應該屬於一個小角落，或僅作個人情感的發揮。第二、文藝的大衆化要使不能看的人聽得懂，不能聽的人看得懂。我決不同意於用台灣語來寫所謂「方言化的文藝」，因爲這第一、阻礙了語文統一的進展，第二、台灣語不像蘇浙等省的土語，台灣話的本身就感語彙不夠，假使再形諸文，勢必更感別扭。

四、爭取寫著空間——所謂寫著空間，說得更顯明一點，就是生活的空間。也就是爭取寫著的自由，說實話，在月前一個忠實的文藝工作者，因自己的文章而肇所謂「筆禍」的事，常常都聽得到，更有許多進步的文藝作品被禁，被檢被扣等事。這不但縮小了文藝工作者自己的生存空間，綑縛住了他們的手腳，封閉了他們的口，更阻礙了整個文藝運動的發展。要展開台灣的新文藝運動，第一、希望當局在不背叛國家政府這大原則下，放大寫著的空間。不但要放大寫著的空間，還應鼓勵及扶助新文藝運動的展開，對文藝作品檢禁的尺度，也應儘量的放寬。第二、文藝工作者自身應不斷的向當局爭取我們寫著的自由，這裡所謂爭取，要據理力爭，我們不妥協，但也決不驕橫。

當然，這些都只提供一個線索，一個輪廓，希望愛好從事文藝工作的年輕朋友們，熱烈緊緊的攜起我們的未來。

新生報《橋》副刊　一九四八・三・二十六

如何建立台灣新文學

楊逵

「混淆黑白」與「指鹿爲馬」是君子之道，我們大中華民國的君子人材太多了，因此，「巧」與「猛」掩蔽著天下，老實的人民的心情就無法表現。爲國，爲民，爲子孫計，我們需要些傻子來當新文學運動再建的頭陣，這不爲「權」不爲「利」斤斤計較的文學工作，只有傻子才肯去擔當，也只有傻子才當得起來，文學雖然不是療治百症的萬應靈藥，但它如得切切實實的表現人民的眞實心情，其吶喊聲終會把這迷昏若死的國家叫醒過來。

光復以來快三年了，三年的時日不可謂短，即使嬰孩生下來過了三年，他也會自由地東奔西跳地表示他的意志，高興的時候會笑，悲哀的時候會哭，飢餓的時候會鬧，而當這樣的時候，是沒有任何權力可以使它沈默下來的。

然而我們目前瀕於飢餓，特別是精神上的飢餓，這就因爲台灣文藝界不哭不叫，陷於死樣的靜寂，如果這樣的狀態再繼續下去，我們除掉死滅之外是沒有第二條路的，爲什麼我們一直在沈默著等待死亡。難道還有比這更悲慘的事麼！

在日本帝國主義統治之下，我們是有著新文學運動的歷史的，許多先輩爲走向地獄與監獄大聲吶喊，也有許多先輩因此而眞的下獄，我們讀了歐陽明先生的〈論台灣新文學運動〉一文（載南方週報）後，實在有所感悟，那時候，文學卻曾擔任著民族解放鬥爭的任務的，它在喚醒台灣人民的民族意識上，確實有過一番成就，也有它不可減的業績。那些團體，那些刊物，那些擔當這重任的角色，眞夠我們留戀，可是現在，我們這些殘留下來的不肖的後繼者，在光復兩年餘來，卻緘默如金石，恐怕沒有比這更卑怯與可恥的了。

在光復之初，我們確也想到重整旗鼓，以便「在祖國新文學領域裡開出台新文學的一朵燦爛的花！」的。

正如范泉先生在光復當初所說：「現在的台灣文學，則已進入建設時期的開端，台灣文學站在中國文學的一個部位裡，盡了它最大的努力，發揮了中國文學的古有傳統，從而建立新時代和新社會所需要的，屬於中國文學的台灣新文學！」

然而爲什麼曾在台灣熱演過的角色們，現在反而不能結合起來，工作起來以至於像破磚碎瓦似的散亂著，使這個有著相當歷史的台灣新文學運動在光復後會破落到如此地步。

這個理由很多，不便一一提起，也不必一一提起，大家有目共鑑，但我們不可否認的有一個共同的毛病，即在遇到困難時只看到客觀的條件，很少過慮到主觀的條件，這一點，今天我們要反省了。我們不要逃避責任，坦白說眼前主觀的弱點，是不是我們太消極了？是不是我們太缺乏信心？本來，爲要適應一個新的環境而開創我們的新文學運動，當然是困難重重的，然而只要大家把握信心開步走，在共策共勉之下，路還是走得通的。

我前面已經說過，文學不是「萬應靈藥」，但，歷史告訴我們，只要切實地表現人民的眞實的心聲，文學有其促起人民奮起，刺戟民族解放與國家建設的偉大力量！

因此，我由衷的向愛國憂民的工作同呼喊，消滅省內外的隔閡，共同來再建，爲中國新文學運動之一環的台灣新文學。

週末，我們究應如何邁開台灣新文學再建的第一步，這裡略抒管見，或可拋磚引玉，希望關心文化的省內外諸同志，多多檢討，多多響應。

一、即使我們具有高度的熱情和善良的意志，如果各走各的路，就像一團火花向四面分散，終於消滅，是生不出力量來的，所以我建議全省在住的文藝工作者（不問本省人或外省人），必須先打成一片，這就得先賴各報副刊編者向讀者徵募發起人，由發起人召開全省文藝工作者大會，研討台灣新文學再建的方策。馬上就要召開的《橋》的作者座談會可以作爲一個堅實的基礎。

二、眞正的文藝工作者們結成一個自己的團體，不要被名士操縱，發行文藝雜誌及文藝新聞，介紹各方面文藝活動的消息，成爲一個文藝舞台。

三、各地的文藝工作者集合愛好文藝同志鼓吹並召開文藝座談會，由各文化雜誌編者擬題鼓勵關於新文學諸問題的討論，創作與批評，同時將各座談會的消息及報告在各雜誌揭載。

四、文藝工作者的團體成立後由各報副刊編者協助物色翻譯人員從事翻譯並揭載以日文寫的文藝作品。

五、使省內外的作家及作品活潑交流。

六、爲使文學與人民大衆連繫一起，喚起群衆興趣，鼓勵群衆參加文藝工作及創抒，提倡寫實的報告文學。

以上是我想到的幾點，倘若我們做了這樣的努力，至少台灣新文學的再建是可以期待的，對於指向「科學與民主」的中國新文學運動相信一定有很多的貢獻。但是要使這個運動活潑到開展，全賴各報副刊及文化雜誌和編輯者們的努力，我相信各熱愛文學的編者們，也一定會很願意而高興地盡其最大的努力的。

《譯者後記》

歌雷：

這篇文章除掉將楊逵先生的日文篇和主要意思全部譯出外，並加入其中文篇內容在內，是綜合完成的，所以不能說是日文篇的絕對全譯，但我相信只有充實沒有遺憾，爲日文篇最後尚有一段是楊逵先生對先生和讀者的不憚麻煩，表示感謝，這裡不譯出來了。

通觀楊先生和全篇內容，可知楊先生是一個文藝工作的熱心同志，過去我們已經讀到過楊先生的許多作品了，我也希楊先生這篇文章對台灣目前的沈靜緘默起一點作用。

孫達人　三月二十四日晚

新生報《橋》副刊　一九四八・三・二十九

論文學的時代使命

——藝術的控訴力

史村子

藝術沒有控訴力，便失去它的社會價值，文學也是一樣——在這個時代裡。

文學不僅是一個時代的反映，而且應該走在時代的前面，領導時代，同時領導著大衆，是大家的哨兵是大衆所共有。

時代是怎麼樣，就產生怎麼樣的文字，我們不能在砲火中談風月，在動亂中慶昇平。那些掛著純藝術做幌子而閃避現實的人，是背著口袋向文壇求乞，而不是忠實的工作者！

一個忠實的文藝工作者，面對著這個社會現實，應該是一個勇敢的鬥士。把消極的暴露變成有力的控訴，把人群的呻吟變成雄大的吼聲——這是一個忠實的文學工作者在這個時代的使命。

在這個社會裡，多少事違背著人類的志向發展著多少殘忍的殺戮在進行著，多少個人荒謬的意見變成權威在施行著，被歌頌多少醜惡的悲劇在每個角落裡一時一刻的導演著，多少人在變著公然欺詐的戲法，多少……多少……；一切這些犯罪（以人類的心靈去裁判的「犯罪」）的行爲，莫不被社會所包容，被時代所放過，被少數人所擁戴；被人類所唾棄。

社會的醜惡，既爲有識者共知，有目者共見，我們要發掘的應該是人民心中的意志，要發掘的是人民的力量；於是我們要控訴——沒有強力的控訴，呻吟和歎息是沒有用的，是消失在自滿自足者的獰笑聲中而發成專橫者成功的揷曲。

藝術是大衆的，文學是大衆的，在這個時代，社會，現實裡頭，我們要說出大衆的聲音，我們有理由要求藝術的控訴力——對無理的控訴，對強暴的控訴；對黑暗的控訴；向人類的心靈控訴。

我們雖不能每篇作品都具有控訴力，但我們應該確認這是文學的時代使命，文學的社會價値，而把它作爲一種主張，一種提倡，號召同路作者，手攜著手從這條路出發前進，建立創作的最高目標。

新生報《橋》副刊　一九四八・四・二

橋的路
——第一次作者茶會總報告（及百期擴大茶會論題徵文）

歌雷等

（第一次作者茶會是在三月二十八日（日）下午六點半於中山堂南星室舉行）

主持人報告

歌雷

今天是第一次橋的作者茶會。橋自去年八月一日到今天共出刊九十五期，經常投搞作者依「作者索引」統計共計七十一位，今天的茶會有的遠自屏東、台中、新竹、宜蘭、來參加，可見大家對這個茶會的熱心與重視。這次的茶會是作者孫達人先生提出，獲得了許多作者的贊成，茶會的籌備是由讚許的吳門，秦嗣人，夏漪，羅美的協助，因此我在此特別提出，這茶會是屬於作者的，也永遠屬於作者。希望大家對於這第一次茶會能夠對於橋多批評發表意見。

作者應到人民中間去觀察　本省與外省作者應當加強連繫與合作

楊逵

對編者我希望發揮其主動性，就是以被動的從投寄來的文章選擇錄取爲不夠，須要看透現實的需要，促使作者多多跑出書房外去考察眞實，不是看一看表面上的浮淺的現象的滿足。

爲此《橋》這回的對本省作家的優待辦法及這樣的茶會是很好的開端，值得讚揚的。我希望各報副刊都得這樣作，進而各報連繫合作起來，造成全面的發展，這才是建立台灣新文學的基礎，我建議多登一些批評性的文章——作品評，作家評，與討論。自我批評是個人的反省，批評與討論則是大我的，文藝界的反省。反省得多進步自然是會快一點的，在古井裡稱大王，是最要不得的。

一篇文章寫出來，或多或少盡是在表現作者的心情，但是，如果作者環境太狹小的話，他的文章就不得代表廣大人民的心情，也就不能得到廣大讀者的共鳴。我想，這個毛病是《橋》以及台灣各報副刊共通的毛病。原因可以這樣想，就是很多的外省作者在台灣的生活還沒有生根，台灣的作者又消沈的可憐，以致坐在書房裡榨腦汁的文章佔大部分。爲打開這僵局，我希望各作者到人民中間去，對現實多一點的考察，與人民多一點的接觸，本省與外省作者應當加強連繫與合作。

生活實踐應和寫作連繫

鄭重

寫作者的人格力量，寫作者的戰鬥要求，文藝作品是要反映一代的心理形態，創作活動是一個艱苦的精神過程；要到達這境地，寫作者就非有不但能夠發現、分析、而且還能夠擁抱，保衛這一代精神要求的人格力量和戰鬥要求不可，在這個極易走向苦悶的階段中，就寫作者方面說，只有提高這種人格力量和戰鬥要求或克服這力量和要求的脆弱與衰敗，才能夠在現實生活裡面追求而且發現新生的動向，積極的性格。就社會方面說，只有認識而且尊重這種人格力量和戰鬥要求，才能夠抵抗對於寫作者人格和戰鬥要求的被藐視或摧殘，幫助文藝的發展。今天，寫作者底精神危機主要是由於不能從戰鬥的生活和覺醒的人民中得到滋養，得到感受。生活範圍的狹小，助成了主觀精神的低落，主觀精神的低落更窒息了對於開拓現實生活的願望和感應力，今天，要推倒這個寫作實踐和生活實踐之間的高牆。

不脫離現實原則下多論戰　態度要客觀抓住中心問題

葛喬

我同意姚隼先生的說法，《橋》多來個論戰，惟其因為論戰，使每一個問題，加深作者讀者的認識，發現眞理，所以，此時此地我們更不能不面對現實，因此我認為㈠今後論戰中心題目，最好不超出現實圈子，一味爭些舊的，甚至不合邏輯的問題，並沒有多大意義。㈡論戰者的態度最好能客觀些，死抱固執的偏見和人爭持無益於事，同時希望把筆鋒朝論題的中心，因爲我們常見某些論戰的發展漸漸離題以至於流於互相謾罵這可以說是病態。㈢有個結果，論戰沒有結果，正如一場未落幕的戲，觀衆熱烈情緒漸漸分散，致使在讀者心目中失去深刻印象。這樣自然談不到眞理的發見。

麗葉

台灣是一個海島，對於海的親切的作品卻太少，我們應該告訴大陸上的人在這亞熱帶海島上的是怎麼樣生活的，像羅逖寫冰島漁夫似的。

黃得時

反應現實分爲兩方面，一方面是追求光明，一方面是揭露黑暗，在我們不能揭露黑暗的時候，就應當積極的追求光明。

「我們寫的作品是不是反映了現實」？

陳大禹

剛才好幾位先生說，《橋》有相當浪漫主義的氣氛，我個人因對浪漫主義這名詞的定義未能把握，所以不敢是否，但，有一點是不可否認的，就是我們不能在《橋》上嗅到時代和現實，苦悶的時代有苦悶的特徵，怨恨的現實有該怨恨的特質，這些，都是使我們感覺眞實的道路，而《橋》的顯露是比較懸空的，雖然，我們也不能否認橋在讀者中間所發生的一種水準文藝的成就，而我們應該從這時代形成的環境因素來推想；《橋》的編者責任只在集和編，但如不能集到這種反應現實的文章，他有什麼辦法呢？今天，我們集會在這裡的，都是《橋》的作者，請問各位自己寫了沒有？爲什麼不寫呢？我說，現在倒不是要求於編者，而是該要求於我們作者的本身了，不隱瞞地說，今天的時代，大家都犯了一種過分的、被害的恐懼病，而事實雖也有相類似的情形存在，但，我們根本不應該因噎廢食而自己關了門，因爲，實際情形未必想像中那麼嚴重，而我們應該有把握住自己的力量，所以，我要提出呼喊，在今天，我們應該負起突破這死寂風氣的責任，爲苦悶的現實樹立說話的水準，這樣，我們才對得起自己的文藝工作，對得起台灣，讓我們控訴這些不合理的綁綑，促成社會文化的進步。

編者應嚴格的選稿　作者應嚴肅的創作　讀者多多提供意見

史村子

對於以後橋應該走的道路，我有幾個簡單的意見：第一、編者嚴格的選擇文稿；作者方面針對現實和讀者的需要更加嚴肅和認眞地寫作；讀者方面隨時提供改進意見。第二、篇幅方面希望能夠設法擴大，以免一些好文章被擠掉；不然可視來稿隨時擴版或出週版，第三、過去的內容散文新詩較多，評論可以，創作太少，報告文學罕見，爲求內容更加充實豐富和調和，希望以後多發表創作性的文字及報告文學；第四、擴大本省作家，擇稿尺度放寬，特予推薦鼓勵，不擬發表而退稿時對於文章的寫法多予研討，這樣可以加強聯繫與學習。

《橋》每月應出一次「作品批評專號」建立台灣新文學不是建立台灣鄉土藝術

子瓏

編輯人所採取的態度：似乎多登了些傷感的作品外，編輯上不偏頗任何一主義，我是非常贊成這種編輯的態度。因偏頗的藝術論往往窒死了新興的作家。

應該把我們的生命付諸了作品。作品的內容，絕不可被一種畸形的藝術論（或主義）所桎梧、錮囿。我不願意藝術變成了自然科學的奴隸，宣傳的利器，教化的工具。無論表現個人的或是社會的，作品本身，的確有生命的意義與反映社會的內容。

理論與批評：我提議每個月在《橋》上刊出了一次「批評專號」來批評在這一個月中的作品，以資促進作品的內容。

本省作家的擴大：我也是一個本省的作家，不消說，對擴大本省的作家這件事，我是非常贊成的，但，我並不希望編者放鬆了從來的水準而採用我們未達到水準的作品。從《橋》到台灣文藝界，首先我要說：建立台灣新文學絕不是建立台灣鄉土藝術。如歌雷「歡迎」那篇詩裡：來自北方的告訴我們一些嚴寒的故事，來自南方的告訴我們一些海洋的祕密，那樣可盡量發揮各作家的特色而寫作。

揚風

文藝不能忽略人民的呼聲，不能粉飾太平，我們要向人民群衆中走去爲人民爲大衆求進步。

楊逵

需要某種文章，請某些作者去寫。地方性與現實性的文章，由作家集體創作，並可聯繫作者間的情感，打破個人主義的門戶偏見，最好由主編者提出專題，俾使作者深入民間採納題材，從事創作。

建議採用雜文　針對黑暗現實

鄭牧之

我曾這樣問過歌雷先生：

「你以爲雜文怎麼樣？小說怎麼樣？前者是不是因爲了你們的立場，你的飯碗，不得不如此割愛？」

他很坦白的一句話：「我愛雜文正如你一樣！」

我想「雜文」也許有人聽了先要打個寒噤說：「教誦來了」，其實這完全錯的，「雜文」是文學的一把匕首，鋒利而有力，是要把一切僞君子，假裝文學家，貪官污吏……等割下他們的耳朵，使他們永遠不敢在社會上逞兇。然而一旦這把匕首給人們來了個預防，也許因此失利也許因此被打落在陰冷的地方。也許雜文沒有人寫，也許沒有地方刊載。

我之所以提出這個問題，也許是給「什麼是現實」一個回答。

希望多登現實的小說創作

蘇尚耀

《橋》的文字，似乎一向以詩，散文，小品佔多，而這些詩，散文，小品又大多是知識份子們抒情式的發抒一些個人或個人一類群的「小圈子」中的感傷與喟慨。雖也反映了時代巨創的小疤痕，可是——與現實無關無補，生不出力量，也起不了影響。

我以爲我們雖不必定要（或許就不可能要）在報紙副刊裡找劃時代的巨著名作，可是我們總希望作者寫的文字，刻劃的事實，能夠有大的力量，不但能使作者起感嘆，起共鳴，而且還要能夠在理性的喚起上，有共同的感奮與策勉，掘發衆人的潛藏的力量。因此我特別希望《橋》上能夠有反映時代刻劃現實的小說創作刊出。

接受民間遺產，批評並檢討文藝創作

姚隼

一、關於接受民間文學遺產，除了各位提出的對民謠的搜求和整理以外，對於民間的故事和傳說，也應該注意到。

二、希望今後在《橋》上能夠增闢「文藝短評」一欄，刊載對於當前文藝運動各種問題的意見（尤其偏重於今日台灣文藝運動的各種意見），同時也可以對於在《橋》上發表的文藝創作加以檢討批判。

三、不妨多多發動有關文藝理論的論戰。眞理是要從辯論，檢討，對比中更能顯現出來的。

現實比眞實更高級

秦嗣人

作者的題材必須擴大深入到各社會階層裡面去，在作品的內容上我特別強調要忠實的反應現實的作品，與風花雪月無病呻吟的東西做鬥爭，《橋》由於編者作者的努力，在這方面有不可抹煞的成績，但偶而也不免有這類東西出現，今後必須在這上面作一番淸掃的功夫，「現實」與「眞實」不同，寫出了眞實並不是反映了現實，現實是比眞實要更高級，他有指導，批判的作用，在裡面「反映現實」程度的多少，是必須在這個基礎上得到理解的。

反對恐懼心理，要勇敢地奮鬥

天野

新文學建立值得我們特別注意，就是對現實的把握我們要勇敢地去奮鬥，不要顧慮到阻撓的可怕程度，和給予我們本身威脅，否則我們就無法提供我們的意見，最底限度會使我們良好的理想受到影響，一旦擔任文學運動的工作者，她是任何威脅，以其生命上的損折亦毫不吝惜，因爲有這樣的勇敢精神，偉大理想才能產生勇敢行動，我以反對恐懼的心理，要滅去，最底限度也要減輕，因爲您個人的害怕和畏懼不前，這是今後台灣新文學運動的障礙。

不能忽略時代背景，讓作者自由發抒感情

陳健夫

關於作品的內容問題，我以爲我們現在所表現的，屬於浪漫主義也好……屬於寫實主義也好……讓作者們自己自由去選擇最適合個人發抒情感的方式，只是我們不能忽略了認識我們今日所處的時代背景，進一步理解此時此地我們應該努力表現的是些什麼？

一個作家的形成，需要一個偉大的人格

稚真

關於文藝的範疇，我想任何人總不能下那「只有描寫廣大人民的苦樂的才是文藝」的結論，但我

從未否認那喊出人民，痛苦的是文藝的一部；一個作家的形成，需要一個偉大的人格，在盧梭的懺悔錄裡，在歌德的少年維特的煩惱裡，有的是人性的啓發，並沒有爲廣大民衆請過什麼命過。

新生報《橋》副刊第一百期　一九四八・四・七

關於如何建立台灣新文學

——第二次作者茶會總報告

楊逵等

建立台灣文學運動的回顧——在日本統治下的台灣文學未曾脫離我們民族的觀點，在思想上是以『反帝國主義反封建與科學民主』為其主流

楊逵

在日本帝國主義統治下，台灣文學的發端約在二十多年前，就是第一次世界大戰方才結束，民族自決的風潮遍滿世界的時候。台灣新文學運動受這風潮的影響與激動當然是很大的，而五四運動的影響也不算小。因此，在其表現上所追求的是淺白的大衆的形式，而在其思想上所標榜的即是「反帝與反封建」「民主與科學」，當時爲這運動發出先聲的是東京留學生組織的「台灣青年」。這「台灣青年」發展到「台灣民報」再發展到「台灣新民報」日刊是台灣人經營的唯一日刊紙。兩個台灣新文學

開拓者林幼春先生是「台灣民報」第一代社長，賴和先生當選「台灣民報」副刊主編。此後很多的文藝刊物就前仆後繼的出現了。「人人」「南音」「曉鐘」「先發部隊」「第一線」「台灣文藝」「台灣新文學」等可以說爲第一時期，就是七七以前刊出的，這時期的特徵是以中文，或是中日文合編的。但自「台灣新文學」一九三六年十二月中文小說特輯號被查禁而停刊以後，中文在台灣文藝界就不再容許存在了。

第二個時期是在抗戰中以「台灣藝術」「台灣文學」再出發的，日人或是日本政府經營的「台灣新報」「台灣公論」「文藝台灣」「台灣文藝」等極力拉攏台灣作家，也經常發現台灣作家的作品，當然中文作品是完完全全的被排除了。所以這時期的特徵可說是完全的日文，但在思想上，台灣作家卻未曾完全忘卻了「反帝反封建與科學民主」的大主題。雖有些例外，但台灣新文學的主流卻未曾脫離我們的民族觀點。

台灣新文學工作向來受著日本政府相當嚴重的統治，但卻也得到日本進步份子多大的幫忙。回顧台灣新文學運動的過去，我們可以發現到的特殊性倒是語言上的問題，在思想上的「反帝反封建與民主科學」這一點，與國內卻無二致。

光復以來快要三年了，應要重振的台灣文學界卻還消沈的可憐。這原因其一是在語言上，就是，十多年來不允使用被禁絕的中文，今日與我們生疏起來了，以中文就很難充分表達我們的意思了。

其二是政治條件與政治的變動，致使作者感著不安威脅與恐懼。寫作空間受到限制。

這回《橋》主編歌雷先生給我們聚聚談談的機會，造成文藝工作者合作的機會，再而爲本省作家設法翻譯與刪改的便宜，這些辦法都很可能掃除台灣文藝界消沈之風，希望全省振奮合作，痛痛快快寫出我們的心思與人民的苦悶。

過去台灣新文藝的運動值得研究

吳濁流

過去台灣在日人統治下，一切手段都用武力，文化人沒有武力和他們對抗，因而那時期是顯得沈寂的，但是這種並非我們停止了文藝活動，相反的我們仍以各種方式來抵抗，爲了反抗日人的統治政策同時也爲了發揚我們的民族性，光復後因台灣人以文學形式上不同，所以也沒有什麼活動。

過去台灣新文藝運動，我個人認爲還有很多材料可以在今天來效法與研究，如光復後新生報，王白淵先生擔任卅六年間的編輯副刊工作，那裡面發表過不少過去文獻，最近王先生正打算把這些材料加以整理，那些材料包括部門很廣，如音樂方面，文學方面，把這材料彙集起來是很好的，對於這工作，我希望我們給予幫助。

台灣新文學運動是直接或間接受到我國五四運動影響而產生而發展

林曙光

台灣文學運動的發生與發展，自有其背景，第一、是受到國內五四運動影響。第二是西來庵事件的結果，台民知道單靠武力反抗日人沒有什麼效果，所以斷然採取文化手段，向來在台灣所謂文學，就是古時的古文，只有陳腐的典故的羅列，毫無思想及意志之表現。直到章太炎先生到台主持「台日」漢文版以後，台人無意或有意的受其影響甚大，這可說是台灣祖國文學的基礎，之後賴和先生熱烈主持新民報學藝欄，於是台灣文學發揚光大，如其遺著〈善訟的人的故事〉，〈查大人過年〉等，至今閱之尚有極大感慨，又徐坤泉吳漫沙均爲國文有力作家。徐坤泉曾以「阿Q之弟」的筆名，發表《暗礁》《可愛的仇人》《靈肉之靈》三大傑作，一時風行全台，但因其使用中文，青年能解者鳳毛麟角。至此文藝運動的方向已有改變，因多數青年爲生活所迫，不得不學日文，所以此後能解中文者更寥寥無幾。

以前王白淵曾在日本「盛岡」發表《棘路》，此爲日文寫作之作品集，包括「詩歌、散文、小說、戲劇等」因印刷不多且少運台，其影響受限制。但這部著作有二意義；一爲，台人以日文寫作，已有自信。二爲，作品中有描寫祖國實情，使青年喚起覺醒。但日人因此台灣作家作品甚爲查究，不論其中文作品或日文作品都被倭寇掛上左傾的帽子，其實不過是當時對日人的統治表示反抗，帶點民族觀念而已，因此有些作品在台灣不能發表，但在日本國一些被人認為左翼的刊物上卻能發表。

太平洋戰爭爆發，文藝界多受壓迫，曾被動員去工廠，鄉村，甚至志願兵訓練團，替倭寇宣傳戰意，鼓勵青年去當砲灰，《決戰台灣小說集》二冊即當時的產物，但此不足為憾。當時台灣每位作家均堅持原姓，不改日人名字，表示不忘漢族，此對日人的皇奉運動很有阻礙。又有些作品雖受環境阻礙卻未受日寇影響。吳濁流大作胡志明五冊完稿於光復前，亦可見台人未忘民族意識，楊逵翻譯之三國志，黃得時翻譯之水滸傳，這對我祖國名作之介紹也算是民族意識之表現。

最後我感覺一點，即台灣新文學運動是直接或間接受我國五四運動影響而產生，而發展的。所以不脫離我國五四文藝運動的。楊逵之〈送報伕〉呂赫若〈牛車〉曾被胡風翻譯為中文，介紹於中國，此為祖國人對台灣新文藝有了極大的了解與同情。

希望大家能打破這目前文藝界的沈寂

吳坤煌

過去和光復後的情形，剛才各位先生已說過不少，因為有一點關於我們本身問題，剛才楊先生說過台灣目前的情形，我認為不但文藝作家，就是一般青年都一樣感到。我們以前在東京時，組織過台灣文藝研究會出版三期雜誌，有這個基礎我們造出不少事。但受了日人的極大壓迫，不過幸而有一些日本進步文人給我們極大的同情和幫助所以我們和他們很合作，後來我就以嫌疑被監禁起來，有的跑到內地去。這算是台灣文藝的歷史上最重要的一頁。關於我們在東京工作情形特別值得一提的便是與剛木先生等的合作，那時內地來的林煥平先生詩人蒲風等都參加我們這個團體，他們很同情我們，因爲他們也受到壓迫，所以大家都有「同病相憐」的感覺。光復後，我們也出過「台灣評論」，二二八事件前我們還計劃出版一個文藝雜誌，後來因事沒有實行。但是在「目前的」環境下，大家都不敢說話，所以大家不得不沈寂下來。希望大家打破這一種沈寂。

今天文藝工作者的困難：㈠中文寫作困難㈡發表園地太少

瀛濤

台灣過去和光復後的文藝運動事情已經由各位很詳細說過，不過我想補充點意見，台灣文藝運動過去是以白話文開始，台灣白話文沒長久歷史，這原因是由於日政府政策上要改造日文，所以後來的青年和國文很生疏，而都轉向日文，一般人在日人的教育下普遍都受過小學教育，所以一般對日文文法都有一些基礎，但是對國文卻沒有認識。光復後我們回到祖國的懷抱，一部份文化人士，都起來做文藝工作，如光復後出版的刊物，有新生大中華中南部的文化交流等，我想都發生不少力量，直到二二八事變後就沒有什麼工作表現。對於工作的沈寂固然有種種原因，主要還算㪺中文寫作困難雫發表的園地太少。同時經濟力量薄弱沒有錢就辦不到什麼雜誌，還有種種困難原因。過去我們處在日人壓迫下，每個作者都有很多苦處，想不到的苦處，現在光復了，我們應當減少那些過去有的困難。

關於台灣文學的特殊性及其應有的三種努力：

歌雷

一、反映現實性的真實感

二、打破傷感的低沈氣氛

三、努力文藝深度的感動

關於台灣文學的特殊性問題，並不是我們要強調台灣文學的地域性，與地域性的獨特保持，而是說我們必定要通過今日台灣文學的特殊因素而使之發展，正如我們所能看得到的國內文壇中所提到的「邊疆文學」一樣，是藉著表現地域性的不同，來反映現實性的眞實與民間形式的運用。

台灣文學今日所有的特殊性大略有幾種：第一、就是眞正台灣作者所用的文字除日文外，所用的中文的語文，仍是停留在五四時代，或許更早於五四時代的語文法，這現象的原因，乃是台灣作家的日本統治時代，所能有的發表機會較少，與現實環境的壓抑，大家不能注意於文字技巧及形式運用上的發展，因此乃多半保留一種彷佛國內五四時代的白話文所有的那一種直叙的表現方法。因此今日在語文的形式及技巧上與國內的作家遂產生了距離。

第二，因爲日本統治了台灣五十一年，這五十一年中，文學上滲進日本語文與台灣所有的一種鄉土中所變化的俗語與口語的語文，這些不但在語彙詞彙上產生了極大的混雜的現象，並且在語法文法上，也與今日文學產生了極大的差異。

第三，因爲過去的文藝工作者，從事於文藝工作，多半是反抗日本的統治，加上了日本對於台灣的壓迫與剝削，因此對於現實刺激反應，是尖銳而深刻，但是因爲現實的狹窄，與在作品上及自己思想上所受到日本作家及其感染的影響，因此作品帶有濃厚的個人的傷感主義與低沈的氣氛，在創作的性格上總是缺少一種創作的活潑性與豐富性。

第四，在過去反抗日本統治的鬥爭中，作家的創作心理與反抗統治心理是融合爲一的，因此在富於民族意識的創作心理中，也特別保有民間的形式與人民的痛苦及要求相融合，因此台灣作家的成功作品大都保有一個最強烈的共通點，就是民間的文藝形式與現實化。

台灣新文學在今日的現狀中所保有的特殊性，在未來的新文學發展上要經過「揚棄」的過程，有的要極力追求新的道路與改進，有的則要對於原有的傳統與精神應保有與發揚，在內地來的文藝工作者與台灣文藝工作者在文字的學習上，不僅是台灣文藝工作者對於中文白話文的普遍的學習與進步，來趕上在這五十年中國在文字的形式及技巧上的不及，並且還要加上今日國內文學上語文的運用與台灣特有的語彙的融合，這種融合的過程是本省與外省文藝工作者的在文字上的相互學習與創造，而不是單方面的要求普及。

在文藝精神與創作心理上不但要保有民間形式與現實性，並且要打破個人的傷感主義與低沈的氣氛，並且要在擴大文藝寫作的領域上，求一般「廣度」與「密度」的反應，應更多多的在文藝的寫作中求「深度」的感動，因爲「文藝的反應」是外在的，而「文藝的感動」是內在的，比較完整，比較有力，比較更能深入的有自發性。這些是一切在台灣的文藝工作者應更多相互學習的。

從特殊性上規範出台灣新文學的意義。

今日台灣的文學作品特別強明語文的教育性

陳大禹

光復後，台灣因長久隔離而突相逢的朦朧，更因爲語文的轉變，使他們覺得在祖國的懷抱中不該再使用日文的抑鬱，而潛力於學習，外省來的作家，也因爲處境陌生，更因爲現實狀況的狹窄大有說無從說起的趨勢，以致形成這種隔靴搔癢的文壇現象，這也是時勢必然的因果。

台灣文學有特殊性的問題，對於新文學爲什麼要標出台灣這兩個字，正是我們這條論題需要討論的，也就是說我們要從檢討有無特殊性的問題而規範出所謂台灣新文學的意義，我對這個問題還有個粗淺的看法，首先，現在台灣發表的文作，在功能上，有其異於國內，特別強明的語文教育性，現在台灣人因語文的變革，對於祖國語文正如白紙一樣要從報刊接受，學習，他們的閱讀，不僅是國內偏重於內容的理解，同時他們還要實際引用到生活需要表達的日常語文上去，所以，現在台灣的文作，因爲這種需要，我們應強調這種特殊性，使能適宜於這特殊的需要。

從特性的適應裡創造出無特殊性的境地

孫達人

我們從台灣文學歷程中看，台灣因身處異族管制之下，所以他們對於反帝，反侵略，反封建的努力，所表現的，比較國內可以說是進一步的強烈，所以我們應該說，台灣文學的進展較國內有過無不及，我們不能因語文的變革就否思想的內容。

陳大禹

這點意思，非常贊同，但有一點必須注意，台灣的反侵略鬥爭，有點矯枉過實的現象，就是保留前清所遺留的法制與生活習慣，作爲反抗侵略的表現，所以，在光復後今天，他們爲了對祖國的熱情和直率，更表現得熱烈，同時，國內來台的人士，也都有意無意的鼓勵這種傾向，但在事實上，這些封建殘遺的思想習慣，無論如何是不適於二十世紀的今天的。

吳坤煌

陳先生所說，的確是當前的現象，可是這不能說是全部，台灣的文化工作者，在思想上，確曾做過反封建的鬥爭，但迫於時勢，沒有發生效力而已。

陳大禹

現在我們對這問題可試作一個結論，就是在台灣文學運動，至少在現前過渡時期，台灣文學是具有他的地方特殊性的，這可分成兩方面，第一，就是語文傳達技術的表現方面，第二，因爲台灣社會進化所遭遇而形成異於國內的後果，社會進化的需要，在總原則下，固然一致，但所要鬥爭的實際情形，還有若干思想內容異同的特殊性，所以，因爲這些實際存在的特殊性，我們就不誇越地無視於這些特殊的存在，我們正希望從特殊性的適應裡，創造出無特殊性的境地，這條原則，我們實際工作者是不能忽略的，所以，我們現階段的實際工作，是適應這些特殊性而建立台灣新文學，使台灣文化與國內文化早日異途同歸。

台灣文學之路與文藝工作者合作問題

楊逵

講到這三個問題，主要是在做，在有可供表現的舞台，在文藝工作者的能團結一致，所以目前最主要的，還是在製造風氣，促使各文化團體及個人的團結合作。

這三個問題，都不是在今晚可以談完的，同時，今晚到會人也少，恐怕不易尋得一良好的結論，我的意思，不若把這問題，各人寫出見解，由報上發表，公開討論，經過相當一個階段，我們再集合歸結爲好。

馮諄

那麼我們就這樣決定，關於台灣新文學之路和他們寫作技術問題，請大家各人寫文發表意見，同時，也當作是鼓勵風氣，然後在適當的階段裡，我們再來集合討論，關於台灣文藝工作者的合作問題，我們可以從各方的反應決定我們的合作道路，同時，希望在座的各位，都能在這共同的觀點上發生促成聯合的作用。

陳大禹

新生報《橋》副刊第一〇一期　一九四八・四・九

台灣文學的過去，現在與將來

林曙光

台灣文學運動的發動與進展，由於社會環境的壓力，致使沒有多大的成就，但過去的台灣文學不僅是被統治者絕大底苦悶之象徵，也就是台灣人民對日本統治的搾取與剝削堅持反抗的表現。向來在台灣，所謂文學，只限於古詩古文。當淪陷的初期，也有過不少的文人，寄才於翰墨描寫亡國的悲哀，但舊文學的內容不僅不足以表現作者的意志和新的思想，在其形式也不過是一套陳腐的典故之累積，至此已經有改頭換面的必要了。

到了一九一五年先烈余清芳先生等發動最後一次有組織大規模的武力抗日革命，慘遭失敗以後，台灣人才知道，武力革命究竟是反抗不了日寇的橫暴，因此採取文化革命的手段，重整旗鼓，一方面從事啓發民衆，另一方面強化各種組織，藉以打擊帝國主義者的統治。

當時許多的留日學生在東京接觸了祖國的留學生，直接底或間接底受了很大的影響，尤其是五四運動的思潮與傾向，盡量底流傳到台灣來，因此台灣的新文學運動，也就跟著社會運動的興盛而產生了。

當初台灣文學不但不是使用日文，也不是使用中國的古文。受到祖國的白話文學運動的刺激以後，台灣也產生了文字革命，白話文一時極爲風行。不過此種白話文難免帶些方言，所以可說是閩南白話與國語自然兩樣的東西。如《台灣青年》、《南音》、《曉鐘》、《台灣新文學》、《第一線》、《人人》、《先發部隊》等各種各樣的雜誌雖是多以國文寫作，但外省的人士有些地方卻看不懂就是這種緣故。又在報紙，不但台灣人辦的「台灣新民報」（前身為「週刊台灣民報」）有「漢文欄」，甚至於總督府的機關報「台日」也闢一漢文欄，我國的碩學章太炎先生就是應其聘請而來台的。至於中文的作家雖是濟濟多士，但在創作方面卻沒有多大的成就。這是社會環境的關係，而並不是作家能力的問題，當時賴和先生的存在的確是很偉大。這位被譽爲「台灣之魯迅」的賴和先生，實在很多方面和魯迅先生相似。第一他是和魯迅先生一樣學醫的。第二：他雖是做過醫生，但他的活動卻不在醫學，而在社會運動，尤其他在台灣的各種革新運動，都有魯迅先生在中國所佔的地位。是堅持反帝、反封建、始終不妥協、不屈服，不投降，他一再被捕入獄不堪暴戾底虐待，在壯年五十歲就與世長辭了。他的主要作品有〈無題〉、〈鬥鬧熱〉、〈豐作〉、〈前進〉、〈惹事〉、〈善訴訟人的故事〉

等在台灣的創作界是極其罕有的偉大存在。

又徐坤泉先生在國文的創作上的貢獻也是不可忽視的。他曾經以「阿Q之弟」的筆名發表〈暗礁〉、〈可愛的仇人〉、〈靈肉之道〉,一時風行全台,他以後棄絕寫作,因而國文學也就趨於沒落的途徑。

至於日文的寫作,撫古思今雖難免言之痛心,但我卻以爲有兩大意義:第一是當時大多數的青年,不堪生活壓迫,早已不得不學習日文,因此國文的學習大爲減退,致使文學亦不得不應付需要。就是青年當時都是社會的先鋒,因而假使要改進社會,不得不以他們爲對象。所以假使要喚起他們的熱誠,不得不借用日文來鼓勵。而且許多的新進作家,在國文的寫作當然比不上先輩,因此假使打算「嗚不平」也不得不借用日文。所以日文的寫作最初是爲了達到更高尚的理想而應用的手段。第二是日本人當中亦有不少的進步份子,不但對被被統治的台灣人表示同情,且當時對台灣的解放運動時與幫助。所以假使要他們更瞭解我們的苦衷,就不得不以他們所懂得的語文喚起他們,又要他們更幫助我們的工作,也就不得不接受以他們所懂得的語文來表示和激勵。

是時王白淵先生在日本發表了《棘路》。這篇創作集,包含詩歌、小說、戲劇、論評等,附有謝南光的序文,由此台灣青年對日文寫作就開始有了自信,然後新進的作家遍野皆是,創設各樣的刊物大爲發揮。如楊逵、呂赫若、吳濁流、張文環、楊雲萍、黃得時、龍瑛宗、張冬芳等諸位先生無一不是文壇上的驍將。尤其楊逵先生的傑作〈送報伕〉以及呂赫若先生的〈牛車〉等曾被胡風先生譯成中文介紹於祖國，但需要注意的就是當時的作品，往往被統治者視為左傾，故意底加予種種的迫害，究竟台灣曾經是否有過純粹的左傾文學，對這一點我還有些疑問。如楊逵先生的作風，常帶有普羅文學的色彩，但當時的特權階級多為日人，因而不過是為了反抗日寇起見，喚起些被搾取的仇怨而已，所以當時他的作品是反帝的因素佔多。至於呂赫若先生的作品，是筆鋒冷峻，鄉土色彩的濃厚，富有反封建的意識。

可是到了「七七」抗戰，尤其是太平洋戰爭發生以後，情形就不同了。日寇就開始動員這些作家，有的去工廠，有的去鄉村，甚至參加海兵團，而其主要任務是鼓勵戰意，遂結晶了乾坤兩部的《決戰台灣小說集》，但每位作家的堅持原姓不改日人名字，又其內容多半缺乏積極性，所以根本沒有多大的作用。可是此時吳濁流先生已寫完了「吳志明」雖然不敢發表，也可說是正統的文學仍然存在。當時黃得時先生從事翻譯《水滸傳》，楊逵先生從事翻譯《三國誌》，致力於介紹祖國名作，不但可以由於日寇極力鼓吹的皇奉文學逃避，且使台灣青年，甚至於日人也瞭解中國文學的偉大，不無貢獻。

總之：台灣文學的過去，在成就方面當然是比不上大陸中國文學，可是他的環境是正如王白淵先生的作品的標題一樣，是對前進與飛躍極其困難，且有很多的阻礙。假使對這一點能夠瞭解，那麼對其成就，我們是不能夠否認當時作家的偉大功績。

台灣文學發展到現在，也許有人認爲不足討論，這樣的見解雖是沒有多大的錯誤，但想起台灣文學的前途的時候，還是需要檢討一下：自從光復以後台灣民衆達到了還我河山的初志，同時得到解放。所以台灣文學是應該重整旗鼓發揚光大的。可是實在的情形卻不如此，由於各種的因素以及作用，仍然繼續著空前的沈滯狀態。其最大理由，我以爲有兩點。第一點是舊有作家的冷落，而第二點是新作家的未興起。如今楊雲萍先生雖在編輯《台灣文化》，而黃得時，張冬芳兩位先生也往往在《台灣文化》發表文章，但三位均在台灣大學教學，在寫作上似無昔日面目。如一時被認爲台灣文界作品甚有地位之一的張文環先生，也與文學創作脫離了。又如楊逵先生最近致力於翻譯工作，已經由東華書局介紹二本的祖國名作了。其一本爲魯迅先生的《阿Q正傳》，另一本爲茅盾先生的《大鼻子的故事》，這些翻譯祖國文學的工作，在今日的台灣是比較重要了。此外還有一位吳濁流先生。他最近整理舊稿發表了長篇的創作《胡志明》五册。《胡志明》一部是時勢產生的悲劇，至於作品本身雖是行文缺乏流利與熟練，但在構想之深刻，及表現之技巧都是很成功的作品，所以我以爲是台灣文學的一大收獲。尤其是此篇完稿方是戰爭當中，因而我覺得它爲了台灣文學實在添上了不少的光彩。

至於新人之無特殊貢獻，這也許是時代造成的。並不是新人本身對文學過乏能力。由於經過長久的淪陷時期，本省的青年多半對國文缺少教養。因而有些人雖是具有文學的天才，卻無法發揮，仍在使用著日文。今後日文的寫作，無論他是如何有價值的作品，都難於發現其存在的必要。可是在這種過渡時期，不但需要提倡國文寫作，對日文寫作還是須要採取寬大的風度，所以我覺得當局雖曾令禁止日文的定期刊物，但對單行本至今尙採取放任，是賢明的見解。

當中華日報剛創刊的時候，每週有三欄的日文文藝，那時候主編者龍瑛宗先生，特別歡迎新進份子的作品，致使黃昆彬、王育德、葉石濤等的青年，一時大爲發揮，現出空前的盛況。

現在的台灣文學，在表面上看來。書店裡有多種的雜誌，各報也都有個副刊，盡力從事提倡與鼓勵，而且不少的國內文化工作者也來到此地直接底或間接底給予不少的刺激與誠懇的指導，但由於過渡時期所具有的物質的或精神的各種阻礙不易消滅，至今台灣文學仍在苦悶的漩渦中。

最後關於台灣文學的將來，我想在此做一個簡短的討論：我相信不久之將來，台灣的青年一定會如他們曾經克復異國文字一樣，終於會克復國文寫作的困難的。而且淪陷時代所具有的各種迫害，由於光復，由於行憲可能消滅或減少。因而台灣文學的前途一定是很光明。

所以最好還是打破一切的特殊性質，做中國文學的一翼而發展，今日的「如何建立台灣新文學」需要放在「如何建立台灣的文學使其成爲中國文學」才對。因而爲著達到此一目標我們需要考慮幾點。如內外省文化的交流與對本省的作家需要喚起一種自主的精神，一個大國民的風度就是能夠自動，所以我們需要清算被動的惰性。對作家方面我的見解還有一點，就是無論是舊人或新人，需要拿出勇氣來，這種勇氣當然有包含對生活壓迫挑戰的勇氣。假使不能夠克復生活以至於其他的環境，我認爲缺乏作家的資格，不過要有一個限度，而其限度需要客觀。台灣文學的過去與現在的途徑是困難的，且其將來也恐怕是棘路仍多，可是我們不可因此而灰心甚至絕望。因而我們不可忘記人雖爲環境所限制，但亦可能創造環境。

新生報《橋》副刊　一九四八・四・十二

一九四一年以後的台灣文學

葉石濤

由於過去台灣殖民經濟所決定命運的台灣文學，在抗日反帝的現實的鬥爭過程中，所產生的作品，樹立了中國文學發展的傳統性，但一九四一年以後的前所未有的社會變動，這短短的一個時期。以白話文寫作的作家完全沈默，但他們決不是死去的。他們確信著民主勢力的最後勝利，祇是期待未來，暫時休息而已。

如此，這暗澀的狀況一直等到戰爭結束，這時一方面使用日本話創作的台灣作家，有的逃避著現實走向「爲藝術而藝術」的古色古香的圈子裡，有的卻失掉鬥爭精神便趨於左拉（Zola）氣味的寫實主義。他們都背著歷史所賦與的十字架。這十字架則指示著台灣文學的基本矛盾。

由階級的立場來指摘矛盾的，第一，就是在壓迫階級的日本作家與被壓迫階級的台灣作家的對立。

雖然皇民化運動已突入強制的階段。台灣人的言論自由完全消滅而且被徹底的摧殘，但依然無形的活動存在著。第二，便是在文學上的觀念，也可以說是思想的矛盾。就是作家的意識形態的，科學的文學與歐洲的新思想文學（尤其是紀德與羅曼羅蘭）等的錯綜掀起的對立，這兩個矛盾在小小的台灣文學裡，糾纏不清常常互相妥協在一起並肩攜手。

一九四一年太平洋戰爭開始，日本像虎狼一般地向南方弱小民族侵略，這矛盾更顯然地尖銳起來，戰爭末期台灣文學方秘密的活動潛藏著在社會裡，輝煌的復活了。當此時，戰爭使祖國文化無法直接交流，於時（是）台灣文學貧血的現象，使它表面上變成了小的一區域，或者屬於日本文學控制下的一種鄉土文學。就時（是）說，那時的社會環境支配台灣作家的意識。他們所表現或是抒寫出來的作品卻是一個得不到台灣人民支持的，缺乏指導力量的文學。

然而文學既然並是形而上學，它是「一定的社會的政治經濟的反映」。那末我們必須先瞭解一九四一年以後的台灣社會經濟，日本帝國主義不允許台灣的工業發展。甚至在農業的範疇內也用兇暴的手段來榨取強奪使台灣人民陷於窮乏。戰爭來臨，爲了培養日本帝國主義及促其完成，於是在統制經濟的號召下，應順著戰爭的需要，他們需要多數的勞動者（包含戰時奴役）。因此一方面擴張宣傳機關（內含雜誌日語講習所）推進「皇民化運動」和言論壓迫。台灣一向所無。一人的移動活潑起來，物價暴漲，但台灣人的收入卻普遍的提高。台灣的社會呈出一種僞樂園的現象。台灣一部份的知識階級痲痺了。他們不僅缺乏鬥爭精神，並且由懷疑而動搖。——不相信時代的潮流能具備旋乾轉坤的力量。只是沈溺在戰爭造成的世紀末的厭世氣氛，甚至甘爲日本帝國主義的奴役。

在此惡劣的下層建築之上，文學被沖擊，精神生活極不鮮明而混亂，竟趨向反動的路線，白話文作家不得志，便緘默。日文作家就逃避現實，有的消極的指責封建餘孽，有的守著「象牙之塔」。戰爭苛烈時的文學偏重報告和虛僞宣傳，戰爭招來日本文學界撩亂的開花，出版旺盛，翻譯介紹氾濫。受這波動，台灣出版界從荒蕪中掙扎出來了。雜誌《台灣文學》、《文藝台灣》、《民俗台灣》、《台灣藝術》、《台灣公益》忽然突入料想不到的景象，日本文學滔滔不絕地席捲台灣，將台灣成爲它的支配下。日本的作家的從軍產生了所謂「報告文學」，尤其火野葦平、石坂洋次郎、石川達三、丹羽文雄、高見順獲得多大的歡迎。這時由從前居在台南的日本作家庄司總一的作品〈陳夫人〉，捲起整個台灣。這作品取材於台灣人和日本女性的結婚，以人性的眼光透視台灣的封建社會。作者用犀利的觀點，以心理的纖細的筆法，描寫台灣資產階級的成立及發展，並多面地暴露台灣人民的生活。這一部作品的骨肉建立在台灣知識階級的思想轉變。但我們不可忽視的卻在作者的著手動機及其作品的政治性。他以固有的優越民族的觀念統制整個作品的氣氛。作品裡的夢與詩，無疑的，就是日本人的異國情調。而且作品的步驟是一致力於「皇民化」運動，由此可見日本作家的意識怎樣被法西斯的惡毒滲透。那時日本的作家把台灣爲中繼地看待了。因爲他們常常被「軍部」派遣到南方前線，歸途時必在台灣休息。因此他們對於台灣的關心和印象就愈益擴大。高見須、窪川鶴次郎在《台灣公論》評論台灣作家的作品。同時宇野浩二在《文藝台灣》雜誌上發表隨筆，窪川稻子、丹羽文雄各自把台灣作爲主要題材。在《台灣公論》雜誌上發表長篇小說。如像逢著春天一般，百花齊放起來了，台灣作家重新受他們的認識了。其中靈敏的日本作家固然猜到台灣人作家的作品裡面的「謎」。另一方面日本的翻譯書，特別是德國、法國的近代作品陸續接踵來了。岩波文庫普遍地風行，還在萌芽的無名作家去接觸並吸收其精華滋長自己特異的才能。尤其紀德更盛行。

據龍瑛宗的隨筆：那時在台北榮町的一個角落裡有著來往的人群時，常發見有些年青的男女拿著有紀德肖像的書本活躍地掠過去。中國文學也在翻譯文學的範圍，很多的台灣青年以日語去欣賞。紅樓夢、魯迅、矛盾、巴金、郭沫若、丁玲、沈從文、郁達夫等的代表作品都由譯文去認識的。其他關於中國的社會，經濟風土的書本像洪水。一般泛濫在每一個書店。當然不可避免的，其中多數免不了歪曲與揑造的，但內也有外國學者具有公正的評論。

在這樣的情景之下，台灣自己被刺激展開著它一幕小小的悲喜劇。上面屢次說過，這時的作品既沒有良好的土壤。因此則是蒼白的枯萎的作品。都不能表示台灣人民眞正的悲喜哀樂，亦不能比較過去光耀的白話文作品。更沒有抒事詩風的偉大現實性。只是一些營養不充足的消極的寫實主義或者亞熱帶風土主宰的浪漫的作品。

這時有成就的作家；張文環、楊逵、楊雲萍、龍瑛宗、呂赫若、周金波、陳火泉、王昶雄他們各自都有著相異的作風。作品也就輝煌一時。

丁抹的評論家喬治・白朗在其作品《亡命文學》的序文裡這樣寫過：「新的文學勃起以前，我必須把一種社會觀注入青年的精神，將其精神從根本加以變形和發展。主要地我們須要努力的，則是自多數的路線導入富於改革和進步思想的潮流。」無疑的，在日本帝國主義的彈壓下，台灣文學走了畸型的，不成熟的一條路。我們必須打開窗口自祖國文學導入進步的，人民的文學，使中國文學最弱的一環，能夠充實起來。

新生報《橋》副刊　一九四八・四・十六

本省作者的努力與希望

——新文學運動在台灣的意義

朱實

回顧光復以來的台灣文學界，實在感慨無量。剛由日本帝國的桎梏解放的台灣文化界的活動，一時現出了空前的盛況。各種的刊物繼續的出現，而既成作家之外，由於新進作家的參加，台灣的文壇增加了不少的力量。因而台灣文學界也開始了活潑底活動，這是處在日本惡辣底殖民政策不斷的壓迫下，台灣的文化界仍然存在的一個很好的反證。

但是日文廢止的嚴令卻打擊了台灣文壇。我們並不是對日語尚在戀戀不拾，可是我們不可忘記，過去五十年間台灣是在異族的統治下。因而在這過渡時期，本省的青年在文學上還使用日文是出於不得已的。我們想問在學得國語以前是不是一定要保持沉默？而無權過問文學呢？

雖然，日文廢止的嚴令在表面上是成功了，但因此許多的新作家的出路，終於被限制。在這時候，

《橋》所展開台灣新文學運動，我特別底覺得很有意義。

《橋》在兩次的茶會所得到的效果實在不少。尤其是新文學運動的展開，不僅值得全省的欽佩，也可能使多數的青年們挽回希望。我打算關於這個問題，提供數點的意見：

一、就作者方面而言：對新進份分子的協助、鼓勵，本省作家的吸收、作家間的互相批評、啓發與聯絡情感是現下的急務，所以《橋》的茶會是重要的。

二、就作品方面而言：爲了提倡新文學，不僅需要喚起本省青年對五四以後的中國的新文學的注意，還需要鼓勵以白話文從事文學，對這一點本省的青年需要更加努力，但是在其過程中需要考慮一個補救辦法。

三、就作品的內容而言：㈠我們對過去日本帝國主義的殖民政策，實在痛恨入骨，但侵略者竟自溺於水。然而日本在過去半世紀無論產業、交通、衛生、建築工程都有相當的成就，這是不能否認的。因而我們需要對日本所遺留的文化加以分析，這絕不是對帝國主義的追慕。㈡台灣特有文化的發揚：台灣的風習、歌謠、高山族的生活，這些都是所謂鄉土色彩。我希望多出現取材於鄉土色彩的作品。㈢中日文學的交流：勿論文學與科學，中日文化的交流是今日文藝工作者的一大使命。魯迅、冰心、老舍的作品在日本獲得了很高的評價，又由魯迅翻譯的，廚川白村、武者小路實篤、島崎藤村的作品曾經在中國的讀書界也備受歡迎。

總之：在這一時期最重要的是本省新進作者能夠積極底誠懇的努力於學習國文寫作，以及既成作者與祖國的來台文藝工作者，能夠不斷底給他們以刺激和鼓勵。（林曙光譯）

新生報《橋》副刊　一九四八・四・二十三

建設台灣新文學，再認識台灣社會

彭明敏

自從《橋》的首次茶會以後，「建設新台灣文學」的口號下，沈寂已久的台灣文學界正在醞釀著一種新的文藝運動，這可說是台灣光復以後，文藝工作者第一次稍有組織底具體的活動，在積極的方面，已有人熱烈的提唱（倡）全台灣文學者的團結和發奮。

於是我們感覺需要指出對於新台灣文學的產生有一種心態上的障礙存在的事實。這種心理傾向不但在過去兩三年中間曾阻止了眞正有生命力有內容的作品之產生，直到現在，對於所謂「台灣新文學」還是一種有力的阻擋。

文學既然是社會的產物，任何作品都不能以對社會之透徹的認識爲其依據；正確冷靜的觀察即是文學者描寫或批判社會最重要的前提。

由粗率武斷所產生的，充滿了偏見，缺少眞實性（resemblance）的文藝是薄弱空虛的。既然說「新台灣文學」，其主要題材不庸說是「台灣」的社會，而台灣的社會最大的特色則在於它有受過半世紀日本統治的特殊歷史這一點，這是不能否認的明明白白的事實。可是危險的陷阱卻在這裡。因爲這個事實太顯而易見，一般人看見台灣社會的某種現象，就立刻聯想到日本統治的歷史，而不分黑白的將兩個事實連在一起，於其中間牽強附會的設立一種因果關係，勉強的藉用這種歷史來說明一切，好像以爲一喊「這是日本的影響！」就可能說明全體台灣社會似的。

既已經日本半世紀的統治，台灣社會的確相當程度受到的種種影響乃至同化，但同時我們知道，在任何社會，除開有少數它特異的事以外其大部份的現象都是跟其他社會共通的。台灣當然也不是例外，所以對於這種事象，應從它與世界（或東洋）整個社會的聯關上，來考察和解釋。若把在各國社會中很容易發現的平平無奇的事象拿來大吹大擂地叫做「台灣特殊現象」，那麼只不過是證明視界的狹窄而已。

過去日本統治的歷史確是了解台灣社會的一重要關鍵，但並不是「萬能藥」。倘將「日本的影響」一流的說法盲目的濫用，其結果眞會令人啼笑皆非。這種武斷，不但妨礙對於現實眞正的瞭解，且可能產生空洞的近視眼的作品。

可是這般草率的論法，不論在文學界或其他階層，都是很普遍的。我們就身邊的報紙或雜誌中，容易舉出其例證。比如《橋》第一〇九期（五月三日），雷先生於「女人」一文中，例舉陳彩雪被棄案而斷定「日本的倫理意識把本省部份的男子害毒了」。要比較兩種社會倫理，必要對於雙方都有深切的認識，不然就很容易傾向於武斷。我們不能冒然贊同雷先生的看法。以下是我們讀完「女人」這個部份以後的幾點感覺。㈠「我們不斷從社會新聞讀到」的「男子如何蹂躪女子的消息」，這正如先生所說，是「光復以來」特別增多的現象，況且在國內報紙上也不斷的看到「姦佔」，「先姦後殺」等更凶惡的新聞，所以陳彩雪案與其說是「日本的遺毒」，無寧說是中國一般社會風氣所致的。㈡雷先生曾有指摘「殖民地的女子虐待的意識」，但我們很難明白先生究竟是指何種意識而言。我們在日常生活中，雖然很容易發見「封建的」女子虐待的意識，但在這種意識和「殖民地」之間，找不出什麼特殊關係㈢雷先生論日本男子的時候，把嫖妓和蓄妾混在一起，可是論到中國人的時候，卻分別而論「日本男子嫖妓跟吸煙一樣」是事實，不過他們蓄妾的時候亦是「負起公然的責任」，跟中國人並無二致。而中國人蓄姨太太以外，亦是可以很隨便嫖妓，正如日本男子一樣，雷先生的比較法，似乎缺少科學的準確性。至於說「日本的職業婦女」，只限於年青尤其是美貌的少女，實際是太言過其實了。這些部份，雖然不是「女人」的主要論點，但典型的發現著一部份的人士，對本省社會抱有的歧見。

其他如殺台大許教授的犯人高萬俥的起訴狀，洋洋數千言，都是要說明日本奴化教育對該犯的影響；說起來好像強盜殺人罪只在於奴化教育下的本省社會始能發生的。其實，在此場合，教育的因素之決定性是遠在經濟社會的環境之重要性之下的。此外甚至有人說，男學生調戲女學生，學生「開夜車」，都是日本武士道的遺毒。

這種公式的，非科學的社會觀即是對於眞正有活氣有生命的文藝出現之致命的障礙，它僅能產生乾涸平板的作品而已。

爲了避免皮相的不正確的論點，把「台灣文學」弄成一種井底蛙似之偏狹的文藝，「新台灣文學」必須建立在更深刻的探索和科學的分析之基礎上面。

新生報《橋》副刊 一九四八・五・十

我的申辯

雷石榆

今天我看到第一一二期的《橋》上一篇文章的標題：「建設台灣新文學，再認識台灣社會」，這麼堂皇的一個題目，非常引起我的注意，於是從頭至尾細心讀一遍，結果非常失望，既無「建設台灣新文學」的高見，也無助於「再認識台灣社會」的指示，而是一種憤慨的攻擊，首先攻擊的目標就是我那篇〈女人〉的短文，作者彭先生斷章取義地提出三點反駁我的意見。我那篇短文是採取散文的形式，難免是過於概括，但不至於如彭先生看得那樣歪曲事實。我說「日本的倫理意識把本省部份的男子毒害了」，既然指「部份」那並非「全體」，以陳彩雪被棄案爲例証，認爲是「傾向於武斷」嗎？而我特別注重指出的是做過日本統治時代的辯護士的周某一派人物，想以金錢和威脅來屈服被蹂躪的女性，不但受了日本倫理意識的毒害，且是更無情理的殖民地買辦性格的典型。又是法律家又是參議會議長尚且如此，追附「驥尾」之徒亦可想知。彭先生既已承認「既已經過日本半世紀的統治，台灣社會的確相當程度受到日本的種種影響乃至同化，但同時我們知道，在任何社會，除開有少數它特異的事象以外，其大部份的現象都是跟其他社會共通的。」那麼我說的「部份」，就可以看作「但典型的表現著一部份人士，對本省社會抱有的成見嗎？」

我覺得柏拉圖這幾包話可以幫助彭先生的思考：「但是，若果以爲共同的客語，也能作爲個體來實體化（把部份看作全體亦然——雷識），那麼蘇格拉底就會變成多數的動物，即變成他自己，變成別人，變成動物……」台灣過去五十年間淪爲日本的殖民地，固然台灣的現象不是等於日本的現象，但卻最直接受了日本資本主義的影響乃至強制（文化、教育亦很明顯）的作用。日本當然與東洋各國及世界有著關聯性，但在資本主義國家中，它可說是比較特殊的（亦可說是畸形的），一面是現代的德謨克拉西與賽恩斯（Science）而最高的意識形態卻是神權與皇法的結合（在這點是接受了中國過去的封建意識而加以蛻化了的結果吧？）我說日本男人特別輕視女性，也是這種畸形意識的產物。我這樣說，並非指日本男人全體都如此，正如日本女子並不是全體都是馴服的一樣，日本的勞動者也像世界的勞動者一樣執行爲本階級的利益而鬥爭，日本的進步女性（如中條百合子等），也和世界的求解放的婦女一樣進行著鬥爭，這是資本主義內在矛盾的必然的產物，但日本的資本主義（乃至法西斯主義）未完全崩潰之前，其政治的，倫理的觀念依然作爲持續統治的武器。

彭先生在分析的第一點上說：「……況且在國內的報紙上也『不斷地』看到『姦佔』，『先姦後殺』等更兇惡的新聞，所以陳彩雪案與其說是『日本的遺毒』毋寧說是現在中國一般社會風氣所致的……」我文中並沒有說過中國內地沒有這般甚至更甚的現象，而我所要注意的是這種現象的本質，特別是我所提出的自以爲高等智識階級的周某及陳彩雪丈夫一流的人物，世界到處都有強盜，小竊，但上海的竊盜往往退還裝在錢袋裡的證明文件，而高萬俥行竊還加以殺死上司而且是窮教育家學者許壽裳先生。法院洋洋數千言的起訴狀「都是要說明日本奴化教育對該犯的影響；說起來好像強殺人罪祇在於奴化教育下的本省社會始發生的。」這種看法對與不對且不置論，我們所要注視的是一種人性，尤其是高萬俥這種行竊殺人的性質，無論從那點看來與一般行竊的殺人犯是有其不同之點，就是最殘暴、最野性。許老人第一次被竊的東西比第二次的値價得多，當了萬餘元不是只是犯人一個月的生活，而卻忍心下此毒手，又那麼泰然地洗血手收拾竊物而去。說他沒有受過教育，他卻會寫信留給他的母親，從這種種看來，旣使並非受「奴化教育」影響，但也容易被聯想到的，第二點，我說要消滅日本帝國主義的，尤其是加之於殖民地的對女子虐待的意識，

彭先生認爲這種意識「和『殖民地』之間，找不出甚麼特殊關係」，我們知道一種社會意識不是憑空產生，它是反映一定的社會生活的過程，過去本省人不能脫離「殖民地」的生活，也必然不能完全脫離日本人對女性的意識的影響，（反此意識者例外），正如反對日本統治的革命運動者一樣，也

就如彭先生在先前所承認過的種種影響乃至同化一樣。第三點，以爲我論到日本男子的蓄妾與嫖妓混而爲一，且與中國人分別而論。我的意思原是以反封建的日本資本主義在進步的幌子下暴露比封建時代更矛盾的事實，中國社會還未經歷過資本主義的階段也未實踐到三民主義的時代，過去封建惡習慣的殘留，是不足爲怪。（但不是認為應該存在的）。接著彭先生認爲我說「日本職業婦女，祇限於年青尤其美貌的少女，實際是言過其實了。」但彭先生沒有把括弧內的全部話看清楚，凡在日本生活過的人，對於供職商業市場的女子都會同樣感覺，這原也是商品市場招徠的手段，不足爲奇的，更不是「言過其實了」。

日本評論家家廚川白村，以愛日本人的苦心無情地諷刺，攻擊走上了資本主義社會的日本人的虛僞，誇大淺薄的缺點，也正如魯迅先生爲了愛中國人而無情地揭破中國社會的種種缺點一樣，而彭先生則站在台灣人的立場，而袒護台灣某些惡劣的現象，且或明或暗地掩飾日本的遺毒，如果是出於自尊心則有可原，若有意歪曲，則十分遺憾。

最奇怪的是，彭先生定了這麼堂皇的題目，全篇文字都離題萬千里。這些現象如果認爲也是「平平無奇的事象，拿來大吹大擂地叫做「台灣特殊現象」，「證明視界的狹窄」，連陳彩雪案也視爲平平無奇的事象，那麼，遊遊草山、日月潭、阿里山等等才是非凡的事象嗎？所以文學的描寫對象，無所謂平凡與非凡，屠格涅夫一首散文詩「乞丐」（乞丐是多麼平凡的事情）能使我們在平凡的人物身上感到至深的感動。

彭先生若懂得「新文學」不妨「再認識台灣社會」。

新生報《橋》副刊　一九四八・五・十二

台灣文學需要一個「狂飆運動」

阿瑞

「狂飆運動」（Storm und Drang）是於十八世紀末葉在德國發生的一個文藝運動，它是反對十八世紀主知主義（合理主義）的啓蒙思想而發生的主情主義（非合理主義）運動。他們反對啓蒙思想的死板固定的理性主義而強調感情的力量，他們主張個人的權威，尊重個人胸奧的自然感情，打破因襲，要求無拘束的精神自由。這傾向的源流遠在盧梭的自然讚美的感情，而在德國表現一個文學革命運動的形式，盧梭的浪漫主義自然觀 Harmann 的神秘的世界觀以及赫得（Herder）的非合理主義藝術觀溶在一爐而變爲「狂飆運動」的原動力。歌德（Goethe）與席勒爾（Schiller）均生育在這時代風潮之下受甚大的影響，而竟爲「狂飆運動」的主角，尤其是在年青時代他們不顧一切熱烈地追求自由。例如歌德的「少年維特的煩惱」（Die Leiderdes Junger Werther）和葛茲（Gotz）均爲其代表的作品，席勒爾於他的處女作「強盜」（The Robbers）高唱自由的理念，於「計策與戀愛」（Kabnle und Liebe）描寫頹廢的貴族階級和市民階級的對立，於 Don Carlos 描寫國民的政治自由的進出。如此，自由的要求不但燃在青年詩人席勒爾胸中的熾烈的要求，而且支配他一生的根本問題。上述不過是「狂飆運動」的沿革而已。雖然它只是十八世紀末葉的一個文藝思想，而十九、二十世紀的歷史興趣在表面上已克服了它，但是它並不失去它固有的價值，尤其是在台灣，我們不止以單純的興趣來回顧它，而進一步我們需要復興它的眞精神，爲了使台灣文學走上健全，有生機，活潑，創造的文學的路線，我仿「狂飆運動」的精神，提出三個意見。

第一，排除一切歷史的重壓——建設之前必須排除一切暗黑的障礙，若是不能排除這些障礙，我們很難期待台灣文學的光明。過去的台灣可以說是文學的沙漠，在這沙漠之上，眞正的文學根本不能下根，其原因可以由兩方面說明之，㈠日本統治下，台灣有形無形之中受了日本權威的支配，這種權威特別在殖民地發揮了更厲害的作用，他們強制一律的既定思想，剪除一切自然感情的萌芽，而代之強迫一種公式的情感，這樣的假裝的感情，僞裝的理性是眞正文學發生的最大阻擋「不背自己的良心」這是眞正文學的一個信條，但是在這權威之下，擁護這個信條是難得的，而權威的暗影常常搖曳在文學工作者的心裡。㈡爲言語上的問題，一個民族尤其是有高度文化的民族被他民族支配的結果，常常是精神上的損失比物質上的損失更大，原來言語是一個民族的歷史產物，各民族的特殊生活感情，思想都流在個別的言語之中，所以最深奧的感情非以自己的言語是很難表現的，言語必須和生活融合，在這情形之下，生活才可爲文學的直接地盤，而文學才游離現實生活的支持，過去台灣文學主以日語表現思想，這種努力雖獲得相當的成功，但是就語言的本質及五十年的短期歷史（由文化的觀點五十年不能說是長的）而言，這種努力似乎是一個不可能成功的努力。因此，台灣文學好像是一個翻譯文學而失去了它的獨自的創造性，如此，言語的障礙是台灣文學貧困的最大原因之一。而在現在，大多數青年還是感覺這種阻礙，他們沒有十分吐露心腸的工具，所以台灣文學的革新需先著手於言語革命「以自己的言語表現自己的思想」是我們最後的目標，此目標的達成是一個時間的問題，並不是不可能的。

第二，開放個性，尊重感情——台灣文學需爲一個創造的新園地，排除一切先入觀念，和武斷主義，開放個性的創造自由，尊重自然感情的流露。台灣文學需給個人伸張個性的機會，不可以既成的歷史成見統制他，規律他，文藝自由的空氣是創造的最好苗床，所以我們不可以單一的現在世界文學思想的主潮強制他們。如「自然主義已是十九世紀的遺物，現在自然主義派的作風是一個時代錯誤或浪漫主義不能對付現實已被歷史掃除」，「現代需爲ｘｘ主義」這種說話無意中阻礙創造性之爆發，我們不可剪除一切創造的萌芽，台灣文學要復歸一張的白紙，台灣文學的建設仍俟此後的問題，我們最排斥乾涸平板的形式文學，缺乏生命缺乏創造意識，文學只是一個死板文字的排列而已，而易墮爲一個文學裝飾的消閒事業，其外觀雖然堂皇，但崩壞死滅的要因已腐蝕它的肉體，心裡不感感興，也不感牢騷，只模仿古人的手法，這樣的作風遠離眞正文學的路程，我們應著重實質內容，有人以爲過度忽視形式的結果，一定會起混亂狀態，但是以我見，我們不要危懼這種混亂，思想的百出遙勝於思想的枯渴，雖然表面上呈一種渾沌狀態，但是倘若其渾沌起因於生命的充溢者，我們不要再杞憂，他們一定從這渾沌裡面找出一條光明的生路，使各種思想格鬥在這渾沌裡面！然後才可以發現（見）一個美麗堅固的結晶，台灣文學是一個嬰兒，它必須經過「狂飆運動」的洗禮，至於古典的美滿是屬於後日的問題。

第三，打破所謂「台灣文學」的狹隘觀念——我們常常談到「台灣文學」，可是若我們反問自己「到底台灣文學是什麼？」，我們幾乎窮於答覆，而感覺一種懷疑，「所謂台灣文學」的一個狹隘觀念有兩個弊害，㈠爲這種觀念常常阻礙文學的創造性，而強迫一種的地域性，我們雖有的外國文學一種的典型的觀念，例如法國文學是輕快而富於機智（Esjnit），德國文學是沈重而長於思索，俄國文學是深刻等等觀念。但是我們需要注意這些觀念並不是先天觀念，而是後天觀念。它並不是一個固定觀念，而卻是一個流動觀念。所謂什麼文學都是從後代附加的一個包括的普遍觀念，其內容得由個人的創造改變，其範圍也由個人擴充，個人已存在時間，空間的必然世界，他絕不能脫出地域性和歷史性，雖然文學創造的根本理念是自由，但是這自由的創造意識通過時空的世界時，不免受其影響，尤其是文學者對時代，社會特別敏感，他不知不覺之中必受其限制，所以除了這自然的限制作用外不要再強調地域性和歷史性的性格，最危懼的就是時空的強調所束縛創造精神，而流於道學者流的禮教文學或說教文學之類，其次「所謂台灣文學」的觀念易陷於「鄉土文學」之弊，「鄉土文學」常常流於自尊自誇的態度，以粗石視爲寶石，而取材常常偏於獵奇，外人亦以異國情調鑑賞它，在這情形之下，易會發生蔑視的潛在意識和耽溺的心情。

我並不是說，我們要脫離一切時空的束縛，而逍遙於夢幻的仙境，我只指出幾點時空束縛的弊害，而爲了避免這種弊害，主張暫時忘記社會及歷史的積累，盡力發揮個性的創造精神而已。我相信由這一條路，我們才可以把台灣文學脫離狹隘的地域文學而進入世界文學之一環。

新生報《橋》副刊　一九四八・五・十四

我的辯明

彭明敏

今天雷石榆先生，於第一一三期《橋》，〈我的申辯〉中對小文〈建設新台灣文學，再認識台灣社會〉賜與詳細的批評和指教，使作者感覺到無上的光榮。我那篇小文，論及到雷先生的大作〈女人〉，原不過是以為〈女人〉中一部份見解，可能做為流行的一種看法及例證而已。不料蒙受雷先生的重視，不辭膩煩地再來「申辯」，使得作者惶恐萬分。經過雷先生這一番「條分縷析」和「叱責」之後，本來應該要俯伏於先生高見深識之下，不敢妄動了。但同時因為覺得對這種問題，大家尤其是住在本省的人，都有來參加討論的責任和權利，所以以下再說明我對雷先生的看法之看法。

這個討論，應該以某種看法乃至判斷，對於現實，究竟是否公平正確為其規準，並不是什麼「袒護」「不袒護」、「掩飾」「不掩飾」的問題。不應該趨偏於感情。

雷先生承認「那篇短文採取散文的形式，難免是過於概括」而我在上期小文中，要指摘的，正是這種「過於概括」的說法而已。我並不「斷章取義」。

㈠我在那一文中明白地承認「台灣社會的確相當程度受到日本的影響乃至同化」，且我也未說雷先生曾有斷定「本省全體男子受日本的毒害了」。問題是在於能不能藉用陳彩雪案來證明那「部份」男子的被毒化這一點；就是說，陳彩雪案本身沒有「代表性」、「特殊性」的問題。在上期小文中，我的看法是否定的。但對這一點，雷先生在「申辯」中，把論題移到可惡的周律師身上去，結果「柏拉圖」幾句話「前後」一大套高論，逸脫了論點，遂未能得到雷先生剴切的指教。

㈡雷先生說「上海的竊盜往往退還裝在錢袋裡的證明文件」而高萬俥則「行竊還加以殺死上司而且是窮教育家學者的許先生」，又是這類天眞爛漫的比較法，使得讀者熬不得發笑。在中國之極小「部份」的上海，即使有了這種「德高」的竊盜，也不過是特殊中的特殊「部份」而已。若拿這個來比較，竟難免成爲柏拉圖的那「幾句話」的很好例子。而且誰也不敢擔保，在被毒化的台灣絕對沒有更有仁有義的竊盜出現的可能性。正因爲如雷先生所說，我們「要注意的是這種現象的本質」。我以爲許教授爲高萬俥的「上司且是窮教育家學者」之事實，在此案件中，並不是「本質」。（但不能因為我這樣說，就否認我對許教授衷心的尊敬和惋惜）。其本質還是在於迫供該犯不得不走這條路的大戰後社會經濟的環境。雷先生偏偏要說這種案件是台灣獨有的。但在動盪不安的現代社會中，下僕殺死主人，一世聖雄慘死於無賴之手中一類的悲劇，很難斷定是僅在台灣社會才能發見的。

㈢「女子虐待意識」的問題，在上期小文中，我是要說，「女子虐待意識」是和「封建」意識，有決定的必然關係，但它跟「殖民地」的關係毋寧是次要而已。所以我並不以爲問題是「脫離殖民地的生活」就可能消滅那樣簡單。

㈣中日兩國男子，對女子的倫理觀念的問題，雖有雷先生的「申辯」，倘將「申辯」中，雷先生所說的「本來的意思」跟〈女人〉這個部份比照，未免使人感覺這種申辯太勉強了。

最後雷先生則失去理性似地責備我「袒護台灣某些惡劣的現象且或明或暗地掩飾日本的遺毒」。其實，在上期小文中，我未曾作任何「應該不應該」的「道德的價値判斷」，我所論的衹是「是不是」及「認識現實」的問題。因爲，連客觀公平之科學的現實的認識都做不到，還談什麼「價値」、「道德」的問題呢？

「掩飾日本的遺毒」！多麼可畏的「帽子」！希望在這乾淨的孤島上，不再有什麼「帽子」飛來飛去，使人不敢說點公道話。

至於雷先生譏笑我的小文貧弱，結果使先生大大「失望」，這正是作者的淺學非才所致，慚愧之至，只有謹向雷先生跪門請罪而已。

新生報《橋》副刊　一九四八・五・十七

「文章下鄉」談展開台灣的新文學運動

楊風

從抗戰初期，就有人高喊著「文章下鄉」的口號了。口號是喊了，但「下鄉」的有幾個？在中國，文學這「玩意兒」，素來都是少數知識分子在那裡搞搞鬧鬧、吵吵。而這些少數的知識份子，又大都集中在更少數的都市，吃的是都市，看的是都市，聽的是都市，呼吸的是都市的空氣，甚至連感覺的也是都市的。生活全在都市裡，坐在沙發上，亭子間，鎖在咖啡館，竟高談其「展開……文學呀」……等等，生活根本就和廣大的鄉間和農村脫了節，還談什麼「文學是大衆的」？從而文學運動又何由「展開」呢？「展開」到甚麼地方去？除了少數集中在都市的知識份子，被「展開」了而外，可以說，百分之九十九的老百姓還是不知道你們在搞些甚麼花樣。談到展開台灣的新文學運動，許多人都開出了若干不同的單方，有人說要重新認識台灣，是的，應該而且必需將台灣認識清楚後，才能去談：「展開台灣的新文學運動」這我認爲是對的，但我愼重的提醒這些開單方的先生們，認識了台灣還不夠，更要認識整個中國，整個世界的文學運動是怎麼一個趨勢了，進步到了甚麼程度，在台灣新文學運動，應該怎樣去配合？如何去趕上？假使這些我們不認識淸楚，只盲目的死抱著台灣如何，如何，等於在家裡關起門作皇帝，外面的天地還廣大的很啦！

另外有些先生，主張台灣需要個「狂飆運動」。理由是歐洲文藝復興後在十八世紀時也有過這個時代，要求個性解放。證據是在「狂飆運動」這時代，產生了席勒啦……一大串大作家，這似乎台灣的新文學運動的展開，是「捨此莫屬」的了。每一個時代，有它一定的時代背景和社會要求，一個文藝之工作者決不能背著時代的發展向後走，去鑽牛角尖，歷史不應重覆，而且決不會重演，「狂飆運動」是歐洲文藝復興後，一個必然的要求個性奔放的時代，在中國反對舊文學，反帝反封建反舊禮教，已從「五・四」開其端，而且這二三十年的努力和進步，已將這個「古典」的腐瘤早割去了。現在整個中國的進步的文藝運動，已不再是邁著老步子要求個性奔放的「狂飆」時代了，中國的文藝運動，已邁著它新而健強的步伐，——那就是我們叫慣了的現實主義的大衆文學。因爲整個時代的進步，在催促著要求著，文藝工作者；到大衆中去，和大衆生活得在一起，因他們一起生活，一起呼吸，一道歡樂，也一同痛苦，並這樣寫出來、喊出來。

因此，我覺得：第一，單認識了台灣還不夠，還要認識和瞭解全中國全世界整個文藝運動的趨向，並要去配合去趕上。第二，「狂飆運動」是開歷史倒車，不能使台灣新文學運動，走上堅實而健強的道路，得著新的長足的進步。而且這只能將這少數集中在都市的知識份子，趕進個人主義的狹隘圈子裡，更與大衆脫了節，台灣的新文學運動，更不能展開。這是時代不允許的，一個進步的文藝工作者更反對。

也因此，我提出這個「文章下鄉」的舊口號出來，我們應該從書房裡走出來；從沙發上站起來，從都市裡走到鄉間去，走到廣大的農村去，同那些以前被我們忽略了的苦老百姓們生活在一起，感覺他們所感覺的，並大聲的喊出來，大膽的寫出來，能如是，我們的文學運動，才會得著更多人的共鳴和支持，才有它堅強而廣大的基礎，才不致使文學運動的種子就在那枯竭了的都市裡發芽、含苞，而開出一朵病態的慘白的花來。

都市已枯竭了，還值得什麼留戀呢？廣大的鄉間就是我們生活的，更是寫作的學習的源泉。

新生報《橋》副刊　一九四八・五・二十四

再申辯

雷石榆

經過彭先生的「我的辯明」，我們可使問題更單純化地討論一下。現在差不多把重心放在陳彩雪案及高萬俥案了，但我的看法依然是客觀的，並不是主觀的，感情的作用，陳彩雪案的關係人雙方，我都毫不認識。至於許壽裳先生，只在校務會議及某些集會見過三四面，他被殺後入了殮才去看過他的住宅，兇手高萬俥在許氏出殯前被押來見過一面，他那種賊眼賊氣的態度，所有送葬的人都非常憤慨的。

那麼先說陳彩雪案的問題吧，彭先生認爲其本身沒有「代表性」、「特殊性」，即與部份男子被日本倫理意識毒化無何關係。說我的申辯「把論題移到可惡的周律師身上去，結果『柏拉圖的幾句話』前後的一大套高論，逸脫了論點，」周律師與本案有重要的關係，把問題移向他本身也是極自然的事。

假如說陳彩雪的家姑是封建意識的代表，但又不全是中國傳統的封建意識，她的生平經驗了殖民地的生活，懂得資本主義的金錢的魔力，所以她滿不在乎地說出只要花點錢（不單是對陳彩雪本身）什麼問題也可以解決的，（她的話頗帶雙關意，可參考當時報上的記載）彩雪的丈夫也是這種生活環境中的輕薄的市民層知識者的類型，他愛彩雪是由於年青人最易犯的性的衝動，好比《復活》的男主角南赫柳道夫對於喀瞿莎一樣，不像強姦，也不是深刻的愛，後來喀瞿莎生了私生子，而且墮落於最痛苦的生活之中，後來被牽涉到搶劫殺人案，南赫柳道夫在這關頭意外地抬與這審判案，他的良心告訴了他拋棄了財產，不考慮自己的身份，要和她一同流刑到西伯利亞去，這是托爾斯泰的人道主義的精神，也是代表當時俄羅斯部份智識階級的觀念。但彩雪的丈夫回到家鄉以後，把過去在日本一同生活在戰爭最嚴重的階級隔絕了家庭的接濟，靠她辛苦地勞動來支持的事忘了，他已回到家裡過著安定的生活，在精神上發生矛盾了，因爲彩雪是窮家女，智識也比不上自己，門戶不對，身份不對，以他的優越條件（尤其是金錢）可以換取更美，更年青，或者比較門戶及身份相當的女子，便不惜把陳彩雪及其女孩拋棄了。擔當這案子的解決者周律師，如果以公平的方法處理，那會成爲一件很平常的離婚案，可是他以男權中心的不可犯的威嚴，以最賤價的買賣形式計算。這位先生過去在日本時代做過辯護士（律師），當然保持著他的經驗與意識。因處置此案不合理，遂引起社會人士很大的影響。我們往往見到比這案子更大的悲劇，不過在一種不常態的情況之下，只有令人同情或痛惜，同時作爲一種反省的教訓，不至於對一面憤慨。例如日本有名的「蝴蝶夫人」的故事，那位美國軍官無疑是眞心愛那位日本女子，但環境變遷不能兌現「燕子歸巢時再來重聚」的願望。

陳彩雪案成爲代表某部份男性階層虐待女性的類型中的顯著的一面，原因是基於以上的認識。這裡不談「代表性」、「特殊性」也無所謂，而我引用柏拉圖那幾句話原是對應彭先生把我對陳彩雪案的引例，認爲是對台灣的男子全體來說的，所以依那公式的推理便是這樣：陳彩雪案變成與該案有關係的人，變成彭先生自己，變成一般本省人，外省人乃至外國人。

其次說到高萬俥案，我們若從心理學上研究一下，也很明白。彭先生說：「下僕殺死主人，一世聖雄慘死於無賴之手中一類的悲劇，很難斷定僅在台灣社會才能發見的。」這裡所謂一代聖雄大概指甘地吧？但那兇手是有組織的政治性的暗殺，與一般的殺人「性質」上不同，可惜兇手行兇後逃逸被捕，如果當時自首表示英勇，（雖然這樣也比日本武士道的切腹自殺還遜色）彭先生覺得應該感動嗎？我們不妨想起法國革命時代的一樁驚人的政治暗殺案，就是一個青春美麗的貴族女子哥代殺死馬拉。哥代並非是吉薩特黨組織中的份子，而是僅聽了該黨對馬拉的攻擊、誣賴，哥代遂以一種愚蠢的勇敢，把浸在浴盆中的馬拉殺死了，當她呆呆地站在一角，看著馬拉無助地死在血泊中，看著馬拉的妻子哭喊著跑進來，這位兇手也不能不感動地流下眼淚。她等待被捕，最後也勇敢地走上斷頭台，但吉薩特黨人並不讚美她，而且批評無智的哥代：「她把我們毀了！」而高萬俥的行兇則不能與上述兩例相比，假如說他是被迫於生活，而且殺人是出於在那一瞬間本能的行爲，他在行兇後決不會那樣從容，連一點害怕、懊悔、哀惜的情緒也沒有，他很敏捷地處置竊物，計劃逃走，爲恐招致惡果又寫信留給他的母親。我們知道猶大爲了貪取三十元，

告白了師父基督行動的秘密。基督被釘死後，猶大懊悔不已，遂瘋狂而死去。但從高萬俥的行爲經過看來，可知他如何殘忍。他受過日本的淺薄的教育，也難免不受了日本鼓勵殺人的法西斯精神的影響。日本法西斯爲了實現侵略的目的，爲了訓練殺人的工具，其殘酷是無所不至的。例如在南京、漢口，劊子手們曾在東京的軍人座談會中誇示自己殺人的功績。抗戰第二年我在第二戰區工作時，到過位於黃河北岸的晉南的垣曲，我離開山西爲止，這裡失陷過三次，而每次都被迫三天內退卻。我到時是第一次收復之後，有一位逃避不及的婦人被輪姦，一位老頭子被殺死，又從虜獲的日記、文件中，知道更多更殘忍的燒殺行爲。日本有軍妓也是世界所罕有的……我在第一戰區時，我親自審問過三個被日軍征用做軍妓的朝鮮女子。湖南是中國西南的倉庫，這一省分日軍蹂躪最慘，無論進攻或退卻，都大規模的姦淫，燒殺，老百姓的牲畜被砍去大腿，所以戰後該省無家可歸及餓死的人最多，還沒有吃過觀音土、草根、樹皮的彭先生是不可想像的。

無論那一個民族都有其歷史性的傳統，但依其自身的發展條件及外在的關係而變化，例如中國自東晉以後，不但異民通婚，而且音樂、繪畫、雕塑（特別受了印度佛教的影響），乃至觀念論哲學（唐

宋時代佛道特別流行）到二十世紀則受歐美現代文明的影響。台灣同胞在日本侵入以前，可說是純粹中國的傳統，但經過五十一年的殖民地統治，固有的傳統被削弱及強制，代替以日本的文化，教育（包括倫理意識），台灣帝大不許台灣人入政治系，其他系人數也有限制，一般學校禁止說台灣話，連台灣殘留的一種風俗習慣（如賽龍舟，鄉土戲之類）也禁止。這些已夠說明日本法西斯「毒化」的企圖，固然不一定人人接受，但總不可避免受了影響，例如戰時的「皇民化」運動，有被迫附從的，有爭功自動參加及提倡的。可惜彭先生否認「特殊性」的事實，而一面又抽象地承認受了日本的影響與同化。

彭先生還有一種感情衝動的危險性，這很容易被誤解是挑撥本省及外省人的感情，例如前次說國內報上也常常記載殺人、強姦的消息，影響到本省來「所以陳彩雪案與其說是『日本的遺毒』，毋寧說是現在中國一般社會風氣所致的。」這就完全忽視了事件的性質，及形成事件的主觀與客觀的原因。假如這種死板的推斷是正確的，那麼十餘年前轟動世界的一件桃色新聞英國喬治六世前帝愛德華愛了美國一位平民寡婦，爲了愛不惜丟了皇位，不是世界上殘存的皇帝，連日本昭和（裕仁）也在內，非也模仿鬧出浪漫史不可嗎？彭先生自誇的「科學的現實認識」，頂多也不過停在形式論理學的階段，但從矛盾的觀點看來，卻又是屬於形而上學或玄學。

我願望彭先生的見解是出於「天眞爛漫」的純眞的感情作用，縱使是錯了，讀者的我，決不會「熬不得發笑」，雖然泥於不必要的自尊心，但是有勇氣、熱情，只要經過「理智」的思辨，將來對某一個問題會更熱心研究吧？

我不是什麼政客，也不站在某種利害的立場，只是對社會的關心，對人類寄託愛，縱有不具體之論或錯誤，亦必採取研究的態度，決不會故意給某人製一頂帽子。

最後我不希望日本的遺毒在本省殘存下去，與批判舊的倫理觀理一同批判它，提高民族的覺醒與發展。

新生報《橋》副刊　一九四八・五・二十四

建設新台灣文學之路

胡紹鍾

「建設新台灣文學」，這口號在現在的台灣是一句響亮的口號，但在現社會下，我們不能不考慮到，現在的台灣，她與內地的文學有眞空的感覺；半世紀的隔離祖國，這是勢所必然，現在的游離性，對祖國文學的追隨，這是重回祖國的象徵，但是建設新台灣文學這句口號，我們要實現它，不能有日本式的社會來決定文學的命運。文學是地方性的，就是說文學是某一社會的意識，而不是統一社會的傳統，通過各某一定點而到達集體終點時，這就是文學之總成就，歐洲的文藝復興與我國的「五・四」新文學革命，都是明顯的地方性通過某一點而到達終點時的成就。

現在台灣的文學，她已經走錯了路，差不多的文學工作者，他們去模仿我國已經錯誤的道路進行，恕不客氣的說一聲，這是日本時代的台灣民族性，他們沒有把國家認識淸楚，只知道模仿，太缺乏自主心了，這是可悲的，模仿了形貌，不知道精髓，這些是不可以稱爲文學的。殖民地文學，這是帝國主義的專有名詞，在民主國家，那些都是禁囚的，我國的政治制度，是絕不需要那些殖民地文學色彩的文學，文學是社會性的，所以我們必須建立起自主性地方性的文學，我們不能以殖民地文學的色彩，來侮辱我們本身生存的社會，社會是我們自己的，不是他人形成的，當然是不能有其他社會性的文學來支配我們生存的社會。

輝煌的「五・四」時代，那是民國的新文學始端，它有革命性的成就，但是我們不能以此來限制我們進展，叫囂著「我們要回復五四時代」，那是錯誤的。要知道，「五・四」的革命，是有那時的社會背景，現在呢？當然是有現在的社會背景，在革命性的歷史來說，回復到「五・四」時代，那是要不得的口號，以常識來說，我們現時代的文學是比「五・四」以前進步了，但是我們爲什麼要有這樣的口號呢？革命是不斷性的，我們不滿於「五・四」以後的，我們應以革命的精神，創造出另一個時代，來配合我們的需要，「五・四」時代，那是前期的革命，留給後人是作借鏡而已，同時也就是給我們知道，即是一個革命過程中的名詞而已。

社會是前進的，因爲我們人的思想是在改變，這改變就是社會的前進，太下意識了吧！但是並不如下意想（識）的想像，常識告訴我們，人類是只有進化沒有後退，除非他是變種，否則，思想在人類的腦中是只有進步，因此，我們應用到文學，它也是前進的，不會再去趨奉殖民地文學，也不會停留在下意識的成就上，文學的成就它是在不斷革命下成功的，誠如政治的社會的不斷革命下的成功一樣，因此我們文學不是趨奉、模仿而成功的，所以我們不能下意識的否定我們自己生存的社會，我們必須發展我們自己生存社會的精粹，這就是說，我們必須有我們地方性的文學存在。

民族的生存是自主的，民族的思想是自由的，我們爲什麼要固定在某一定點上，國家賦與我們的權利，憑什麼我們要放棄，憑什麼要在某一定點上兜圈子，太看小了我們的生存，社會意識只有死亡，文學只有殖民地性，因此國家的傳統意識是只限於別人類。

在文學的立場上，也就是某一人類生存的社會形式上，我們必須建立起自主的地方性文學，台灣，這是地方的名詞，她有她的人民社會，她有她的社會意識，她有她的文學思潮，但是被限制了，是被一批文學清客，他們自以爲懂得，但是沒有意識的掌握著，爲的是因爲他們是清客者流，所以他們必須如此，他們挾煞了人類的意志，但且自以爲文學的正統者，這是文學發展的敵人，要建設新台灣文學，必須要剷除自稱正統的文學清客。要建立起自主的社會地方性文學，要有革命的進展，要新台灣文學，不是清客文學，不是殖民地文學，這才是有意識的，有傳統的，有社會性的新台灣文學。

新生報《橋》副刊　一九四八・五・二十四

台灣新文學的意義

田兵

關於怎樣建立台灣新文學這一個問題提出以後，有許多人便在奇怪地問，建立新文學就建立新文學，爲什麼在新文學上面還要加上台灣這兩個字？台灣文學和祖國文學之間爲什麼還要劃上一條界線？爲什麼有提出建立台灣新文學的口號而沒有什麼建立江蘇新文學和建立浙江新文學等等的口號？關於這一類的問題，假如我們能夠解釋明白以後，那正也就說明了建立台灣新文學這一個問題的價值。不錯，建立什麼江蘇新文學和浙江新文學等等是不會有的，這因爲沒有那樣的必要，這因爲在那地方都沒有遭受到像台灣這樣特殊的黑暗的社會環境；要建立台灣新文學是因爲台灣有了半個世紀不同的特殊的社會環境。雖然說台灣文學自「五・四」以後隨著祖國的新文學也展開了新的生命，雖然說台灣新文學過去在反封建反帝國主義的目標下曾經作過極大的努力，但剛生的苗芽終都受到了暴力的摧殘，台灣的新文學可以說沒有什麼重要的發展和成績。可是在同一個時期裡，祖國的新文學已有普遍的重大的發展，已有一個不可動搖的根基。歷史進入八年抗戰，祖國的新文學在爲爭取自由的鬥爭中又增加了不少力量和經驗；在抗戰勝利以後，爲了整個民族社會的要求，爲了整個世界潮流的趨勢，祖國新文學在民主和科學的旗幟下，配合了整個要求民主要求科學的運動表演了最大的力量，那股向前伸長的力量至今還沒有停止過。但是，「台灣的新文學」自從光復以來還沒有一點動靜。在這一種情形之下，我們打破了沈默的空氣，要求建立台灣新文學的價值應該是無可否定的了。不過，在這裡要提出來解釋一句的是；建立台灣新文學運動是整個祖國新文學運動的完整的一環，這因爲台灣文學和祖國文學的民族性本來就是一個的，再台灣的社會和祖國的社會現在究竟已聯在一起，因此台灣文學和祖國文學之間的社會性雖有不同的地方，但一般的要求和目標還是一致的。

看過建立台灣文學這一個問題的價値，其次我們便要來討論解決這一個問題的方法。討論做一點什麼具體的工作。關於這個問題，我認爲目前頂要緊的便是：成立地方性的文藝團體，把文藝推進到每一個角落裡去。新文學運動不是要發現幾個文學家，寫幾遍文章欣賞、欣賞，而是一種領導改革社會的運動，所謂「大衆化」的意義也就在這裡。

每一個地方性團體之間，用通訊的方式或用訪問的方式取得聯繫，來與省外各地的文藝團體取得聯絡，這個工作的意義不用多說，但我們要提出一句：從這裡正也可以證明台灣的新文學運動和祖國的新文學運動是聯在一起的。

關於建立台灣新文學這個問題，因為各人的觀點不同，因此論點也就分歧，而我在上面講的也只是關於這一個問題的價值和第一步解決的工作。關於第一步組織文藝團體的工作，假如可能的話，我希望散處在各地方的《橋》的作者可以首先負起責任來。

新生報《橋》副刊　一九四八・五・二十六

論前進與後退

「建設新台灣文學之路」讀後

孫達人

自從三月廿九日《橋》上刊出了楊逵先生的〈如何建立台灣新文學〉後，接連不斷地讀到許多關於這問題的討論文字，雖不免都跡近於「開單方」，無關宏旨，但一一七期刊出了胡紹鍾先生的〈建設新台灣文學之路〉，實在使我大吃一驚，不得不有所「論列」了。

通讀了胡先生的大文，覺得這文章「單方」的資格都不夠，如果我一一提出來討論研究，未免有耗《橋》的寶貴篇幅，「殊屬不合」。現在祇就關於「五・四」的一段來稍作討論，明眼人自可以看出來我決沒有斷章取義之嫌的。

胡先生說「叫囂著『我們要回復五四時代』，那是錯誤的，要知道，『五・四』的革命，是有那時的社會背景，現在呢！當然是有現在的社會背景，在革命性的社會來說，回復到『五・四』時代，那是要不得的口號，以常識來說，我們現時代的文學，是比『五・四』以前進步了，但是我們爲什麼要有這樣的口號呢？革命是不斷性的，我們不滿於『五・四』以後，我們應以革命的精神，創造出另一個時代，來配合我們的需要，『五・四』時代，那是前期的革命，留給後人作借鏡而已，同時也就是給我們知道，即是一個革命過程中的名詞而已。」

粗看起來，這段文章似乎「大義凜然」，把那些嚷著要「回復五四時代」的教訓了一頓，但只可惜胡先生是「以常識來說」的，死抓住「歷史」的「革命性」，因而就認爲「五・四」祇是一個「革命過程中的名詞而已」。對於「五・四」的認識不清，實在莫過於此了，把「五・四」認爲祇是一個「革命過程中的名詞」，不但是錯估了「五・四」，簡直是侮辱了「五・四」。

「五・四」究竟是甚麼，解釋是：「五四運動的正確解釋應當是：反帝反封建的政治的社會的思想的運動，而「五・四」以來的新文藝，就是反帝反封建的思想鬥爭的一翼，（矛盾：「反帝，反封建，大眾化」）。

根據這個極正確的看法，今日，如果把「五四運動」單認爲是一個「新文化運動」或把它認爲是一個「新文藝運動」，限於一個圈子以內，都是不正確的，今日已經有人提議要改訂「文藝節」，就是一個證明。但當時之所以要強調「五・四」與「文藝」的關係，實則是要提醒大家，「文藝」應視爲整個「五四運動」反帝（反）封建的思想鬥爭的一翼，也就是說文藝應配合這個精神去要求廣大的民主運動，以完成民族獨立解放的任務。

因此今日，有人提出「學習五四，跨過五四」的口號，（我還沒有聽到過「回復五四」的口號，大約胡先生是「回復五四精神」之誤），這是甚麼原因呢？這裡必須要解釋一番。

「五・四」當時的中國社會，是一個半封建半殖民地的社會，所以當時提出「個性解放」，是針對「封建」而發，提出「民族解放」的「反帝」，是針對帝國主義淪中國爲半殖民地的奴役社會而發，俱見當時兗兗諸公眼光之銳利，也因此，「五・四」運動才能成爲一個全民覺醒的全民運動。

然而三十年來，文藝工作者雖不斷地循此方向前進，終因封建勢力的根深蒂固，與夫帝國主義壓迫的變本加厲，這個任務沒有全面達成，及至現在，中國社會背景依然沒有變，至多祇能說，反掉一個日本帝國主義而已。但帝國主義與封建意識是相互勾結著的，封建意識一日不除，帝國主義的壓迫即一日不能去，所以反封建反帝乃成爲今日中國文藝工作者的雙重任。「學習五四」這個口號之提出，其主要意義就在於三十年來中國的社會背景未變，所以文藝工作者仍應根據「五・四」的精神，繼續爲反封建反帝而努力，因此決不能認爲是「倒退」。胡先生認爲這個口號「要不得」，實屬荒謬。我想胡先生硬抓住「歷史的革命性」的抽象原則，倒眞是「要不得」，其漏洞就在於「以常識來說」的判斷之錯誤。

胡先生又說：「社會是前進的，因爲我們人的思想是在改變，這改變就是社會的前進：常識告訴我們，人類是只有進化沒有後退，除非他是變種，否則，思想在人類的腦中是只有進步，因此，我們應用到文學，它也是前進的。」

「學習五四」（回復到「五・四」再出發之意）是不是後退，前面已經說過，決不是後退，爲甚麼要回復「五・四」再出發，前面也已經指出，正因爲中國社會在這三十年中完全在一個停滯階段，所以要再出發。至於說到思想，三十年來中國人民倒是在進步著的，可是這思想的力量還不能到達貫澈社會進步的目的，所以站在社會的前哨的文藝工作者還得繼續努力，而且更確定了目標。比方「五・四」所要求，個性解放的個人主義，現在差不多已被大多數知識份子所唾棄，大部知識份子也都已覺醒反帝反封建需要深入廣大的人民大衆，要求全民的解放，所以知識份子更喊出深入人民大衆的口號，胡先生沒有把思想的與社會的進步弄清楚，而仍接受「常識的告訴」，認爲回復「五・四」再出發是一種退步的行爲，這個錯誤實在無可饒恕。我倒不是一個「變種」，遍翻家譜，也找不出一點「變種」的蛛絲馬跡，大約如果眞是「變種」，恐怕就不會發現這個道理了。

終結胡先生的大文，既沒有告訴我們甚麼，連不一定十分靈光的「單方」也沒有開出，卻聲聲說建立一種社會性、地方性的台灣文學就是「新台灣文學」，我想當時第一個提出這口號的楊逵先生的本意，也並非僅限於建設台灣的鄉土文學的，關於這個問題，容後有機會再行討論。

新生報《橋》副刊　一九四八・五・二十八

台灣新文學創作方法問題

雷石榆

自從《橋》舉行多次座談會以來，無論座談的記錄或單獨發表關於「台灣新文學」的文章，都還沒有深入到問題的核心，直至今日爲止（五月十四日），我覺得阿瑞的〈台灣文學需要一個『狂飆運動』〉一文說得比較具體，不過這還是問題的一面，也可說是屬於創作方法的問題。

阿瑞先生先解釋「狂飆運動」的意義，而強調台灣文學也需要有這麼一個運動，這是針對著台灣經過日本五十年的統治而不可避免地殘留著思想的、感情的、個性的、觀念的僵化，現在需要求這些的解放，回復到人性的本態並且求取自由的發展。在這種意義這種見解是正當的但不是具體的。

所謂正當的，可從該文的分析各點得到說明。日本對於思想自由發展的束縛，自昭和七年起日趨嚴酷，過去片面的言論自由已成爲「指鹿爲馬」的強制附會，因爲日本已開始走上法西斯主義之路，只容許法西斯思想的存在，日本的左翼聯盟在壓迫下解體且不用說，就是一般自由主義傾向者亦極受限制。在威迫利誘之下，除了極少數寧願戰鬥不屈的文人（如秋田雨雀，德永直，中條重治等）之外，許多都走上投機之路，尤其是對中國發動侵略戰爭之後。例如極左而多變的林房雄，農民文學作家片岡鍛兵，出發於自由主義的窪川鶴次郎，室伏高信，林芙美子，乃至以戀愛小說成了團團富翁的菊池寬等，無不爲日本法西斯侵略戰爭歌頌。記得昭和八九年間，我和一些朋友在東京辦雜誌，爲了刊載一些仁道主義的，反戰思想的作品，我險些被警觀（視）廳拘留，那時候，我也用日文寫了好些東西，但最初的用意是想介紹些中國的新文學（最初發表詩的翻譯）但我不能十分運用這種文字工具，也不能正直地表達思想，往往在作品上流於象徵的手法。日本統治下的台灣現實我不熟悉，但當時出版的《台灣文藝》我常常看到，該雜誌的一些同人也常見面，但不可否認，正如我以前在該雜誌發表過的意見，所刊載的作品不出於自然觀念的寫作方法，用國文寫的部份，文字的使用也停在「五・四」時代的白話文階段加上一些地方語言。這是必然的，日本本國對思想統制既如此嚴格，對殖民地的政策必更甚；一方面，台灣對祖國的現實太隔閡，國文不能自由運用。所以阿瑞先生指出在日本的統治下，思想的被強制，感情、理性的被僞裝，以及用日語不能完全表達植根於本省民族生活上的最有特性的思想、感情、觀念，有其客觀的根據的。

不過，爲了「開放個性，尊重感情」及「打破所謂『台灣文學』的狹隘觀念」而提倡「狂飆運動」

還是不夠的，不管我們所提倡的「狂飆運動」與過去歐洲所發生的有其不相同之點（中國的「五・四」運動也叫做狂飆運動，也與過去歐洲所發生的同義不同質）但偏向於浪漫主義的創作方法，是必然的。我們固然需要開放個性，尊重感情，解說思想，打破狹隘的觀念，藉以剷除存在於台灣社會下層的傳統的封建意識及殘留於市民層中的被資本主義的意識型態歪曲了的觀念；同時更需要涵養更高的人生觀（提高浪漫主義的個人中心到群體中心），宇宙觀（提高浪漫主義的精神超越到科學的認識），更深刻地觀察現實，分析現實的特異，氛圍，動向，沒入生活，使用生活的鍊金術；從民族一定的現實環境，生活狀態，把握各階層的典型的性格，不是自然主義的機械的刻劃，不是浪漫主義架空的誇張，而是以新的寫實主義爲依據，強調客觀的內在交錯性、眞實性；強調精神的能動性、自發性、創造性；啓示發展的辯證性、必然性。新的寫實主義是自然主義的客觀認識面與浪漫主義的個性，感情的積極面之綜合和提高。它是由最小到最大，由縱到橫，由最低到最高，由民族到世界，在創作方法上的前提。它攝取地繼承遺產，它又獨創地開擴創造。它是最科學的，同時也是最藝術的。它是最多樣的，同時也是最凸出的。

在台灣文學創作問題，基於以上的理解，我們不妨提出幾個根本的原則：

一、剷除做爲日本法西斯主義統制手段的有毒的思想，而接受及消化日本資本主義帶來的有益的一面；科學性，技術的組織力，事物的廣泛的知識，世界文學遺產移植的效果。

二、接受及攝取中國的文學遺產，尤其是「五・四」以來的新文學的成就（台灣智識界普遍地知道魯迅等作家，但從日文翻譯的去認識，遠不如從原文去體味），這一方面對隔閡的祖國文化有接觸的機會，同時對於文字的使用，寫作方法也有補助。

三、爲了適切地表現人物的性格、習慣，在對話上不妨使用地方語。國內的作品也多如此，例如魯迅的有南腔也有北調，張天翼的不少上海話，老舍的最多北平方言，艾蕪的也不少西南地方土語，歐陽山的夾雜廣東語……不是已被普遍化的地方語，不妨加以注釋，使非當地人也能看懂。台灣語彙也許很不夠用，但不妨象聲創造。

四、寫自己最熟悉的東西，最理解的生活。對舊的倫理意識，腐敗的習慣，有害的思想在具體的事實上暴露，在悲劇性上諷示，對於向光明面的發展，也必在感情、思想、行爲的形象典型性的過程上去把握，去表現，不流於神奇或庸俗。

五、檢討本省過去作家的作品（阿瑞先生說：「過去的台灣可以說是文學的沙漠」未免說得過份一點）無論國文寫的，或日文寫的，光復後產生的作品也需加以檢討和批判。

六、研究台灣民間文學，如歌謠，傳說故事等。（許多人強調「吳鳳」的故事，我以為在現在不是很必要的）

七、對高山族以外的各種族原始性藝術也有熱心研究之必要。

八、盡可能多學幾種外國文學（日文當然也需保留），通過這觸覺作用，使我們較直接地認識世界性的東西，在翻譯上也給與我們自己文學發展的補助。

九、保留使用表示某一意義或思想（在中國文字中找不出適當者時）的日本既成語彙，就是中國文學上也攝取過好些日本語彙，如「歸納法」、「演繹法」、「立　」、「目的」、「組合」、「轉換」、「過程」、「轉向」、「勞動者」等。但要十分辨認清楚，有些日語和國語意義是相反的或不通用的，例如「勉強」、「案內」、「厄介」、「有難」、「大丈夫」、「枠」、「腰掛」、「轉向」、「氣嫌」、等舉不勝舉，所以第一要先熟習了國語，一知半解地應用還弄得啼笑皆非的。

以上各點，是在我們寫作上最有直接關係的，創作方法只是觀察、認識、把握、組織的前提，若缺乏表現手法的要素，也不會產生有血有肉有靈魂的作品。

我們不必做範疇地規定「台灣新文學」，但需要提倡創作台灣新文學。基於以上創作方法上的理解與把握，方不致流於狹隘性的地方文學。

新生報《橋》副刊　一九四八・五・三十一

瞭解、生根、合作

——彰化文藝茶會報告之一

蕭荻

事實上我不是《橋》的一個作者，和編者也是素昧平生的。我過去雖也零碎地寫過一些東西，一向並不敢自稱爲文藝作家，但是我願意對於台灣文學運動提出一點意見，《橋》編者舉辦這個會，而且巡迴的舉行，是件有意義的事，作者們決不應該祇是關著門，用自己的主觀寫作，一方面他們必須深入地去體驗社會，一方面也應該有和同道有互相檢討互相研究的機會。在這一類的集會中，紛擾的意見是不能避免的，但是有矛盾才有發展，有衝突才有進步，這是公認的事實。

八卦山文藝會，對於今天（五月十六日）所討論的如何建立台灣新文學運動，事前準備好一篇大綱，由一位先生在會上讀了一遍，這文章一開頭就說：「在台灣根本說不上有文藝。」在結尾提出方法來時又加重地重申了一次。（大意如此，文句或有出入。）這句話引起一些台灣作家的反對，一位先生就曾提出說像楊逵、賴和先生不是奠定新台灣文學的基礎的人嗎？

是的，台灣文學很「貧瘠」，但是絕不是「沒有」，其實就以我們國內而言，從五四以來，又何嘗有多少能夠擠列於世界文壇而無愧色的偉大作家？不錯，我們有一個魯迅但也祇是一個魯迅，不是太可憐嗎？台灣的文學貧瘠，是由於日本五十年統治壓迫的結果，我們中國的文學也同樣的貧瘠，這也是自有其社會、政治的理由存在，所以我並不同意所題「台灣談不上有文藝」的說法，我認爲如果由內地來台灣的作者，如果不能排除像某些來台灣求自身發展者的特殊優越感。（會中未多思索，信口說成民族優越感，引起些先生的駁難，今後自思、頗有未妥爰為更正。）醞釀寫存在於文學之中，歷時不能促進台灣的文學運動，相反地將是一個很大的阻力。

台灣有台灣的文學，與之各地都有各地的文學一樣，不容忽視，不過是由於語言工具的隔膜，台灣作家還沒有能夠大量地產生用國語寫的足以使人注意的作品而已。我們並不曾深入地瞭解台灣文壇，這事實並不奇怪，在抗戰以前，身處江浙平津一帶的文人，又何嘗瞭解了，認識了邊遠的省份如川、滇黔、桂的文學，在社會一個太（大）變動中，各省的人們接觸了、互相發現了，於是才有作家用內地各省的方言、方式寫文藝，許多民謠，風土的研究，更幫助了我們能藉中國舊典藉中的許多闕疑的問題，而今天，新文藝，是在各地產生了根苗了。台灣的新文學運動問題，也是在於如何使他生根。

說到生根，單靠外來的力量是不夠的，種子，肥料，可以從外面移植來，但是土地水份卻必須是台灣的，這就說明了，要立下台灣新文學運動的基礎，必得由台灣作家爲主力來努力才行。

事實也是如此，所謂文學，應該來自人民，要來自於生於斯、長於斯的人民，賽珍珠女士在中國住了些年，回到美國寫一些以中國背景的小說，中國人讀起來，總有些啼笑皆非之感。台灣光復之後，也有不少國內知名的作家來過台灣，但是大多的作家並沒有寫出什麼反映台灣現實的東西，有些作家是寫了一些，但是也並不會討好，甚至有些還被罵爲是賣野人頭的。爲什麼？一句話，台灣的水土，還不曾浸潤到他們的周身，隨便來台灣遊歷一下，登過阿里山、遊過日月潭、看過赤崁樓、到過鵝鑾鼻，便說是認識了台灣，我相信沒有人敢誇如此的大話。在舊書店裡找些日文書，道聽塗說地拾取了幾個故事，便來介紹台灣，我相信也不能成爲可靠的東西，眞正能夠介紹台灣，反映台灣的作品，須得在台灣生活一生的，從日本人的壓迫中掙扎出來的台灣作家來寫，雖然一時上還產生不出大量的優秀作品，使得目前的文壇變得貧瘠，我們祇能說這是客觀的條件的限制，在我們今後努力的途徑之中，首要的工作，也正在於如何去突破這個現實的困難。

具體的說，在目前最主要是一個合作的問題，而合作，則需要雙方都能夠推誠相見。文藝工作者，大率都是眞純的，合作上應該沒有困難，然則文人相輕，古之通病，在這一點上說，也許由於偶然的不留意的流露，會使大家之間有些芥蒂。事實證明，這類問題既然發生，而且仍會發生，我們不能不有所警惕，這便是我所以要著重的提出消除特殊感優越感的理由。因爲台灣祇是，而且祇可能是中國的一角土地，台灣文學也祇是，而且祇可能是中國新文學中的一環。

基於此，我有一個要求，我要求曾經在日本人統治之下堅強奮鬥過的台灣作家，多寫出一些介紹台灣、反映台灣的文章來。（即是不能用中文寫，用日文寫再請人譯也可以，總比日本人寫的觀點要正確些。）我要求內地來的作家們，把「能眞實地反映中國的作品」帶到這裡來，請大家在互相瞭解上開始。我還希望台灣作家能和內地來的作家共同合作，來集體創作出一些眞正反映台灣的東西，這樣經過一個時期的努力，台灣新文學才能奠下基礎。

說起來很簡單，做起來不是那麼容易，歸根結蒂一句話，新文學運動，在中國卻沒有得到適度的營養與培植，相反地卻到處在被扼殺、被摧殘。國家大問題不解決，文學運動要有蓬勃的發展是有困難的。但也正如此，我個人深感到，不論是什麼地方的文藝工作者，都共通的有一個困苦與苦悶的共感，這卻是大家更應該能夠攜手合作的磁場、導線。

台灣重光三年多了，事實上，我們並不曾帶了多少健康的新文學來，走進書店去看，充斥著的，大部還是屬於黃色的、肉麻的、神怪的書刊。在內地腐蝕著文化食糧的蛀蟲，在這裡同樣的猖獗，雖則這裡是一方新土。這不能不成爲我們的共同的警惕。

前些時，我和朋友談起過歌仔戲的問題：歌仔戰所表演形式和內容，純粹是中國式的，在日本一切要推行「大和化」的政策之下，經過了五十年的歲月，竟然保存了下來，不能不說是奇蹟。然而仔細分析一下，歌仔戲的低級趣味，早已就掩蔽了它所演唱的有民族意義故事的內容，我又不得不承認日本人的寓積極於消極的痲醉政策的可怕了。在國內又何嘗不然，在抗戰期間，發揮過光輝的功力的新演劇，不能生存。而「壁」、「紡」、「西遊記」等等，卻能存在，而不被取締，新文藝不得培植方型刊物乃能大量發展，這固然是當局無暇致力新文化的建立的說明，卻是每一個愛好或致力於新文化運動的人所不可不察，不可不戒的事情。

嚴格地說：台灣新文學運動的問題，也就是建立中國新文學運動的問題，主要的關鍵，還是在於「團結」、「合作」，特別是在大家的感情都太敏銳的今天。

我們不必誇耀祖國昔日的光輝，昔日的光輝祇存在於昔日，今後的工作還更艱巨，也不是保存昔日的光輝便可以滿足的。

新生報《橋》副刊　一九四八・六・二

我看「台灣新文學運動」的論爭

王澍

這一向，關於「怎樣建設台灣新文學運動」，爭執了好久，從雷先生的「女人」引起了所謂：「如何建立台灣文學」、「狂飆運動」、「雨傘」，以及「文章下鄉」，這期間，我們確以緊張的心情，來欣賞了這旗鼓相對的野台戲，孰是？孰非？首先聲明，本人並沒有被某一方拖到酒樓上去「塗油」，站在捧場的立場上，希望各位打手們，一決雌雄，替這密雨不雲的飽和狀態，打出一個晴朗的天氣，也好讓我們鬆一口氣。

在文學界有一些最普遍的作家，有一種「自翊」的優點？換句話說：「對穿衣鏡作揖，自我恭維」，記得有一位記者問蕭翁說：「世界上現在有幾位最著名的文學家」，他一連舉出了十二個不同的筆名，妙得很，這十二個筆名，都是蕭伯納本人。

從內地來的作家們，多少帶一點這樣胃口，「台灣會出什麼作家」，由於這種模糊的認識，在今天談「台灣文學運動」的確是一個不可補償的損失。

歸納雙方的辯論，觀點異同，姑且不提，就這種「意氣」上的爭執，便已夠歪曲了題目本身的價值，一方是廚川白村，魯迅哪，把睡在棺材裡幾十年的老作家搬出來，企圖唬倒對方，一方面是，「淺學非才所致」，「跪門請罪」，也夠一針見血，淋漓盡致，但給讀者們的是什麼？「不錯，對口相聲」，弄得踩腳擦拳，讀者們說：「各位，請看這一回。」對於這偌大的題目，早就扔掉了，所以有些眞正關心的讀者，乾脆把報紙一丟，「媽的，什麼玩意兒」。

對於某一個論題的探討與爭執，我們萬分需要，正因爲大家都能集中在一個論題上，發揮意見，對於「台運」的本身，才有進步，第一個大前提是我們要向眞理屈服，不是向某一個人屈服，千萬免開尊口：「你懂得什麼東西。」

第二，內地作家之所以歧視台灣作家的最大理由是：「武士道的遺毒」、「統治了五十年的成果」，甚至更毒狠的說：「大和民族的傑作」，這樣好像是自持的唯一因素，動輒把這種不光榮的名詞，加諸在台灣人的身上，這是一種自私的報復，一種極庸俗的看法，誠然，這些說法並不是杜撰的，而是實際的情形，但是，把這些說法，隨意的加冕在台灣任何一件事物上，那便犯了天大的錯誤。就事論事，拿高萬俥的利令智昏，謀財害主，以及陳彩雪的先姦後棄來說，雷先生動人心魄的把這件認爲了不得的大事，大吹大擂，聳言危聽，惡意諷刺，幸而沒有拿「一棒雪」內的忠僕來引證，也算大發慈悲，功德無量，別人不舉手贊成，便要說人家「視界狹窄」，硬要請別人去逛北投、草山、日月潭，這種弦外之音，也不知道，是要表現「教授」身份，還是要讀者們一醒耳目，假若雷先生視界遼闊的話，請打開上海的報紙，不妨醉眼朦朧的讀一遍，比高萬，陳彩雪更悲慘的命案，（我本人是絕對同情陳彩雪母女），每天要發生多少起，這總不是「受了偏狹思想的毒害吧」，也許並不是受了台灣人的傳染吧！假若把大陸上的壞事情，都認爲與台灣人有關係，那我們眞要爲台灣人喊冤，當然我並不贊同彭先生否認雷先生「部分特殊性」的意見。

問題的重點，在於探討「台運」，不是像律師一樣，替犯人辯護，不管在內地也好，在台灣也好，這是一個複雜的社會問題，文學決不能脫離社會而單獨存在，兩位先生不從根源上去探討，一味舍（捨）本求末，意氣用事，這是風馬牛不相及的事，所以我第二要提出來的是請二位平心靜氣地，把台灣的社會情形，作一個深刻地認識。

第三，台灣需要建立一個什麼樣的文學？我曾拜讀過阿瑞先生的「需要一個狂飆運動」，他從歐洲的十八世紀文藝的思潮，引證到「文學的路向」，這是一篇値得讀的東西。俗語說：入境問俗，就是說，不要把話題扯得太遠，我們生活的不是大陸，而是在一個被認爲特殊性的島嶼上，因此，我們必需打破狹隘的觀念，建立一個水乳交融的文學形式。兩年後，台灣人之所以這麼快地跟內地同胞打成一片，不能不歸功於文學上的宣傳。今後，爲了打破這種種族上成見，不管是內地作家、台灣作家，希望攜起手來爲發掘各個民族不同的個性而努力，爲求台灣社會的繁榮而努力，誰忽略了這一點，便根本不配來談這個大題目。

第四，從「文章下鄉」，我想起了抗戰第二階段，文化界在武漢發起的「文化下鄉」，「戲劇下鄉」等名詞，因此，在今日提出了這個多少作家束手無策的「文學的內容與形式」，誰都感到迫切，最近香港出版了一本「文藝的新方向」，荃麟寫了一篇很長的東西，說明現階段文藝的路向，《橋》也曾爲了這個問題，什麼純文藝哪，普羅文學哪，搞了一陣子，結果除了形式方面，還空白在作家們的腦子裡以外，內容是早經蓋棺論定，一致贊同，請作家們抱著稿紙，滾出象牙之塔，到十字街頭去，誰都曉得文學是屬於人民的，但，還有許多人一天到晚花呀、草呀、苦悶呀、煩惱呀……別人寫碼頭工人、寫妓女、寫侍應生、寫內戰，他們卻撇嘴地說：「媽的，下流」。所以，我誠懇地勸告這些不下流的作家們，乾脆不要混稿費，我相信你們的傑作，任何一個眞正爲人民服務的刊物，是不敢領教的。

形式問題，是最感困惑的一個問題，有人主張：「大衆語言化」，有人主張：「形式歐美化」，也有人主張：「大鼓書化」，分士列爵，各據一方，誰也不能說誰沒有道理，前者說：「文學既服務大衆，當然以人人皆懂爲原則」，這一派的有趙樹理（如李有才板話），姚雪垠（差半麥稭），次者說：「大衆語，俗以傷雅，不文不白，不倫不類，歐式文章，字句美麗，百讀不厭」，如巴金（海底夢）冰心（寄小讀者），後者也不甘示弱，他們說：爲什麼說大鼓書的人，能招徠聽衆，我們何不舊葫蘆裝新藥，來試探一下，於是袁水拍一馬當先，大膽地寫出了「馬凡陀山歌」，當時，也曾被人們大捧了一陣，後來，也就厭倦了，到如今關於這個形式問題，還在懸著，這一點，恕我沒有更好的見解。

最後，我們沉痛地，再重複一遍，台灣的特殊性是有的，但決不是跟內地冰炭難容的，請勿惡意渲染，假若，因此而破壞了自己種族間的情感，便犯下了決不可饒恕的罪惡。

新生報《橋》副刊　一九四八・六・四

五四文藝寫作

——不必向「五・四」看齊

揚風

前些時在《橋》上，看到一位先生義正詞嚴的高喊著：「向五四看齊」，並還主張要回到「五・四」去，再開步走。理由是，在這位先生的眼裡，從「五・四」後，中國社會就沒有變，因此，文藝工作不但要死守著「正統」，更要緊的是，還要將從「五・四」後已走出了的步子收回來，再跑回「五・四」的出發點，然後再一同走。當初看了這篇「學院派」的高論後，心裡就老以爲不然，因爲中國社會不但是變了，而且還變得很厲害。因爲是社會變了，文藝工作者有他新的寫作任務和課題。以萬萬回到「五・四」去不得，「向五四看齊」更是笨事。

中國本就有些學者或教授們，一輩子都捨不得去開「正統」、「傳統」、「……統」……寧可坐在不通空氣的地下室悶死，也不願跑出去晒晒陽光，看看社會，呼吸點更新鮮的空氣。就如說「五・

四」吧，學者先生們，開口「五．四」怎樣，閉口「五．四」如何，好像「五．四」是付萬靈藥，在那兒只要將「五．四」抬去，就會藥到痛除似的。更好像「五．四」是可繩萬世，師千古，文藝工作者，不先跑回「五．四」那兒去受洗，就將會被目爲叛徒或邪道似的。當然，我也並不否認「五．四」已盡了其在中國新文學啓蒙運動的歷史的使命的，但如在「五．四」過了三十年後的現在，還去抱著「五．四」的空殼，想掏出法寶來，那是絕對可笑的蠢事。

我說「五．四」已盡了它在中國新文學啓蒙運動的歷史的使命，是因「五．四」這一運動的本身，對外是反帝的，對內則是反封建軍閥與反官僚的專制，而要求民主與科學的。在文學上，除了反帝反封建之外，更積極的反對國粹及舊文學，而提倡比較爲大衆所瞭解的白話文。其後才有所謂的中國文藝論戰，「新月」、「創造社」、「文學研究社」、「語絲」等派，熾烈的辯論著中國文藝應該走一條怎樣的路？甚至作品的內容、主題、形式都有討論，但這已非是「五．四」的原來面目了，而是由「五．四」的出發點，更長的邁進了一大步了。至於那時中國社會的本質和形式上，都已有改變。第一，是帝國主義者在第一次世界大戰後，在本身的元氣恢復後，又積極的在國外爭取國外市場，特別是對華侵略的加強。第二，是一九二五至一九二七年爆發的中國資產階級性的大革命。（即所謂大革命時代）這充分說明了，中國民族資本家對外經濟侵略的反抗，對內要求統一圖強，而且國內的工商業的努力和進步都很大。第三，中國產業勞動者意識上的自覺和團結，如一九二三年的「二．七運動」

京漢鐵路工人反對吳佩孚的大罷工。這更說明了中國國內人民已普遍的覺醒了，反對軍閥的割據殘殺。此後的中國文藝界更走上了一條新的堅實的道路。

如進步的文藝作家組織了「左聯」，更提出在創作上新的口號「大衆文學」。因爲那時的知識份子，已深深的感悟，文學已不再是少數人的消閑自娛的把戲了，而有其新的歷史和社會的使命。「九・一八」特別是「八・一三」以後，日本對華侵略的加強，更激起廣大中國人民抗日的怒潮。在這之間，「左聯」更提出新的創作的口號，「民族革命戰爭的大衆文學」。這一口號就已標明，中國社會在本質和形式上都又已有很大的變動了。其後中國文藝界，更有「空前的」統一陣線的大團結。何況此後更經過八年的抗日戰爭，更何況目前的半個中國又已被戰爭的烽火燒碎了呢。對這些中國社會的本質形式的變動都沒抓住認識清楚，就一口咬定說：中國社會沒變，「五・四」以後的三十年間還「停滯」著。更其荒唐的提出：「回到五・四」和「向五・四看齊」，這就不能不使我們佩服這位先生的勇氣和膽量了。

展開台灣的新文學運動，是不必向「五・四看齊」的，更不需回到「五・四」去。需要的是一條健全而進步的路向。

二，怎麼寫和寫些什麼

一個作者的世界觀，就是他創作的基礎。「怎麼寫」？就是作者應走條甚麼樣的路向？他對整個社會的看法又是怎樣？假如這還沒弄清楚，而就高談「寫些甚麼」了，甚而至於廣告似的寫出了一長套什麼「創造的方法」，是就等於洋化了的紳士們，坐在酒吧裡，幻想著那些實際上已破產了農村，像仙境那麼美麗同樣荒謬可笑的。

在五月三十一日的《橋》上，有雷石榆先生的一篇〈台灣新文學創作的方法問題〉。除了開出一長串「創作的方法」外，對目前的台灣新文學運動，也認爲「狂飆運動」是「必需的」而且還很「正當」。是因「台灣經過五十年的統治」而「思想的、情感的、個性的、觀念的僵化了」，一個人假如眞的「思想的、情感的、個性的、觀念的」都已「僵化」了，即或者那不是些待腐的活屍，也是個不能思索和感覺的白癡了。假如是這樣，台灣就用不著我們高喊「台灣新文學」什麼的了，也更無需雷先生那麼費力的叫出了許多艱深的名詞來喊「狂飆運動」及「創作的方法問題」的。似乎雷先生也認爲「狂飆運動」還是「不夠的」，但又如何補救呢？於是雷先生就硬將「狂飆運動」加在他自己的「創作的方法」上，於是就成了雷先生的「創作方法」系統了。我只覺得「狂飆運動」是以前一時期中的文藝思潮，並不就覺得是「屬於創作的方法問題」。至於雷先生所謂的「創作方法」是些甚麼呢？曰：「開放個性」、「尊重情感」同時更要「偏向浪漫主義的創作方法」。

尊重天才的作家和洋場才子的文豪們，是很膜拜「個性」和「情感」的。他們坐在洋樓裡的沙發上，只要左手摟住女人，右手提著酒瓶，待醉眼矇朧，「靈感」一來時，就會洋洋萬言，「侍馬可待」

的。如中國「五・四」以後的「新月派」的詩文豪及「創造社」前期的才子們，他們那時也打著一面「浪漫主義」的大旗，也是膜拜著「個性」、「情感」的，認爲文學的本身，就是作者「個性」的發展，「情感」的奔流，他們沒有看見在他們那棺材似的斗室外的世界那麼大，人還那麼多，而且還自覺的發出了求解放的怒吼，社會變動得像一鍋滾水似的在沸騰著呢。假如現在的才子或新貴們不是耳朵聾，或僵化了，那麼這些在怒吼，在變動的聲音，一定會將他們「浪漫主義」的美夢驚醒，而從「個性」「情感」中走出來，去和那些在怒吼中的廣中民衆生活在一起的。即如「創造社」的老將郭沫若先生在創造社的自我批判一文中，也自懺似的說：「在創造季刊時代或創造週報時代，百分之八十以上，仍然是在替資產階級作喉舌。他們是新興的資本主義國家，日本，所陶養出來的人，他們的意識，仍不外是資產階級的意識，他們主張「個性」，「情感」要有內在要求，……用一句話歸總，便是種個人主義的表現。……他們在這樣的意識下，努力行動了，努力創造了，然而他們創造出來的結果，依然不外是一些不具體的侏儒。」

雷先生好像自嫌提出了「浪漫主義的創作方法」不夠「進步」似的，於是又提出了「新寫實主義」。「新寫實主義」是什麼呢？依照雷先生的解釋是：「自然主義客觀的認識面與浪漫主義的個性，情感的積極的綜合和提高」，原是雷先生在「自然主義」或「浪漫主義」的屍體上，披上了一件「新寫實主義」的紙架裟，所謂新寫實主義不但與「浪漫主義」有別，就是與「寫實主義」（或現實主義）

也有著很大的差異。因爲新寫實主義是社會主義的現實主義，是主張階級文學的（即文學階級性）根本就拒絕雷先生裝在紙袈裟裡的「浪漫主義」的「個性」和「情感」的。新寫實主義的「情感」，也只是廣大勞動人民求民生、反專制、求解放、反獨裁的積極的行動和怒潮。新寫實主義的「個性」是廣大勞動人民的「群衆性」。決不是雷先生所高喊的「浪漫主義的創作方法」的「個性」和「情感」的。

時代已變了，已進步了，我們決不可還將那已被進步的文藝理論所遺棄的「浪漫主義的創作方法」搬到台灣來，以致讓殭屍擋住了才在萌芽中的台灣新文學運動的路。

新生報《橋》副刊　一九四八・六・七

我的新台灣文學運動看法

姚筠

關於「新台灣文學」的爭論，報端已經見了不少次，但論點似還只有接觸到「代表性」和「特殊性」這一爭辯上，並未及於如何解決問題的具體意見，這期間提出「狂飆運動」，「白話文」，和「文章下鄉」，是內容比較具體的。甚至連闡述其重要性這一點也忽略了，而很多出於枝節之爭，實在是多浪費的筆墨，尤其最近見到的關於這一問題的論述，好出於漫罵一陣的口吻，而自己又毫無主張提出，更是要不得的很。

對於一個問題的討論，當然我們並不否認應該由淺而深，由部份而全面的，相互的爭論原也少不了，但問題既經提出，最後應該是設法趨於解決道路的尋求，而不應該太紛歧旁涉於枝外之爭的。

關於「新台灣文學」這一口號的提出，自然是有其客觀環境的需要，那就是從帝國主義殖民地解放出來的台灣，社會生活的內容變換了，那末爲具體反映這一社會生活的文學，自然也要求改進；這裡我覺得正不必太過誇張和歧視這一口號的提出，正像重光後的台灣需要一個新的社會出現一樣，文學思想上也需要有個新的型態，這是客觀條件定決主觀動向的，是辯證發展必然的規律，不過如今我們所以重視這一口號，是要設法使問題能趨向於更積極的道路，使文學能更堅強地成爲新台灣社會推進的有力的一環，所以有人不願重視或者以爲根本不需要這口號，實在也是一種錯誤。

文學思想時常受著現實政治經濟社會和其他文化的影響，常常被羈索在前者固定的環圈內，但文學思想的浪潮，卻也在激蕩著、推動著，或影響著政治社會和其他的文化；文學有啓示人性、激勵人心的積極性，尤其在這年代，當台灣同胞還不曾排脫盡以往生活的觀念，和未盡眞切了解祖國社會的現狀和發展的時候，是更需要文學能擔當起啓導民衆、喚醒民衆而給他們以認識，給他們以力量的重大的使命。這該是「新台灣文學運動」這一口號眞實的內容了。

台灣由於過去的五十一年歷史，造成了它的「地方性」、「特殊性」，這也是不能否認的事實，因爲文學是社會生活內容的一部份，在被殖民地統治的年代裡，人們的生活意識思想觀念，是必然地或多或少受其薰染陶冶的，而如今重光了，也是這個「特殊性」需要我們提出這「新台灣文學」的口號的。

爲今後「新台灣文學運動」的具體意見，應該是使它走向大衆文學的道路，使文學能切實地反映人民的生活和痛苦，我們要求把全部人民的生活寫出來，寫得通俗，寫得眞實，使文學全部爲人民而服務，努力地排除資本主義社會文學狹隘的錯誤的觀念。以往由於帝國主義者對殖民地統治的政策，使台灣同胞很少接觸到政治社會活動的範疇，因之文學傾向也無法擔負起作爲生活啓示和實現反映的任務，這無疑是一社會落後的現象，是與祖國的文藝思潮相脫節的，這裡所以要提出「新台灣文學」的口號，也應該是爲重視這一落後現象的存在，是有礙於解放後台灣同胞的思想活動和發展的，從殖民地統治解放出來的「應該不再是文學消沉的低流，應該不再是舊的形式」，它需要能擔負起暴露黑暗，啓導人性和啓導社會的使命，配合著祖國文學運動的發展，急速地迎向世界文學進步的潮流。

爲了充分瞭解祖國文藝思潮的成長和發展，台灣的作家們應該多多求得和祖國文學的接觸和交流，尤其近二十年來中國文藝思潮的脈流，深切地去體會自「五・四」——「五・卅」——「九・一八」——「八・一三」以來，每個不同階段的文學思潮的背景和任務，和它必然轉變的趨勢，因爲這一了解是可以使我們省卻許多前人已經走過了的道路，從而把握今後世界文藝發展的動向，爲台灣文學思潮灌輸新的清流。

由於對台灣社會現狀了解的深切，本地的文學工作者應該是這一運動推動的主要力量，相信這是會被大家重視而加以急切地推行的。

但這裡退回來就問題解決的前提來看，爲了解祖國文學思潮的交流，白話文的普及發展是很重要的，因爲這才是有用的工具；如今據說這裡中等學校的教本大部還是用的文言文，這實在是楕不應該的事，它無疑地增加了二者間文字了解的困難，我們希望能夠在共同指出它的病徵下，而出以有效的改進。

「五・四」運動是以文學運動發軔，而擴展成爲民族解放運動的，台灣社會的條件雖然不同，要求的內容也應不一致，但那種蓬勃踴躍的精神卻應該模仿的。

新生報《橋》副刊　一九四八・六・九

在「論爭」以外

洪朗

我看過一些論爭的文章，但很少深入到台灣新文學運動的根本問題，最近看了王濤的〈我看「台灣新文學運動」的論爭〉，對於若干論爭表示不滿意，我也有同感，不過王先生的文章也還是空空泛泛的，雖然讀者不致於像王先生一樣，「乾脆把報紙一丟，罵聲：『媽的，什麼玩意兒。』」但可能懷疑：「這是賣悶葫蘆裡的藥，還是在廚房裡炒雜碎？」

在該文中王先生有兩點弄不清楚：第一，忽視論爭的重點，而僅於取一些補述語加以重複的提出，第二，沒有從中國新文學運動史認知各種形式問題的提出過程，從而也未提到中國新文學運動對台灣有何重要性。

第一，王先生過於計較一些補述語，甚至說出如下的一段話：「一方是廚川白村，魯迅哪，把睡在棺材裡幾十年的老作家搬出來，企圖壓倒對方……」，不用說睡在棺材裡幾十年（魯迅只十幾年）的老作家，甚至睡了兩千多年的古希臘的哲學家如亞里士多德等，詩人如荷馬等，連近代文明的歐洲也不忘祖數鼎。因爲他們說出某一種眞理或表現出某一種典型，凡是歷史上偉大的作家，都留給我們有益的一面，我們善於攝取，善於體會，就對我們有補助。魯迅固然已是古人，可惜後學的我們，還未望及其項背，而王先生也許是超人，可惜使用的文字卻不是自己發明的。甚至王先生自己完全「醉眼朦朧」，竟把「視界狹窄」這句話誤認是出自雷先生的筆下。又從下面幾句話可看出王先生還是一種意氣，即把陳彩雪案和高萬　案認爲是「大吹大擂，聳言危聽，惡意諷刺」，從雷先生評論看來，並無這種傾向，如果王先生看了王明毅故鄉的話劇研究會因同情陳彩雪而以此案爲主題演出了「雲飛燕」，那不也就是等於「一針見血」對王先生的「諷刺」嗎？這兩案並非作爲台灣新文學運動的問題而提出，但可作爲一種現實的認識，遺憾的是王先生也認爲是平平無奇的事。也同樣不分「性質」地叫人看上海報載國內常常發生的悲慘事件，好像鼓勵做壞事，在背後輕輕說句「同情」。

第二，關於國內的文學形式問題，並不是如王先生看得這樣混亂。所謂「大衆語言化」（實是「文學大眾化」之誤）是抗戰前三四年提出的，爲了發展「五·四」未完成的使命，即把囿於智識階層的理解和都市文學的市民的狹隘性而推廣到廣大的大衆層，爲打破形式的歐化而提出口語化、通俗化。到了抗戰開始，再把這問題聯結在實踐上，後來更具體地提出所謂「民族形式」問題。又由於在抗戰開始時，各種舊形式都利用起來，如「大鼓詞」（並非「大鼓書化」）「五更調」，「說書」之類，但在「民族形式」的論爭中都把這些形式批判了，抗戰以前所謂「舊瓶裝新酒」的無條件利用主義在此被更具體地淸算。姚雪垠的〈差半車麥稭〉無疑是抗戰期中比較大衆化的作品，但他沒有具體地表現主題，甚至把參加游擊隊戰鬥的主人翁太滑稽化了。（關於這作品早有人評論過）巴金的〈海底夢〉和冰心的〈寄小讀者〉，是「九・一八」前後的作品，但並非是「歐化」的規範。袁水拍的〈馬凡陀山歌〉也並非「舊葫蘆裝新藥」，是向歌謠化的努力，當然缺點是有的，那好的一面被人捧，那缺點的一面被人抨擊。

中國新文學運動的過程値得我們探討但代表性的理論或作品，還不容易在台灣的書店找到，所以王先生僅看了一二本，就以爲中國新文學運動竟如此簡單。

最後我也贊成王先生對國內的作家和本省的作家推誠相愛，互相合作的意見。但第一要互相除去偏見，虛心學習，客觀地觀察事實，不隔靴搔癢，也不要像阿Q那樣忌諱「光」「亮」，而以爲侮辱了自己的癩頭皮。

新生報《橋》副刊　一九四八・六・十一

形式主義的文學觀

——評揚風的『五四文藝寫作』

雷石榆

我覺得很遺憾：一些喜歡論爭的人，不注意對方的中心論點，而枝枝節節的饒舌不休，甚至故意歪曲，或顚倒甲的話爲乙的話，更粗心的是把歷史性的用語全弄錯了。（例如王澍在——我看「台灣新文學運動」的論爭——中，誤認「視界狹窄」這句是我說的，對於中國文學運動過程的幾個口號也混淆而且弄錯）今天我看了揚風先生的〈五・四文藝寫作〉也多少犯了這種毛病。不過揚先生到底就文學論文學，與其他惡意的信口雌黃不同，而且值得尊重的，是他的觀點比較接近歷史發展的方向。揚先生在該文的第一節一、不必向「五・四」看齊，就顯著示他不疏忽歷史的發展性。但第二節「二、怎麼寫和寫些什麼」，卻沒有具體地發揮這個問題。而且許多地方歪曲了我的見解，這種歪曲，也許不是故意，但至少太疏忽。其次就是太直線地，機械地看文學運動，不具體地理解歷史的現實的特性，即客觀的具體條件與典型的環境，同時又把主觀與客觀分離開來。

且先說出揚先生對拙文〈台灣新文學創作方法問題〉的一些曲解。

『……對目前的台灣新文學運動，也認爲「狂飆運動」是「必需的」而且還很「正當」。是因「台灣經過日本五十年的統治」而「思想的、情感的、個性的、觀念的僵化了」一個人假如眞的「思想的、情感的、個性的、觀念的」都已「僵化」了，即或者那不是待腐的活屍，也是個不能思索和感覺的白癡了。（揚語）我並非無條件地贊成在本省展開「狂飆運動」，我覺得「正當」但「不具體」。而且還加以解釋，不過，爲了「開放個性，尊重感情」及「打破所謂台灣文學的狹隘觀念」而提倡「狂飆運動」還是不夠的，不管我們所提倡的「狂飆運動」與過去歐洲所發生的有其不相同之點（中國的「五·四」運動也叫做狂飆運動，也與過去歐洲所發生的同義不同質）……同時更需要涵養更高的人生觀（提高浪漫主義的個人中心到群體中心），宇宙觀（提高浪漫主義的精神超越到科學的認識）更深刻地觀察現實，分析現實的特異氛圍，動向，淩入生活……這不是明顯地說明這種理由嗎？爲什麼我說是「正當而不是具體」的呢？因爲「狂飆運動」是歐洲布爾喬亞革命的浪漫主義的表現，但在中國的「五·四」運動則表現了市民革命的二重性，反封建與反帝，而且對世界資本主義發展到帝國主義的認識，與民族資本家的利益相關聯，而提出了「民主與科學」的口號。固然到了所謂「中國大革命」失敗以後，起了「質」的轉化，但仍是走著革命之路的一面，在更具體更積極性的客觀條件上，把「五・四」的精神提高而發展，所謂「民族革命戰爭的大衆文學」，其前提也依然是反帝反封建的，只是領導這運動的責任不是容易動搖背叛的市民層的智識階級所能擔當，也不是標榜思想前進而行動不徹底的宗派的作家們所能推動的。台灣的現實與國內有著不同之點，但如果認爲台灣已經「民主而且完全科學化」了，除非是聖西門主義的便宜的再版，揚先生頗喜歡咬文嚼字似的，連「僵化」這形容詞也看得那樣死板，揚先生也許不是北方人，如果聽了嚴寒中的貧苦的北方人說：「我的手指給凍僵了」，不至於懷疑那人的手指就永遠凍死了吧？在法西斯政策厲行的時代，由思想到行動都極受限制，爲什麼科學家愛因斯坦逃出德國？爲什麼作家鹿地宣逃出日本？又爲什麼那麼多曾自命進步或超然派的作家爲法西斯的「聖戰」做喇叭手呢？他們的思想、感情、個性竟如此被僞裝和變形，當然，我也不同意凡在法西斯統制範圍內的人們都變了質，但可能相當數目的人被捏製成一個類型，德國未崩潰之前，凡希特勒所到之處（包括附庸國）都像應聲蟲一樣的喊「希特勒萬歲！」

我所說的新寫實主義的創作分（方）法那一段已說得很清楚，怎麼揚先生連這幾句話也看不明白：「……從民族的一定的現實環境，生活狀態，把握各階層的典型的性格，不是自然主義的機械的刻劃，不是浪漫主義空的誇張，而是以新的寫實主義爲依據，強調客觀的內在交錯性、眞實性；強調精神的能動性、自發性、創造性；啓示發展的辯證性、必然性……」，爲何說是「偏向於浪漫主義的創作方法」，說思潮與創作方法無關，那是何種幼稚的看法！

揚先生否定了我對新寫實主義的解釋之後，如此強調著：「所謂新寫實主義不但與『浪漫主義』有別，就是與『寫實主義』（或現實主義）也有很大的差異，因為新寫實主義是社會主義的現實主義，是主張階級文學的，即文學的階級性根本就厭絕雷先生裝在紙架裟裡的『浪漫主義』的『個性』感」的揚先生應該懂得「社會主義的寫實主義」是怎樣提出的。蘇聯自革命時代，到新經濟政策，到第二次五年計劃中，可說是絕對主張文學的階級性的，就在文學理論上來說，揚先生找出比盧那卡爾斯基，普列哈諾夫，波格達諾夫，盧卡茲等更強調階級性的觀點嗎？然而問題的錯誤卻不是在這裡，而是立腳於機械的唯物論，加上宗派主義的成見，在十七年以前，蘇聯的作家們全面地展開了「社會主義的寫實主義」運動，清算了「拉普」（蘇聯左翼作家同盟）的宗派主義、教條主義，把文學從圖式化、公式主義解放出來。在這方面高爾基發表了不少論文，對於主題、題材、典型創造等都有很精闢的闡述。就中對於批判地接受文學遺產問題，也有很詳細而深入的說明，他勸文學創作家如何向過去偉大的作家學習。有一段話大意這樣說：「……托爾斯泰、巴爾扎克、莎士比亞、佛羅貝爾……他們是浪漫主義呢？還是寫實主義呢？大概一切偉大的作家都是兩者的融合。」他在〈社會主義的寫實主義〉一文中說了如下的話：「『……作家』『藝術家』，更需要廣泛地知道豐富的，我們辭書的語彙的貯備，必要從那些最正確明瞭地選擇有力的語言的能力。」又說：「不是像繪畫的畫匠那樣把人描成不活動的姿態，而是在不斷的運動、行動之中，在他們之間的無限的衝突之中，階級、集團和個人的鬥爭之中描寫人。」也就是如他所指示：在千百萬農民層、工人層、商人層之中，抽農出他們各階層的共通的特點創造出典型來。不但寫某一階層、某一民族的特性，還要描寫這矛盾世界的事象。即如用諷刺的筆法描出「不走正路的安德倫」、「十二把椅子」，也可以同樣揭破帝國主義對小國的油田覬覦而寫出「伊特勒共和國」。問題只在於你在何種立場來寫，有沒有立腳於正確的世界觀上？揚先生否定「個性」、「情感」、「才能」即主觀條件的作用，稍爲（微）看過一點「社會主義的寫實主義」的文學理論的人不至於這樣糊塗。

所謂「創作方法」只是對現實的認識，把握和表現的基本方法，藝術創造到如何高度、具象、完全地典型化，除了觀察的深度、思考的密度、實踐的寬度之外，還要重視「才能」表現的高度。這「才能」卻又基於各自的修養、鍛鍊、感覺的敏銳，獨創的優越等主觀條件的限定而顯出各自的差異，正如泰戈爾所說的：「科學的雲雀是從雲雀的相同之點歸納出來的雲雀的眞理，而藝術家與詩人的雲雀卻從事雲雀的不同之點的，如果雪萊的雲雀頌與華茲華斯的雲雀頌正相同，人們就說雪萊的不是眞的而不去唸他了。」

藝術的創造當然不能離開歷史發展階段的特性的，創造社的老將郭沫若先生對於過去的自我批判是正確的，但並非否定了「創造季刊」或「創造週刊」在中國大革命前的文學戰鬥的歷史的意義，正如我們不能否定「五・四」的文學革命運動在新文學史上的劃時代的意義一樣。他的自我批判就表現了他跨上了另一個歷史階段，他過去的思想，感情已不是這一階段的思想感情，更大的意義是使那些偶像崇拜者不要以他的出發點爲目的點。

我們已拜讀了揚先生如此這般的理論，還願望能拜讀他「去和那些在怒吼中的廣大民衆生活在一起」創造出來的文藝作品，藉以對證他的理論和實踐如何一致，如果只是咀嚼一些「廚房唯物論」（西查德林語）的骨屑，「裝在紙袈裟裡」的「社會主義的寫實主義」的皮毛顯示自己「進步」，也無法不令人懷疑揚先生坐在台灣的「酒吧間」、「左手摟住女人」、「右手提著酒瓶」、「醉眼矇朧」地「幻想著那些實際上已破產了農村，像仙境那美麗同樣荒謬可笑的」空談。

實際上，「台灣新文學的路」還是由台灣的進步作家去開拓，我們外省人既隔著語言，也不若他們熟悉生於斯長於斯的鄉土的歷史的內容及現實生活的狀態。一些外來的膚淺的理論家，毫不慚愧地反覆著已是常識的文學理論原則，除了一二十年來的祖國現實比較隔膜外，到二十世紀初期爲止的世界文學思潮，不至於比我們更無知。

我希望台灣的進步的作家多方面地表現台灣的現實，可惜他們那麼忍痛地沉默。至於國內的「社會變動得像滾水似的在沸騰著」的現實，則十分誠懇地期望揚先生去表現。

新生報《橋》副刊　一九四八・六・十四、十六

「台灣文學」解題
——敬致錢歌川先生

陳大禹

首先，我要請原諒，我不大懂得文學理論，一切都是出自直覺的莽撞，今日「建設台灣新文學」的盛談，竟已博得中央社的重視，記者專訪，特發專稿，闡述錢先生對是題的見解，我因曾參加兩次有關的茶會座談：略有感覺。湊合這各報刊登中央社專稿的熱鬧，衷心踴躍，所以不嫌冒昧，凜然陳述以求敎於錢先生。

據我所知道，「台灣文學」或「台灣新文學」的名詞：實在不是新近才發明的命題，而是自有其光榮的，值得紀念的歷史衍故。

台灣在中國，最突出的特殊性，就是曾經淪陷於日人統治下五十餘年，這半世紀的隔斷，台灣是在窒息的殖民地的處境下，造成異同國內，明顯特殊的色彩，這種現實，訴之每個人的直覺，大致不至否認台灣的特殊情調，老實說，以我身為閩南人的感覺，也不敢以為現在台灣人民的氣質，完全類同於閩南，更何況南人與北人間「語文以及生活觀念」的差異，所以，儘管統一理論是國定目標，但未臻理想的現實依然是尚待努力的現實，別的且放過不談，我們只說文學這一部門，就憑錢先生所感覺的「此間文學運動早經停擺」的現實，也可說明台灣的建設文學運動，是迥然不同於他省的建設文學運動。文學的產生，自有其現實時間與空間的憑藉，現實的特殊性，自是必然影響作風（題材處理之不同與表現手法之不同），所以，是類的論列的創作，冠以地域名稱，好像也沒有什麼不對，要是說，用台灣文學這名詞，就是要與「中國文學」，「日本文學」對立，這就未免言過其詞，我不曾聽過、見過要這樣。同時，我也不曾意料到這樣，因為那確是太污損台灣文學的由來意義了。

日人佔領時代，台灣的文學不曾得到廣泛展開的機緣，或者說，台灣自發的文學運動不曾得到廣大的深入，持續的進步是現存的事實，但，假如以這種感覺而一筆抹殺台灣文化界的勇毅的工作，那是太不應該了，我們看見那台灣文學運動的史料，就可明白，這些不甘奴化的有心之士，他們是怎樣堅強地反對侵略，怎樣努力地喚醒民族自覺的意識。「台灣文學」與「台灣新文學」的名詞，正是我們用來呼喚內向祖國的切實術語，也是時勢必然形成的當然名詞，毫無有語病之感，這地域名詞所發生的作用，實際上已造成發揚民族精神，可貴的、光榮的史蹟，永遠值得我們尊重的，現在台灣光復，不可避免的台灣生活變革問題，顯然使台灣現出異同各省的特殊性，也因為這個特殊性，我們是怎樣急迫地需要適應切實，特為現實台灣而創作的文學工作。這個迥異各省的文學運動，是不是正需要這個地域名詞來作範定呢？我們當然了解其必要性的理由，「台灣文學」與「台灣新文學」的歷史名詞，正是有那麼濃厚，內向祖國、民族意識的既成傳統，由這個每天要說「我們是中國人，我們要愛祖國」的現實，那可不是名正其用的適當名詞麼？

照我所感覺的，台灣文學的現實，充其量不過是和「邊疆文學」這名詞的含義等量齊觀而已，事實上，台灣也是中國的邊疆之一，這名詞的運用，並沒有過份或不對，要是強要指這名詞有語病，那麼自光復來每月發刊，自嘆台灣文化沒有台灣文化的「台灣文化」月刊，以及文化交流的「交流」字義，就都可訴為「有語病」，因為「交流」是交流些什麼？什麼和什麼交流？為什麼要交流？這都有不可避免的地域因素存在。

我以為，對於「台灣文學」名詞看不順眼的，主要的還要擔心於這確實特殊的現實，所發生的錯覺，但是，我覺得我們並不應該粉飾太平粉飾到使台灣人覺得彷彿自己不該有點自己的東西似的，這種粉飾的效能，結果常是適得其反，而且，這台灣文學或台灣新文學的精神傳統，確是踏實地有利國家、民族的，我們為什麼不能坦然接受呢？

新生報《橋》副刊　一九四八・六・十六

評錢歌川、陳大禹對台灣新文學運動意見

瀨南人

六月十四日各報一齊刊載的中央社訊傳出的錢歌川教授對於建設台灣新文學的意見，使我讀了之後感覺驚異，因爲錢教授首先指謫該項論題略有語病，但至於他所舉的幾點見解，卻難於成爲理由的根據。這是由於他以爲「文學之以地域區分是起因於如北歐文學、南歐文學一樣，以其民族氣質相異，語文及生活觀念不相同而影響及於其作風（題材處理之不同，與表現手法之不同）」。所以語文統一，思想感情又復相通之國內而談建立台灣文學，實難樹立其分離之目標。可是我認爲台灣文學的目標，並不在於錢先生所說的這一些，它完全是爲了適應台灣的環境而已。那麼至於台灣的自然環境以及人文環境，略與其他各省不同——這是不可否認的事實，所以我認爲「鼓勵於創作中刻劃地方色彩及運用適當方言」這是方法上的問題，並不是僅僅以此就「得與中國文學日本文學對立」。因而錢先生的觀點，由於他對台灣的自然底或人文底環境缺少環境，致使難免帶有一些錯誤或偏見。

可是至於十六日《橋》上刊登的陳大禹先生的〈台灣文學解題〉，我們雖可以看出他對建立台灣新文學的熱情，但卻很難贊同他的意見。我認爲台灣文學不但由來已久，且具有建立的目標及理論的根據，所以很難了解錢歌川先生的用意，但至於陳先生的這篇鴻文，不僅不足爲建立台灣新文學的理論根據，並且也難於成爲辯護台灣新文學存在的理由。這也許由於陳先生也和錢教授一樣，對台灣的自然底或人文底環境缺少認識。

陳先生一開口便說：「台灣文學」或「台灣新文學」的名詞，實在不是新近才發明的命題，而是自有其光榮的，値得紀念的歷史衍故。並且他指出這種緣故是起因次台灣的特殊處境。這種看法，在原則上是對，可是至於他以爲「台灣的處境造成異同國內明顯特殊的色彩且起因於曾經淪陷於日人統治下五十餘年」，且他以爲「僅僅以此就足於構成台灣在中國，最突出的特殊性」。前已述過，台灣的特殊性不是單在於此，所以不該特別強調這一點，台灣的地理位置，地形地質，氣候產物——就是自然底環竟才會造成，被西班牙與荷蘭人竊據，以及淪陷於日本——的歷史過程，並且這些歷史過程再和她的自然環境互相影響而造成台灣的特殊，而這種特殊，使得台灣需要建立台灣新文學。因而我認方火陳先生的那種看法，由於他不僅不是生長於台灣，並且對台灣也缺少認識，難免帶有特殊。因而他之不敢以爲「現在台灣人民的氣質，完全類同於閩南」，當然不足使台灣文學由閩南游離的根據。至於說：台灣的現實每天要說「我們是中國人，我們要愛護祖國」，更難於了解用意何在。因爲這種口號在台灣向來已經有的。

淪陷當初的台灣民主國，以及屢次的武力的或和平的抗日運動都是提出這一口號，不能夠說是現實的情況。又每一省份在反對帝國主義侵略的過程中（尤其東北作家的作品）都有這種口號，所以也不應該，特別強調台灣是如此。尤其是陳先生說：照我所感覺的，台灣文學的現實，充其量不過是和「邊疆文學」這名詞的含義等量齊觀而已；更使我感覺莫名其妙。原來邊疆文學不是「量」的問題，而是「質」的問題。至於現在的台灣文學，更談不上是成個什麼文學。但過去的台灣文學如龍瑛宗、呂赫若、楊逵、張文環這些作家，當時不但是日本的中央文壇的作家，他們的作品也都達到了日本水準的。所以將來台灣不會產生偉大的作家或作品，這是很難斷定。

我並不否認台灣是中國的邊疆之一，但我肯定台灣文學的目標是在建立邊疆文學，更難承認冠以地名就會使其作品減少價值而終於成爲邊疆文學。

總之，爲了適應台灣的自然底或人文底環境，需要推行台灣新文學的運動，但是建立台灣新文學的目標不應該在於邊疆文學。我們的目標應該放在構成中國文學的一個成份，而能夠使中國文學更得到富有精彩的內容，並且達到世界文學的水準。

新生報《橋》副刊　一九四八・六・二十三

「台灣文學」問答

楊逵

「台灣文學」是不是有語病？

問：「台灣文學」這個名字是不是說得通？

答：是通而且需要。

問：此間文化人士近有盛談「建設台灣新文學」。據錢歌川說，該項論題略有語病，你的見解如何？

答：沒有什麼語病。

問：那麼，錢歌川說：文學之以地域分如南歐文學北歐文學者，蓋以其民族氣質相異，語文及生活觀念不相同，而影響及其作風（題材處理之不同與表現方法之不同）之故。這見解你是不是可以同意？

答：可以同意。

問：那麼，錢歌川說：語文統一與思想感情又復相通之國內，而談建設台灣文學某省文學，實難樹立其目標。此說你的見解如何？

答：所謂某省文學，譬如江蘇文學、安徽文學、浙江文學等這樣的名字，正如錢歌川說：實難樹立其分離的目標。在台灣我們雖並未想樹立其分離的目標，但可有其不同的目標更需要「台灣文學」這樣的一個概念。在「語文統一與思想感情又復相通之國內」，譬如江蘇、浙江等沒有需要，而獨在台灣卻有需要，是因爲台灣有其特殊性的緣故。即如錢歌川所說：「日本控制台灣半世紀來，文學運動早經停擺，吾人固宜戳力耕耘此一荒蕪地帶，以圖重新積極而廣泛展開是項運動，又於推行是項運動時，鼓勵於創作中刻畫地方色彩及運用適當方言自無不可」。其實在台灣其特殊性豈祇有此呢？自鄭成功據台灣及滿清以來，台灣與國內的分離是多麼久，在日本控制下，台灣的自然、政治、經濟、社會教育等在生活上的環境改變了多少？這些生活環境使台灣人民的思想感情改變了多少？如果思想感情不僅只以書本上的鉛字或是官樣文章做依據，而要切切實實的到民間去認識，那麼，這統一與相通的觀念，就非多多修正不可了。這，不僅我們本地人這樣想，就是內地來的很多的朋友都這樣感覺到的。所謂內外省的隔閡，所謂奴化教育，或是關於文化高低的爭辯都是生根在這裡的。這是很可悲歎的事情，但卻是無可否認的現實。「台灣是中國的一省，台灣不能切離中國」！這觀念是對的，稍有見識的人都這樣想，爲塡這條隔閡的溝努力著。但這條澎湖溝（台灣海峽）深得很呢！爲塡這條溝最好的機會就是光復初初的台灣人民的熱情，但這很好的機會失了，現在卻被不肖的貪官污吏與奸商搞得愈深了。對台灣的文學運動以至廣泛的文化運動想貢獻一點的人，他必需深刻的瞭解台灣的歷史，台灣人的生活、習慣、感情，而與台灣民衆站在一起，這就是需要「台灣文學」這個名字的理由，去年十一月號的「文藝春秋」曾有邊疆文學特輯，其中一篇以台灣爲背景的「沈醉」是「台灣文學」的一篇好樣本。

問：那麼，你是不是以爲台灣新文學可與中國文學日本文學對立的？

答：台灣是中國的一省，沒有對立。台灣文學是中國文學的一環，當然不能對立。存在的只是一條未塡完的溝。如其台灣的託管派或是日本派、美國派得獨樹其幟，而生產他們的文學的話，這才是對立的。但，這樣的奴才文學，我相信在台灣沒有它們的立腳點。我們要明白，文學問題不僅是作者問題，也就是讀者的問題，讀者不能瞭解同情，甚至愛護的文學，是不能存在的。人民所瞭解同情，愛護的文學，如果它受著獨裁者摧殘壓迫，也不能消滅，反之，奴才的文學，它雖有主子的支持鼓勵，而得天獨厚，也不得生存。總有一日人民會把它毀棄而不顧。正如這樣，台灣文學是與日本帝國主義文學對立，但與它們的人民文學沒有對立的。雖說沒有對立，卻也不是一樣的東西，但在世界文學這個範疇裡，都是可以共存的。中國文學有台灣文學之一環，世界文學有中國文學、日本文學等各類，在進步的路線上它們是沒有什麼對立可言的。雖然各有各的特色與風格。

「奴化教育」問題

問：雷、彭等所論爭的奴化教育問題你有什麼看法？

答：奴化教育是有的，因爲主子要萬世一系，日本帝國主義者要台灣是它們的永久的殖民地，奴化教育當然是它的重要國策之一。但，奴化了沒有，是另一個問題。

問：你看，台灣人民奴化了沒有？

答：部份的台灣人是奴化了，他們因爲自私自利，願做奴才來昇官發財，或者求一頓飽。但這種人，在今日原原是一批奴才，他們的奴才根性，說因教育來，寧可說是因爲環境。在帝國主義與封建主義控制下的這個孤島上，自私自利的人都得做奴隸才得發其財。託管派、拜美派當然也是這一類的人。但大多數的人民，我想未曾奴化。台灣的三年小反五年大反，反日反封建鬥爭得到絕大多數人民的支持就是明證。奴化教育是有的，但不僅在日本帝國主義下。所有的帝國主義，所有的封建社會、封建國家都大規模的從事著奴化教育。有人說美國很民主，但它對黑人，對第三黨的華萊士是不是民主？它在中國養成了一大批的買辦，它在扶植日本帝國主義，想利用它來壓服日本人民，甚至東亞諸國的人民。所以，輕易就說台灣人民受日本奴化教育的毒素作祟，這樣的說法沒有根據。台灣人民還沒有力量是因爲被嚴密控制下，未能堅定地組織起來的緣故。

文藝工作者問題

問：外省人說台灣人民奴化，本省人說台灣文化高，你看法怎樣？

答：未必外省人通通這樣說，本省人更不是個個都夜郎自大。說台灣人民奴化的人與說本省文化高的人都是認識不足。大多數台灣人民沒有奴化，已經說過，本省文化更不能說怎樣高，這裡認識不足是因爲澎湖溝隔著，而憲政未得切實保障人民的權利，使台灣人民未能接到國內的很高的文化所致的。所以，切實的文化交流是今天在台灣本省外省文化工作者當前的任務，爲達到這任務的完成大家須要通力合作，到民間去，去瞭解他們的生活、習慣、心情，而給它們一點幫忙，這正是做哥哥的人可以得到弟弟瞭解、敬愛的工作，進而可以成爲通力合作的基礎。最近的台灣文學祇得建在這個基礎上，空空洞洞的口號標語，走馬看花的官樣文章，絕不能得到廣泛人民的愛護與瞭解。

新生報《橋》副刊　一九四八・六・二十五

瀨南人先生的誤解

陳大禹

關於〈台灣文學解題〉文中詞面運用引起瀨南人先生的誤解，實在十分抱歉，因爲行文有足令人解釋者，根本還是寫出的人的錯誤。

我承認，我自己並不大認識台灣，而只是一個有心想認識台灣的人而已，所以我早就說過，我沒有建立文學理論的根據的本領，一切都是憑著個人直覺而訴說的，對與不對，當然很希望能得到點破而獲得進益。

固然，我個人對台灣特殊性的看法著重點是在台灣被日本以榨取殖民地的封建資本建設這個歷史階段，但我並沒有忽略所謂「自然底或人文底環境」的相互構成的因素，這只要看我用「明顯特殊」和「最突出」的「最」字就可明瞭，而我的所以會特別著重在日本人統治的歷史形成，自有我的閩南沒有「閩南文學」的名詞、海南島沒有「海南島文學」的名詞的事實直覺，這點觀察的角度問題，假若是不對，我很希瀨南人先生能用純「自然底或人文底環境」的理論，具體的指教我為何台灣需要建立「台灣文學」的原因。

關於台灣人民是否完全類同閩南人民的問題，我想這自有雙方在接觸間的事實感覺可作具體說明，不必作文字上的解釋，假若不然，即瀨南人先生所敦敦關切的「自然底或人文底環境」形成理論，也有問題，正如現在的閩南人不同於現在的中原人一樣（假使閩南人是中原人移植的學說成立的話），不過，我還得聲明一句，也因為「自然底或人文底環境」關係，閩南人和台灣人之間，本質上還是最有共通性的氣質。

關於「每天要說我們是中國人，我們要愛護祖國的現實」這句話的用意，問題只在現實是不是有這樣的現實，假若承認有的話，依照瀨南人先生的說明，這類的話通常都是出現於「淪陷當初的台灣民主國，以及屢次的武力底，或和平的抗日運動」還有「每一省份在反對帝國主義侵略的過程中都有這種口號」如今在光復後的台灣，在歸回祖國、和平生活的台灣，這種現實正如最特殊之一，為什麼還要這麼說呢？可怕的心理現象。

至於「充其量」和「等量齊觀」的「量」字，在這種詞面上運用的含義，都不是作邊疆文學是量的問題解釋，請瀨南人先生不要如彭明敏先生用「代表性」三字叫雷石楡先生鑽進陳彩雪和高萬俥的圈套裡打轉轉的方式把我陷進去，假若我這兩句近於成語的常用語還是構成文字上的錯誤，那只怪我自幼讀漢文欠了解，問題還是不和瀨南人先生的錯解的問題發生關係的。

從這一段，我感覺到瀨南人先生的憤慨，他以爲我說等量齊觀就是叫台灣文學變成邊疆文學，而在瀨南人先生的意識裡，邊疆文學好像是中國文學正統以外，「減少價值」的蕃族文學，其實，去年「文藝春秋」的邊疆文學特輯，早就把一篇有關台灣的作品輯進去與牧馬作品爲列伍，這個意識的對與不對，暫且可以不談，我只想把自己的意思告訴瀨南人先生，「等量齊觀」的詞義，並不是台灣文學就成爲邊疆文學，而是台灣文學和邊疆文學同樣可以歸屬於中國文學的一圈，作爲構成中國文學的成份之一的意思，正如蘇聯之允許各地有其冠以地域名詞的文學名稱（如烏克蘭文學等等）仍不失其蘇聯文學總名詞的意思，請瀨南人先生再聽諒之。

新生報《橋》副刊　一九四八・六・二十五

傳統・覺醒・改造

——簡論台灣新文學的方向

孫達人

也許有些人厭聽「五・四」，以爲說得太多了，未免一文不值，或者更有些人以爲一提起「五・四」，就牽涉「傳統，傳統…統」，而一觸及「傳統，傳統…統」，就忽然會聯想起「道學」來。其實「傳統」保守到未必一定是可惡的東西，主要須看傳統的內容如何。「五・四」是反舊的、封建的、宗教的、倫理的、政治的以及經濟的一切制度和傳統，另建立一個新的東西起來，因爲舊傳統是阻礙與腐蝕中國新社會發展的障礙物，但今日，如果對五四革命文學的光榮傳統也因其帶有「傳統」的意味而貶得一文不值，不免令人啼笑皆非了。

今天，我們爲什麼要喊出「學習五四，跨過五四」的口號？這自然和人民大衆與社會的一般需要是關聯著的。

從「五・四」以來，文藝工作者提供了一個新的方向、途徑和內容，這就是反帝反封建、大衆化和科學、民主。無疑地，它是適合著歷史發展的要求的。三十年來，雖經過多次的戰爭和檢討，也多重於形式而忽略內容，因此，擔負著思想鬥爭的一翼的新文藝，就沒有完成反帝反封建的崇高任務，直到目前，「文藝大衆化」、「文章下鄉」等等舊口號，也還是被人提出來，爲什麼那些舊口號被提了出來，我們不覺得其「舊」，足證我們眼前這個社會還是需要那些東西。

對內反封建與對外反帝是相互爲用的，根絕這兩惡勢力的武器——「科學」和「民主」，仍是今日中國社會迫切需要的，爲什麼呢？試看我們眼前的社會，從鄉村到城市，從農民到工人，半封建的僱傭關係既然存在，半奴役的勞動條件也依然如故，一切剝削，榨取無所不用其極，恐怕大部份的中國人還是靠著「剩餘價值」在生活，內有封建勢力的腐蝕，外有帝國主義的脅迫，當年在巴黎慷慨激昂聲言打簽字代表們的青年人，今日高倨（踞）寶座，擺出官架子，卻以封建的統治者自居了。因此，半封建半殖民地的中國終究還是半封建半殖民地的中國，所以，死抱住歷史發展性的抽象理論以爲可以解釋中國社會，卻是頗成問題的。

然而有一點，是我們所不能忽略的，那就是：中國人民大衆廣泛的覺醒，這個覺醒無疑地已經匯成一股力量，由這股力量所造成的人民的覺醒運動的確有幾個起來，但並不能因此而靠在沙發上，一手摟住女人，擱起一隻腳，說：社會已經改革了。殊不知這股力量需要組織和領導去推動它，它才會堅強地站起來，推倒舊社會，達成經濟的、政治的、社會的普遍改革的目的。否則，人民的力量無從發揮，封建統治又竭力鞏固它的勢力，歷史的發展性就更顯得不可思議了。

怎樣去支持人民的力量起來呢？這個責任仍舊落在知識份子身上，知識從群衆中來，必須回到群衆中去，他不能等待歷史的發展，他必須要自告奮勇地去領導反帝反封建，他不但要承繼「五・四」的革命精神，並且要發揚光大之，去主動的求取社會改革，以完成民族解放的偉大任務。

因此，「五四運動」決不單是一個文化上的新啓蒙運動，如果單是屬於文化上的，那末，我們今天的確有了相當輝煌的收獲，但「五・四」卻是一個上上下下要求民族解放的思想鬥爭的運動，它所要求的是屬於全面的政治的、經濟的、社會的、普遍的改革。而政治的經濟的改革又是築在社會改造的基礎之上的，如果今日中國社會已經有了新的改造，則半封建的統治與剝削，和奴役的僱傭關係，和勞動條件，早就無法在新的社會基礎上立足，這是一個很顯著而現實的問題。

所以，人民大衆的廣泛的覺醒並不就是社會的改革，但它是社會改革的前奏。

也所以，我們還得繼承「五・四」的革命精神，學習五四，跨過五四，擔負起作爲思想鬥爭的一翼的文藝工作者的任務。

更所以，反帝反封建還是爲眼前中國人民大衆和社會所迫切需要的東西。

新生報《橋》副刊　一九四八・六・二十五

新寫實主義的真義

揚風

最近看到一篇雷石榆先生的〈形式主義的文學觀〉，是要「評揚風的五四之文藝寫作」的。仔細一看之後，「評」倒沒有「評」出什麼名堂來，只不過在那兒跌腳揮臂的嚷叫一通之後，抬出了若干世界文壇巨匠的名份牌位來，是想手持一塊假符令來唬人的。假設說是雷先生僅就將這些文壇巨匠們的名份牌位，搖著搖擺一通，也會哄騙看客的，因爲別人還不知道你法囊裡到底裝了些甚麼玩意呢。一到你嚷出：「狂飆運動是正當的」而後又扛出「偏重於浪漫主義的創作方法」時，那副洋場才子似的蒼白而病態的嘴臉，就顯然畢露了。無論雷先生再抬出更多的名份牌位來，也無法掩飾其更加醜惡病態的嘴臉的。

雷先生那麼聲嘶力竭嚷著的：「提高浪漫主義的個人中心到群體中心」和提高「浪漫主義的個人

精神超越到科學的認識」是怎麼回事呢？原來雷先生有著那麼勇猛忠誠的，「衛道」精神，想將那已停止了呼吸的「浪漫主義」來個起死回生的醫術，將那「浪漫主義的個人中心」和「精神」提高一下，但又「提高」到什麼地方去呢？那不是「已是常識的文學理論」的新寫實主義已走著「紅運」麼？於是雷先生就提高到了「群體的中心」和「超越到科學的認識」裡去了，這樣就成功了雷先生自己的「新寫實主義」與「浪漫主義」的「雜拌」兒。但狐猻竟是狐猻，無論你穿著再新再挺的洋服，尾巴還是要從褲襠裡漏出來的。

新寫實主義是主張文學的階級性的，就是說，文學要為大多數人所屬的那階級服務。固然我們不一定要硬寫那大多數人所屬的那一階級如何如何，喊出幾條口號，或公式化了的「教條」就算是新寫實主義的文學了。

我們更可以尖銳的暴露諷刺統制者群的腐化、專制、殘暴，和它沒落的必然趨勢及統制者群中內部的矛盾衝突等……。只要是為了那廣大的人群所屬的階級而服務的文學，我們都能將它概括在新寫實主義這一文學範疇內的。雷先生提出的那「提高浪漫主義的個人中心到群體中心」及「提高浪漫主義的個人精神超越到科學的認識」這套方法與新寫實主義的創作方法，相去是很遠很遠的。我們不掛著新寫實主義的旗幟則可，既想站在新寫實主義的旗幟下，就該先將那「浪漫主義的個人中心」和「個人精神」革除掉不可：而且還應在廣大的人民中去改造和充實我們的意識和藝術思想，然後才能跑到

「群衆中心」去，而且還要深入進去，確確實實能生活在群衆中間，同他們一起呼吸，感覺他們的痛苦，也要感覺他們的歡樂，更要緊的，是參加到群衆的戰鬥行列裡去，同他們一道進軍，這決不是「提高」「不提高」的事，要是我們這些被「浪漫主義」薰陶已久的智識份子，應該要革面洗心，從頭做起，要先跑到群衆當中去「受洗」。

人只是人，而且是生活在地上的人，所以他不應該飛到天上去坐在「耶和華」的旁邊，流著淚看地上，或就躺在「天國」的沙發上睡覺。他應該生活在地上，更要緊的是生活在地上那些覺醒了的活人中間，決不可執著一面「進步」的黃紙旗躺在棺材裡閉著眼睛嚷，或就在死屍堆中兜著圈子而找不著出路。

當然我們應該批判的去接受前輩的偉大作家們寫作經驗和技巧，但決不是連那個作家所處的那個時代的文藝思潮，也不分青紅皀白的去接受了過來，再又販運到台灣來，這不但是「機械」的，而且還很糊塗！

雷先生說到：「在十七年以前，蘇聯的作家們全面的展開了社會主義的寫實主義運動，清算了拉普派的宗派主義，教條主義，把文學從圖式化公式主義解放出來。」這是表示出俄國新寫實主義作家們的不斷的進步。因爲在新寫實主義這一戰鬥的文學陣營中，不但要不斷的對外展開戰鬥，對內更要不斷的批判清算。批判清算那些動搖的、消沈的、不徹底的、認識不清的，尤其對雷先生那樣在「浪漫主義」的尾巴上貼上張「進步」的黃旗的。抱著「廚房唯物論的骨屑」咀嚼的，更要嚴厲的批判與清算。將他們趕出新寫實主義的文學陣營，讓他們露出浪漫派才子的蒼白而病態的原形來。因爲有這些浪漫派的才子們混雜在，不但阻礙了戰鬥著的新寫實主義的文學進軍，更放出他們那滿嘴的酒味酸時，還起著腐蝕作用呢。

我並不否定一切作者的「個性」與「情感」，我只反對雷先生那「浪漫主義」的「個性」與「情感」。我是說：「新寫實主義的個性是廣大人民的群衆性，新寫實主義的情感也只是廣大人民求民主、反專制、求解放、反獨裁的積極的行動和怒潮」（拙著：五四文藝寫作）也就是本文中說的「應該到廣大的人民群衆中去改造和充實自己的意識和藝術思想，然後才能到群衆中心去」。這是不是就如雷先生送來的，那頂「洋」帽子說的「形式主義」了或「機械論」了呢？想不到雷先生「喜歡論爭」竟到如此程度，竟「不注意對方的論點中心，而枝枝節節的饒舌不休，甚至故意歪曲」就一口咬定我說：連一切的「個性」和「情感」都否定了，這實在是「何種幼稚的看法」呢？

雷先生似乎頗爲憤懣的提出說：「台灣文學的路，還是由台灣的進步的作家去開拓，我們外省人既格於語言，也不若他們熟習生於斯長於斯的鄉土的歷史的內容及現實生活狀態。」這言外之意似說：「哼，你們算什麼東西！」這就頗有些關起門來作皇帝的英雄主義的精神了。固然「我們外省人」是「既格於語言的」，我覺得台灣語也是中國語的一個語系，不懂的可以學習，何況許多「我們外省人」

中，本來就通閩南語或日本語的呢，更何況現在在雷厲風行的推行國語呢，如「我們外省人」和「本省作家」都能在語言上互相學習（而且已經在學習著）更那又會「格於語言」呢？至於要「熟習台灣人情」那是應該的，但請雷先生睜開那「醉眼朦朧」的眼睛來看看，目前所討論的是否就不適合於台灣現實呢？中國文學運動，是世界文學運動的一環，台灣的文學運動又更是與中國的文學運動不可分的，就是說要展開台灣的新文學運動，應該合世界和中國國內進步的文學運動。決不應該將「我們外省人」留在台灣文學的門外，讓台灣新文學運動，吸不到一些更好的空氣。我們正喊出外省文藝工作者和本省作家要攜起手來，共同開拓台灣的「文學園地」而雷先生這「外來的膚淺的理論家」竟「毫不慚愧的」提出這「幼稚」的說法，既不是存心挑撥「外省人」跟本省作家間的合作，也是一種多麼荒唐無知的謬談呢。

最後還要談到一點：雷先生說我「喜歡咬文嚼字」，這倒不是喜不喜歡的事，自己一篇文稿送出，應先檢視一番，洗鍊清楚。比如說雷先生說台灣人的「思想的、情感的、個性的、觀念的都已僵化了」，決不如雷先生解釋的「手凍僵了」的狹義。「僵化」應該比「僵了」的意義廣而深。如我們所說：「綠化新疆」，「科學化的中國」，決不是「綠」和「科學」所能概括的，就連文字也「咬嚼」不清楚，這又該是「何種幼稚」呵！

新生報《橋》副刊　一九四八・六・二十八

論爭雜感

姚隼

最近有人提出如何建立「台灣新文學」的問題，又有人認爲這話有「語病」。

本來，我們的國家是一個「文字之邦」，向來就不乏「咬文嚼字」的先生們。但是，「咬文嚼字」儘管由他「咬文嚼字」；最主要的，還是：有沒有需要，該不該做的問題。能夠加以「正名」，固然是「功德無量」；如果說是有了「語病」，而忽視了客觀的需要，加以抹煞，則套一句成語，叫做「因噎廢食」。

對於一個問題，儘可有正反兩種不同的看法，只要大家能夠客觀地，冷靜地提出辯論，眞理是終於要顯現出來的。

關於論戰，通常有人稱之爲「打筆墨官司」，提起打「官司」，就使人聯想到一句俗語：「一字入公堂，九牛拉不出」。就這因爲我們的國家是個「文字之邦」，而我們的文字，卻又嫌太籠統，沒有明確的解說：同樣一個字眼，可以有幾個不同的解釋；而同是一件事情，也可以用各種不同的——從最好的到最壞的字眼去加以描述，而顯出褒貶來。因之，話講的多了，就難免有「語病」，因之，被羅織入罪的，就時有所聞，所以，打「官司」的一個妙訣。就是少講話。

不幸，這種現象，也在「筆墨官司」上發生了。文章寫出來，難免有幾處「語病」——儘管只是一些枝枝節節，但對方卻不從整個地方去體會你的本意，而就抓住這些「語病」，給你一個痛擊。你提倡「建立台灣新文學」嗎？那你就是要同日本文學中國文學對立云云。

這種現象滋長下去，不但贊成「台灣文學」的和反對「台灣文學」的針鋒相對，甚至同樣是贊成「台灣文學」的甲先生和乙先生，也你來我去，一場混戰，打得不可開交了。

問題應該是很簡單的，是就是，非就非，儘可不必兜著圈子作文章。

平心而論，不管是贊成「台灣文學」的，或是反對「台灣文學」的，各人有各人的一套大道理，表面上看去似乎是懸殊得很遠，但在骨子裡，誰也不敢否認：台灣需要文學，而誰也承認台灣的文學是應該能夠反映其特有的客觀的現實的。

於是，剩下的就只是一些互相間的「語病」而已了。

有這麼一個新邏輯，說是：「建設台灣新文學」，可不是等於破壞「台灣新文學」了？照這個邏輯套去，那麼：「建設中國新文學」，可不是等於破壞「中國新文學」了?固然，沒有破壞，就沒有建設」，今日在台灣，所要破壞的是那些「舊」的作爲日本統治者附庸的文學，而所要建設的是對抗那種「舊」的那一種新興的文學。隨便你喊它「台灣新文學」也罷，「鄉土文學」也罷，「邊疆文學」也罷，但你總不能抹煞它本身的存在的需要的。　當然，有個適當的不容易引起誤解的名字那是最好的。

如果不「咬文嚼字」，那麼，讓我們把它當作一種運動吧，稱之爲：「台灣新文學運動」，這和「上海戲劇運動」……一樣，大概是需要的罷?。

試讓我們從這「名詞」的圈子裡跳出來，而更進一步，去探討台灣目前需要怎麼樣的文學運動，以及怎麼樣去推動台灣的新文學運動吧！

譬如，多去從實際上了解台灣人民的生活，他們想些什麼，他們要求些什麼，他們的愛和憎，他們的喜樂和痛苦，而多寫一些反映這種現實的作品……等等。

新生報《橋》副刊　一九四八・六・二十八

再論新寫實主義

雷石榆

古希臘雄辯家泰納斯托拉士在出獄那天，因為腦子裡積滿了兩刀論法，和三段論法，便止步在他碰見的第一株樹前面，向著那株樹演說，費著所有的氣力要說服它。揚先生雖也同樣費力饒舌，但腦子裡沒有什麼「論法」，而且碰見了一株樹就以爲森林。他再來一篇〈新寫實主義的眞義〉，以爲可以把他的「社會主義的寫實主義」，說得圓通了，可惜依然固於形式主義，而且加上空想。他根本的錯誤是幾乎把一切看作無量變的質變，無漸變的突變，沒有歷史的條件，也沒有現實的特性，過去與現在像切豆腐一樣，無關連，無過程，只有從今日開步走「前進」。他又恐怕空洞的口號過於單調，自作聰明地解釋一下社會主義的寫實主義；一面否定了我們繼承「五・四」運動的革命精神，以爲「過了三十年後的現在，還去抱著「五・四」的空賣，想掏出法寶來，那是絕對可笑的蠢事」。（五・四文藝寫作）一面又不知不覺用「文章下鄉」這抗戰中提過的口號打自己嘴巴。我的「法囊」裡並沒有什麼「玩意兒」，倒是揚先生嚷出奇怪的論調來了：「一到你嚷出：『狂飆運動是正當的』而後又扛出『偏重於浪漫主義的創作方法』時，那副洋場才子似的蒼白而病態的嘴臉，就顯然畢露了。無論雷先生再抬出更多的名份牌位來，也無法掩飾其更加醜惡病態的嘴臉的」。可惜營養飽滿的門牌「無產階級」理論家的揚先生，竟嚷出這種消化不良的「蒼白而病態」的論調。我早就說過狂飆運動雖是正當的，但不是具體的，因爲那是偏重於浪漫主義的，如果不是有意歪曲，也不會一而再的炒雜拌。揚先生認爲我「想將那已停止了呼吸的『浪漫主義』來個起死回生的醫術，將那『浪漫主義的個人中心』和『精神』提高一下，但又『提高』到什麼地方去了呢？……於是雷先生就提高到了『群體中心』和『超越到科學的認識』裡去了……」。

如果浪漫主義眞的已停止了呼吸，就是神仙也沒有辦法起死回生了，如果新寫實主義沒有浪漫主義的要素（積極的），也不能稱作新寫實主義。不幸這位「無產階級」的理論家竟「認識」得如此簡單。新寫實主義概括了並提高浪漫主義的積極要素，就是等於浪漫主義的創作方法嗎？我在「……更高的人生觀之下括弧著的（提高浪漫主義的個人中心到群體中心）意義是很明顯的，因爲浪漫主義過分強調個人主義的英雄主義，到十九世紀末分化到頹廢主義更把個人束縛於象牙之塔裡了。那末現在應該從個人第一義的狹隘觀念解放出來，一切觀察、認識、把握應該以群體爲中心，即以歷史運動過程中的社會現實爲中心。同樣，在「宇宙觀」之下括弧著的（提高浪漫主義的精神超越到科學的認識），雖然揚先生故意在「超越」之前加了括弧也不能歪曲其意義。我們知道浪漫主義的發生是反封建反僧侶的、革命的、積極的，它打破了教條，解放了個性，以人爲本位，並且強調精神的超越，它給人類喚醒自己本身發展的能力，但在現在我們不但認識自己本身，更重要的是認識現實，也就是所謂科學的認識。關於這一點，我引用過高爾基等人的話揚先生頗爲怪異，認爲我拿這些名份牌位來嚇人，但他卻忘記了他饒舌的「社會主義的寫實主義」原是蘇聯提出來的，可是他依然不了解高爾基的話（我所以引用他的話，為了使揚先生加強認識的自信心），也許由於我引得不夠充分，那末，我不嫌煩瑣，再引些出來，使揚先生進一步了解浪漫主義在文學上的意義。

「在文學上有兩個根本的『潮流』，或說是傾向，就是寫實主義和浪漫主義。正直地不修飾地描寫人和人的生活的條件，稱之爲寫實主義。浪漫主義的定義老早有過幾種，但一切的文學史家所承認的，正確的，完全表示著意味的定義，至今還沒有，因爲還未完成之故。關於浪漫主義，有分明地區別兩個完全不同的傾向之必要。其一是被動的浪漫主義一那是修飾現實，或使那現實和人物妥協，或從現實向自己的內部的世界作無益的逃避，或耽溺於『人生的運命的謎』，愛，死的思考，努力拉向『思辨』、直觀所不能解決的，但可能被科學解決的謎裡去。積極的浪漫主義則強化人對生活的意志，對現實和現實一切壓迫的反抗心，從人的內部喚醒起來」。接著他舉出世界的古典作家，俄國的大作家寫了富於浪漫主義精神的作品，然後申釋道：「這樣的浪漫主義和寫實主義的結合，在我們的文學上是一種特質，它給與我們的文學和全世界的文學招致愈益顯著的，深刻影響的力和獨創性」。（「我習作小說」，一九二八年作）。

揚先生忽視了「五・四」的傳統精神，文學遺產（包括世界文學）給與我們攝取的價值，好像叫一聲「進步」就產生偉大的「無產階級」文學了。即如在產生眞正的無產階級文學的蘇聯，高爾基尙且謙遜地說過：「蘇維埃文學已有十八年的歷史，但匹敵莎士比亞的劇作家，還未有一個出現；沒有可以和巴爾札克或佛羅貝爾比肩的小說家，也沒有相若於普式庚的詩人」。（「文學之樂」，一九三五年作）。當然，這位大文豪被托派毒殺後，看不到發展到現階段的蘇聯文學，隨著經濟，政治及一般文化的積極建設達到可誇的程度。這種發展是規律性、合目的性而且是多樣性的。蘇聯的「十月革命」比我國的「辛亥革命」遲七八年，和我國差不多一樣落後的俄羅斯。經過革命艱苦的歷程，終至把封建的腐根，帝國主義的魔手消滅了，又經過這次反法西斯勝利的戰鬥，它的眞力量才使世界驚駭。可是他們的文學乃至一般藝術不是揚先生幻想的那種百分之百無產階級口號和標語的複寫。揚先生不妨看看茅盾去年遊蘇寫成的「蘇聯見聞錄」，由首都莫斯科到邊疆各民族（喬治亞、阿爾美尼亞、阿塞、爾拜疆等……），據其記錄參觀戲劇、電影、歌舞等藝術表演，固然有悲壯的戰鬥故事，但最多的卻是古典名劇，富於地方色彩的神話故事。

即如新近參加世界電影競賽獲得首獎的彩片「寶石花」，不但浪漫蒂克而且是神話，要是揚先生看了，用什麼惡毒的字眼來批評呢？當然，我國現階段的現實不能相提並論，縱使不是到處流血，呻吟，死亡，「社會變動得像是蒸水似的沸騰著」，也仍未名符其實脫離半封建半殖民地的狀態，我們文學的任務還是「五．四」未完成的任務，台灣過去是日本的殖民地，不可避免地殘留殖民地的特質，現在是祖國的一環，也不可避免地受著祖國別的環的影響，因此台灣的新文學建設，必與祖國的新文學運動的路線一致，而在表現台灣的場合則必先著眼台灣現實的諸特性，如語言、風俗習慣、自然環境、社會現象，但最主要的是革命運動和實際鬥爭的歷史事實（反抗日寇而演成「霧社事件」之類的高山族的悲壯事蹟也包括在內），殘存的封建意識，小市民性格，買辦思想，勞動者及農民，大小公務員，教育文化工作者等的過去與現在的生活型態，乃至悲劇性的婦女掙扎於愛情，生活和家庭的實況。同時提高警覺性，強調民族的自尊意識（對弱小民族被蔑視而感自卑，或寧為外奴不為家主的依存觀念而言）為了衝突現實的苦悶及走向光明的未來，鍛鍊著堅忍的感情，壯強的意志，憧憬那必然的或可能實現的世界。但無論表現哪種主題，

必要通過眞實的認識與正確的把握。我們排斥那些從內地飛來的有閒文士到各地風景區遊歷幾天，或搜集幾本日本時代出版的資料，就大賣野人頭地寫起「寶島什麼」「台灣什麼」來，同時也批判本

省的一些作者濫寫其鴛鴦蝴蝶、風花雪月、低級趣味的酒色渲染，游離現實的艷聞傳奇之類的東西。所以我們注意「創作方法」這問題，意義即在此。台灣本身既具有獨自的地方色彩情調和歷史形成的特異性，提供文學創作上的主題的多樣性；同時既又復爲祖國的一環，那就必然受著祖國的政治的、經濟的、文化的影響，這有好的一面，也有壞的一面，中國新文學運動就爲了發展好的一面消滅壞的一面而戰鬥過來及戰鬥下去的，所以台灣的新文學運動必須觀摩這戰鬥過來的經驗，與戰鬥下去的路線或方向取得一致。也同樣，國內的新文學運動是依據中國本身的歷史條件，同時攝取先進國及世界進步的文學運動的實踐諸經驗，乃與時代的主潮的方向一致的。所以中國的新文學運動又是世界文學運動的一環，爲了未來，我們必要了解過去，了解自國的運動史，也要了解世界的運動史。

同樣，外國文學史也有知道的必要，因爲文學創造這東西，在那本質上，無論那一國、那一民族，都是同樣的……」

「藝術家──自己的國，自己階級的感官，耳朵眼睛和心臟──他是那時代之聲，藝術家須盡量知道過去，而且知道過去越多越好，這樣他對現在也更明瞭，常常強而深地感受現代普遍的革命性和那任務的廣大。其次須知道國民的歷史，也須明白那社會的，政治的思想。……」（引自「我習作小說」）

這與揚先生的空洞的、形式主義的看法有天淵之別。揚先生的「狐猻」的「尾巴」即使不從「再

新再挺的洋服」的「褲襠裡漏出來」，但很明顯的把阿Q的尾巴塞進帽子裡冒充革命黨人的。（未完）

新生報《橋》副刊　一九四八・六・三十

再論新寫實主義（續完）

雷石榆

揚先生既認爲浪漫主義已是過去的思潮，連我所引證高爾基的話，當然認爲「也不分青紅皀白的去接受了過來，再又販運到台灣來，這不但是『機械』而且還很糊塗！」那末「社會主義的寫實主義」既是蘇聯提出來了的，揚先生把這名詞饒舌不休，不是自己「不分青紅皀白的去接受了過來，再又販運到台灣來」嗎？這裡又打了自己的嘴巴。人們正嚷著生存在「原子彈」的時代，揚先生以爲原子彈不是中國發明的，就叫中國的科學家不必去研究甚至不必了解嗎？也許揚先生以爲原子彈是最新的產物，不在此論，可是也應該知道它是經過怎樣長久的孵化過程。當我國的老聃假設「道」爲宇宙的根源的時候，生於紀元前四百多年的希臘哲學家德謨克里特已具體地倡說他的「原子論」了，他不是憑空想出來，而是綜合先輩諸哲學家的原理而完成他的理論體系，即根據米勒斯都學派的赫拉克里特而認識「運動的物質」；根據畢達哥拉哲學的合理核心而把握量的方法和合法則性的原理；又根據愛勒亞學派所提示的矛盾問題而發現世界物質統一性及不變性和現象世界的感性的多樣性及可變性的矛盾問題。他雖被限制於古代的條件而止於機械的唯物論，可是他卻做了近代物理學的基礎，通過了長久的中世紀的黑暗時代，隨著資本主義的發展條件，

原子能終至於確當的物理學基礎上發現了，但原子能竟經過五十多年的歷史，它被發現是根據一八九五年至一九〇〇年當中的幾項發明，即：一、X光，二、放射性（BO射線），三、電子，四、鐳，五、量子論。原子彈是根據原子能而製成的，但也根據一九三二年以來的幾種理論及器具的發明，即：一、中子，二、正電子，三、重水，四、鈾分裂，五、宇宙線緯度影響，六、靜電高壓器，七、原子分裂器。所以科學的發現和藝術的創造，都經過不斷的實踐、驗證、揚棄、發展的過程。尤其是在藝術的場合，不但如揚先生不得不承認的「我們應該批判的去接受前輩的偉大作家們寫作經驗和技巧」（這裡又打了他自己的嘴巴）而且要有明晰的認識，廣而深的實踐和對典型環境的典型性格的正確的把握。雖然揚先生也說出一點原則，「新寫實主義的個性是廣大人民的群衆性，新寫實主義的情感也只是廣大人民求民主、反專制、求解放、反獨裁的積極的行動和怒潮。」（既然這樣，也就不能否定「五．四」的革命精神，這裡又打了自己的嘴巴）但揚先生所謂「群衆性」還是籠統的說法，這「群衆性」不但包括勞動階級、農民階級、進步的智識階級，連揚先生本身也大概可以包括在內，可

是「個性」或「感情」不是抽象的「群衆性」或「廣大的人民」性，而是具體地被抽出自某一階層的共通的特性，即如揚先生的「個性」或「感情」不是無產階級的，而是屬於資產小階級的智識份子的。文藝的描寫對象不是這麼簡單，「阿Q正傳」不但寫出阿Q的典型性，還寫出趙大老爺、吳媽、小D等等的個性和感情。革命的文學不是單以無產階級對資產階級的鬥爭，或某民族對某帝國主義鬥爭爲主題，而且站在最高的世界觀上作更廣泛，更深入，更多樣的描寫。《鐵流》只是在革命鬥爭中側面地描寫草莽英雄郭如鶴領導意識模糊的農民，經過許多矛盾，互相暗害，終至克復最後的難關而與革命主流結合的經過，不愧是評價最高的藝術品。《靜靜的頓河》充分地表現了哥薩克的特質，起初是怎樣無知地反對革命，後來又怎樣英勇地忠實於革命……社會主義的建設的藝術的表現不單是描寫正面，同時也描寫側面或反面，不單描寫對「外的」鬥爭，也描寫對自己內部的鬥爭。在蘇聯，「群衆性」、「人民性」現在可以看作「無產階級性」了，但對於文學中的人民性問題，一九四〇年一月起經過四個月的論爭，對「文學批評」派的宗派集團作了嚴格的批判。

「在講到新的，社會主義的意識的，在講到蘇聯文學中的新的，社會主義的人民性時，我們不應該忘記一件事，就是我們意識中的資本主義的殘餘還沒有最後斷根，惋惜的，就是這些意識上的殘餘，在我們的文學中還有著反映，特別是在我們文學發展的最初階段，和它的推進的過程中。」（顧爾希坦：「論文學中的人民性」第八節）在揚先生看來一革了命就什麼也解決，不然，就只有跑直線的不斷革命。

對於台灣文學的創作，當然希望外省的作家和本省的作家攜起手來，不但要「文章下鄉」還要「文人下鄉」，不但「下鄉」而且深入生活，和老百姓一起呼吸、感覺、思想。反過來，對都市的體驗也同樣，因爲都市與農村有如神經中對於四肢的密切關係。我所以強調本省的進步作家去表現台灣的現實者，就是由於現階段他們比我們把握著較優越的條件。揚先生既有這合作的精神當然非常敬佩，不過不要在舉起「民主」的旗幟的行列，叫出幾句口號就開小差。

至於說：「僵化」應該比「僵了」的意義廣而深。如我們所說：「綠化新疆」、「科學化的中國」決不是「綠」和「科學」所能概括的，這不用文字學或文法學家，也覺得揚先生這解釋太「幼稚」。不但把名詞和形容詞弄「不清楚」，就連「僵化」和「僵了」這形容詞的意義也顚倒過來。「僵了」明明顯示一種固定性，而「僵化」則顯示變動著的狀態。「綠化新疆」意思是要使不毛的新疆高原變成沙漠的綠洲，但並不顯示被綠化到何種程度，「科學化的中國」正是落後的中國要求科學化，如果是成熟的資本主義國或社會主義國，就沒有提出這口號的必要。假如把科學只限於自然科學的範疇的話，但縱然已是「科學化的」國家，也有其一定的階段和程度。

最後要聲明：爲了愛惜時間和正常的工作，不擬再浪費筆墨與掛號的英雄理論家揚先生辯論。不過我依然尊重揚先生的鬥爭精神，而且希望他少發空調，盡量「深而廣」的體驗生活，和把握正確的理論，切勿做兩個「向左轉」變成「向後轉」的姿態。

新生報《橋》副刊　一九四八・七・二

從接受文學遺產說起

揚風

不久前，一位先生曾嚷叫著說：要回到五四去，向五四看齊，我說這錯了，中國的文學運動，因著社會的變動，已從五四邁進了一大步，不應該背著歷史的發展向回跑，回到五四去。不料這位先生就硬判定說我否定了五四。我提出的「文章下鄉」這口號來，說都市已枯竭了，文藝工作者應走到鄉間去，同廣大的人群生活在一起，並忠實的寫出他們的苦痛與歡樂來，這位先生說這也不對的，原因是這口號是「舊的」，要我們這些從民衆間生長起來的知識份子仍舊回到民衆中間去，不要在都市裡當散兵游勇，不管再「舊」再「舊」的口號，只要能包括這一內涵的，我們都應用心的去考慮接受的。更其甚者，如雷石榆先生那篇〈再論新寫實主義〉，除將我的意見分裂歪曲外，更在上面撒一把石灰，硬一口咬定說我否定了去接受文學遺產。另外還將他那裡在新寫實主義外衣裡的浪漫主義紅著脖子辯解一通，但愈辯解，那副浪漫派才子的嘴臉愈顯露，終會在驢皮下露出馬腳來的。

談到我否定了文學遺產這事，看了後，頗感「誠恐」。這很近於不認父母的逆子，是應示衆以儆後的。但假如你的父母都作了漢奸國賊，你也不去「否定」一下，那你也只好跟著去做漢奸國賊的兒子了，這就是說，接受文學遺產，是有我們的尺度標準和原則的，我們要取一種批判的態度，好的富有生命力的當然接受。但對那些骨頭碴卻要拋入廁坑去的。卡爾馬克斯說過「物質生產的方式，決定整個社會的，政治的，以及文化生活的進展。並不是人的意識決定他們的存在，卻剛相反，是他們的社會存在決定他們的意識。」（資本論）一個作家的意識，是決定於他所生存的現實社會的。因此一個作家要去接受文學遺產，他決不能單只著眼於過去，更應該睜大眼睛看這變動中的現在。就是說：過去應該是現在的過去，它應該於現在是有意義的、有益的。否則死抱著過去，而不把握住決定我們意識的現實，那只好讓他與那無益於現在的過去，一同睡在古董店裡，給那些有錢有閒的人們買去玩賞吧了。

恩格斯曾在給卡爾的信上批判十七世紀以後的法國浪漫主義時說：「在法國的復辟時期，對於資本主義社會和這新的資本主義社會關係的批判，是在浪漫主義的中世紀的掩飾下進行的。浪漫主義的放浪形骸，和他們在藝術上的過分誇張一樣，不但是對於現狀的抗議，而也是對於現實的逃避。」浪漫主義逃避現實，這是必然的結果，因爲他們本身就軟弱經不起這時代的暴風雨。我在〈新寫實主義的眞義〉一文裡曾說：「我們應該批判的去接受前輩的偉大作家們的寫作經驗和技巧」，但這並不是說那個時代的思潮也去接受販運了來。就如雷先生引用的那段高爾基的話吧：「浪漫主義與寫實主義的結合，在我們的文學上是一種特質，他給與我們的文學及世界的文學招致愈益顯著的深刻的影響的力和獨創性。」這第一，高爾基將浪漫主義已分爲「積極的」與「被動的」了。第二，「積極的」浪漫主義與寫實主義的「結合」，決不是如雷先生那麼機械的想法1＋1＝2的公式化了，而應該是經過溶化、改造、洗鍊、陶冶使能爲新寫實主義所用。這決不能說是高爾基就接受了浪漫主義的思潮了。瞭解高爾基，應該歷史地去了解，我們看高爾基，更應該將高爾基一生的文學生活，看作不斷戰鬥的過程。高爾基不但向外展開了他那有力的戰鬥。

對他自身，更是在不斷的戰鬥著，並且從戰鬥中成長了起來的。從伊里契與他書簡集中及其他記載高爾基的書文中（如日本作家米川正夫氏的蘇聯文學），我們知道高爾基一生中曾經不止一次動搖過。如一九二〇年左右，高爾基曾經幫助創神派辯護並要求伊里契妥協，後來經過伊里契的勸導終於改正過來了。因此，我們決不可吃到一點骨頭碴，就感到滿足。更不可有心的去割裂歪曲高爾基的言論，給高爾基的鼻樑上故意抹上一層白粉，也如雷先生那麼似的演小丑。爲了更正確的瞭解高爾基對於浪漫主義的眞實評價，我引用他在一九三四年夏，由蘇聯邀請的六十個國家以上的進步作家在莫斯科作家會議席上的一段講詞。

「十九世紀歐洲及俄國文學的主要題材，是與社會與國家及與自然相抗衡的個人。這所以使得個人與社會相對立的，這是消極影響太甚之故，個人很感到社會在壓迫他，且有些妨礙他自己的發展，但是他卻難瞭解，對於社會基礎上的卑俗與罪惡，他自己就是應當負責的。直到革命之前，我們的文學以爲中心主題的或是感到生活的狹隘，及在社會是無益的地方的悲劇。他找到一個舒舒的地位，卻不曾找到忍著痛和喪亡去戰鬥，無勇的和一個與自己不相容的社會妥協，或者聽任自己走入痲醉或自殺險境。」

這就道盡了十九世紀以來浪漫主義那無力而悲哀的形態來了。假使說要從浪漫主義跨過新寫實主義來，就得先革除浪漫主義的個性和精神，主要和廣大的人民一起進軍，並在這進軍的行列裡改造自己。這已如我們這些小資產階級的知識份子應該革掉小資產階級的意識和精神一樣。

讀到寶石花這影片，這倒不必使雷先生替我擔心，我不但不感到「驚奇」。我覺得這部影片給了我們很多生活的啓示，就是不怕失敗，失敗了再幹，失敗了再幹，要付出血和汗的代價才換得來成功的，這也就是新寫實主義的持久而韌性的戰鬥精神。這是利用民間的神話故事編成劇本再搬上銀幕的。這也正如十幾年前魯迅先生提出的「大衆語」一樣，利用大衆熟習的語言形式，使大衆容易瞭解，這是將藝術從「深宮」裡解放出來的一種方法。又如最近的馬丸（凡）陀山歌，這更是利用民間的山歌形式，寫出來的政治諷刺詩。這不但我瞭解，我相信凡是每個愛好藝術的朋友們都知道這，雷先生還是不要擺出那副「薪貴」嘴臉，做出一種耗子爬稱鉤的「妄大」姿態來，因爲這只增加了你那副洋場才子的醜態的。

前後，引用羅曼・羅蘭的一段話「爲征服，就得勝利，就得生活，眞理不是一種由腦子分出來的硬性的教義，像岩洞的壁上分泌出來的鐘乳那樣。眞理是生活，你不當在你腦子裡去尋找，而應在別人的心裡去尋找，和他們聯合起來吧，你們愛什麼就想什麼，但每天得洗一個人間的浴，應當生活著別人的生活，忍受他們的命運愛他們的命運」。希望洋場才子們，快從「浪漫主義」的繭殼中爬出來吧，看看陽光，「洗一次人間的浴」。因爲你站在那「浪漫主義個人中心」的雲端上，想來看地上的衆生世相，會因層層的雲霧障礙了你的眼睛，使你無法看淸在大地上已行動了的群衆的。

新生報《橋》副刊　一九四八・七・七

論「台灣文學」諸論爭

駱駝英

一、大體共同的要求和錯誤

四個月來，台灣展開了建立台灣新文學的討論。這是頗有現實意圖和歷史價值的事。這次討論的產生，並不是偶然的；它是由文藝必須從現實中產生，更重要是從人民的生活和鬥爭（包括作者生活的實踐）中產生，而服從於人民這個現實主義的基本的觀點出發，應著客觀現實的要求出發而必然地產生的。

五四以來，中國革命的歷史特點決定了中國反帝反封建的革命任務，不是最革命的階級單獨的力量所能完成的，必須是各革命的階級聯合始能完成（雖然領導的責任不得不由最革命的階級負起）。

因此，作爲現實的反映同時也作爲這個革命鬥爭的一翼的思想鬥爭及其執行者之間也必然地要形成統一戰線。中國的新文藝和文藝工作者，從五四開始就形成了統一戰線，而與舊的文藝思想（和整個舊思想體系）及文藝形式作不屈的鬥爭。這種傳統的特質，到了抗戰期間，獲得了最廣闊的發展。中國目前正面臨著民主革命空前激烈的時代——人民大翻身的偉大的時代（同時也是反帝的民族革命時代），文藝工作者在民主和民族的立場上統一戰線的形成是必然和迫切需要的，因此，在這次論爭中許多作者都提出台灣文藝工作者應該合作，這是非常正當的。四個月來能幾次開茶會座談，各地文藝工作者遠道到台北參加，和在報端熱烈地討論，也可說就是統一戰線形成的初步的徵象（雖然在論爭中許多作者的態度起了很大的破壞作用）。

文藝（與整個文化）上的統一戰線，不一定是有形的組織（能容許有形的就更好），只要共同向著求民主求解放求進步這個總目標，共同執行對外思想鬥爭的任務（思想鬥爭是作為經濟矛盾的集中的表現的政治鬥爭的反映及其一個必要的部份），也可稱爲形成了統一戰線（這是無形的，但也是有形的）。因此，要使統一戰線產生並加強其鞏固性及其力量，儘管其中各人的階級立場思想意識互有差異，尊重現實服務人民這一原則是決不可違背的，否則（即使有了有形的組織）也就沒有統一戰線可言了。但單只是自己以爲尊重現實和服務人民是不夠的，必須使之在客觀上亦眞是如此，爲要達到這樣，就必須以最正確的哲學觀點和革命理論——及眞能用以認識客觀眞理，眞能帶給人民光明的前途的知識理論作爲這個統一戰線的領導的思想。這並不是意味著那一種思想應該獨霸文壇，獨霸統一戰線，使大家的思想失去「自由」。而是說：不談現實和人民則已，旣談就不應違反現實和認識它最正確的方法，就不應違反人民和歷史的遠大的前途。

統一戰線不但在對外鬥爭的目標下形成的戰鬥性的組織，就是其內部亦不應該是和平的結合，因「有矛盾才有進步，有衝突才有發展」（蕭荻），所以「在這統一戰線內部仍要嚴格的批判」（揚風），即要展開對內鬥爭才對。對內鬥爭須得是原則性的鬥爭，且其基本態度應該是善意的。它與對外鬥爭雖不能截然分開，然其間應有區別，在這次論爭中所表現的，便是多數人都沒有將這兩種鬥爭分淸楚，而且多是無原則的鬥爭。我們看見的多是不著重對事實對眞理探求的批評鬥爭，而主要是一種目的似乎在專找對方的語病的批評，個人英雄主義的「自詡」，惡意的攻擊謾罵和諷刺（葛喬先生早已提出）。這種是連對外鬥爭都不屑採取的方式，更不應該是對內鬥爭的方式了。因爲在目前參加論爭的作者，儘管有的文藝修養比較薄弱，但都或多或少地表現出願意重視現實服務人民（就是觀點很錯誤的阿瑞先生，他提倡狂飆運動的目的也還是針對著台灣人民的弱點，且為了教育他們。態度最不好的王澍先生也還主張要著重問題本身的討論，要向眞理屈服。）當然其中也難免披著這種進步外衣的狐狸（希望一個也沒有！）但我相信至少主要的論戰者的路向大體上是相同的，不應採取曾經表現了的鬥爭的方式，（其咎雖在首先錯用鬥爭方式的人，但對方也不見得就對），這種方式頂多只能用在對外和對已斷定是「魚目混珠」的警犬文人（如抗戰期間大雜誌詩創作的編輯胡危舟及創作月刊編輯張煌）上。至於問題本身的論爭則是越激烈越好。這次的論爭，我與許多人都感到參加論戰者對問題本身論爭得非常不夠，這裡暴露了我們覺醒的知識份子根本的毛病：一方面相尊重現實、爲人民，一方面又太重主觀，而脫離了現實，高揚了個人英雄主義而輕視人民（忠誠的文藝工作者也應該算是善良的人民了吧？）這是作者的世界觀與實際生活的一個尖銳的矛盾，這是我們知識份子致命的缺點！如不克服，便不能「接近人民」，「同大衆一樣的呼吸」，更不能「同大衆的心融成一個」（請別誤會為諷刺，這是披肝瀝膽的衷心之言），因此也就不能（或很少能）達到爲人民服務的目的，我希望我們（當然我也在內）大家應該共策共勵，互尊互助，向人民學習，向現實學習，向世界豐富文化遺產學習，自我檢討和接受批判，而勇敢地克服自己的種種弱點，以負起應負的使命！

二、論爭的主要問題

這次論爭的內容，據三月二十六至七月七號新生報，其主要的是：㈠台灣過去的文學是怎樣的？㈡台灣有無特殊性？「台灣文學」一口號對嗎？㈢五四到現在中國的社會變了沒有？㈣新現（寫）實主義中容許浪漫主義否？㈤新現實主義的文藝中有無「個性」？㈥是否可以偏向浪漫主義？㈦台灣應該建立怎樣的文藝？㈧如何建立台灣的文藝？等問題。

這個問題，大體上算是有結論了。即過去的台灣文學，其內容一方面是消沈、悲觀、個人主義化的，但另一方面，如楊逵先生說的：其「特殊性倒是語言上的問題，在思想上的『反帝反封建與科學民主』與國內並無二致」，即思想上以此爲主流，未脫離民族觀點，還有××先生說台灣過去的文學在反帝這一點上比內地還強烈。「至其表現上所追求的是淺白的大衆的形式」。

三、過去台灣文藝的特點

這些是都很正確的。因爲台灣被滿淸統治者抛棄時，中國（包括台灣）已在半殖民地化的過程中，大陸與台灣島的性質是共同的，那時資本主義已發達到金融資本階段，對中國的資本輸入開始超過商品的輸入；於是中國半殖民地的程度日益深化了，而帝國主義者爲便於其榨取，不願澈底摧毁封建勢力反而與之相勾結。因爲有此雙重的壓迫，所以反帝反封建是中國革命的人民共同的要求。（這個要求當然早在鴉片戰爭早就開始了。）

台灣的同胞呢？被抛棄後，則受到日本帝國主義者直接的壓迫和剝削。日本統治掠奪八四%的土地，而且保留了封建的剝削方式及封建意識，以便其殖民地的剝削，因此反帝反封建的要求，特別是反帝的要求，是台灣同胞普遍的要求。（台灣同胞五十一年間英勇的鬥爭，鮮血寫下可歌可泣的史實，就是鐵證。）雖然祖國是半殖民地，台灣更不幸成爲殖民地，其間在社會性質上固有本質的差別，但受帝國主義的壓迫和榨取（一是間接的一是直接的），和封建勢力的壓迫和榨取這一點則是有共同性的。正因爲有此共同性，所以思想上才是反帝反封建的。正因爲有差異，即帝國主義直接統治而壓迫榨取，所以反帝的要求特別強。思想上的反帝因素在文藝中表現較祖國還強。但殖民地的革命鬥爭在未得到世界特定的革命力量的援助或援助作用，是終歸要失敗的，因此失敗後的台灣的同胞們就有消沈、失望、悲觀的現象。更加日本人的痲醉引誘，使人民產生歪曲了的性格（如所謂武士道精神……等）這些反映到文藝上，那是必然的了。但反映人民的基本要求的反帝反封建的文藝應該算是過去台灣新文學的主流。（不管其表現所用的文字是本國文還是日本文。）

四、台灣有無特殊性？

從上面的說明，所謂「台灣社會的特殊性」問題及「台灣文學」的特殊性問題自然容易理解了。台灣曾經受過五十一年的殖民地的統治，在政治經濟和人民的意識方面，當然有許多特殊的地方，但我們不能忽略了它是做爲中國長期的封建社會的一個部份給予日本，它受日本統治期間，侵略中國最甚的也是日本，現在它又作爲國民政府的一個領有區域而回到祖國已經三年了。現在它的革命任務不用說仍是反帝反封建。它的社會主要特殊性也是半封建半殖民地的普遍性或一般性的具體的顯現形態。比如有的人認爲台灣的同胞有「崇拜強權」、「欺凌弱者」的弱點，有悲觀失望的沮喪的弱點，但這種弱點，難道內地的老百姓（雖然許多已在大覺醒大變革中）沒有嗎？難道這不是帝國主義和封建勢力的傑作嗎？只怪老百姓有奴化思想眞是太冤枉了。又如台灣的土地（在目前土地問題是最重要的問題），過去百分之八十四是爲日本統治者佔有，現在則爲我們的政府接收了過來。土地由「政府」佔有，所謂「公家有」或「國有」，與內地比較，算是很特殊了吧？是的，誰敢否認這不特殊？但我們不要忽略了這「特殊」正表現著半個中國的「一般」——耕者無其田，封建的榨取及……等複雜的一般。

我們忽略了具體的特殊性，根本就無從認識現實；忽略了特殊中所體現的一般，亦是曲解了現實，我們不能以特殊性而抹殺一般性；同時亦不能以一般性而否認特殊性。我們應該肯定特殊與一般是形成矛盾的統一，而且一般是決定的因素。現在，某些舊的特殊的一般化與某些舊的一般的特殊化，其本質上都是老百姓被壓迫的深化；但消沈、傷感、痲木、「奴化」……等落後的「特殊性」，必然而且應該向內地人民的普通覺醒的一般性轉化。文藝工作者的主觀的努力應該就在於促進這個偉大的轉變。新現實主義的藝術正是要由社會的個別事件與一般性的矛盾的統一及在此基礎上生長的人的個別性與一般性的矛盾的統一中攝取題材，鑄造典型（即從典型情勢中鑄造典型性格），而構成其思想內容，否則便是歪曲現實的失去教育意義的虛僞的藝術。我們要「分析台灣現階段的社會特殊性，而從這個別的特殊的因素裡找出一般性來，來配合現今全國性的新文學的總方向」（這是綜合第三期上田曲先生底正確的結論）。至於用不用「台灣文學」四個字那不是什麼大問題，因爲凡是成功的文學作品必定是地方的，同時又是民族的，世界的（阿Q正傳就是這樣）。那種純自然的寫景文，或被絕對特殊化了的「鄉土文學」是沒多大價值的「文學」，是與中國革命脫節的東西。

五、五四到現在中國社會變了沒有？

五四到現在三十年間中國的社會變了沒有呢？這是一個常識問題，但又是最重要的問題。

孫達人先生在〈論前進與後退〉一文中，認爲：現在中國社會「依舊沒有變」，「在這三十年中完全在一個停滯階段」。即他認爲現在中國的社會是最原封不動（完全停滯）的五四時期那樣的半封建半殖民地的社會，「所以文藝工作者仍應根據五四精神，繼續爲反封建反帝而努力」，所以要回復到五四再出發。孫先生認爲——這是事實——現在中國的社會，還是半封建半殖民地的社會，文藝工作者要「繼續爲反封建反帝而努力」，是很正確的。但三十年來中國的社會一點也沒有停滯，它不斷地在變著。揚風先生說的，「它不但變了，而且變得很厲害」，針對著「完全停滯」而認爲「變了」這一點，揚風先生是批評得正確的，但揚風先生（雖沒有正式否定中國的社會現在還是半封建半殖民地的社會）不正式承認中國社會雖變得很厲害，而仍然是半封建半殖民地的社會，因爲問題是一整個的問題，不分別說明，論爭的對方與讀者皆有權利認爲揚風先生連中國社會還是半封建半殖民地的社會都否定了。（當然揚風先生也可否認他否定。）孫達人先生後來在第一三一期《橋》上發表的〈傳統，覺醒，改造〉一文，正表現出揚風先生不正式承認這個事實的缺點。在此種論爭情形下，不正式承認中國社會還是半封建半殖民地的社會，即使不正式否定，亦等於是否定了的。就算我們不「一口咬定」揚風先生否定了，至少他與孫達人先生的論爭中，他還沒有給予「五四到現在中國社會變了沒有」，這個問題一個完整的正確的結論。

五四時期，能徹底擔負反帝反封建的任務的階級，雖然已由「自在」的階級轉變爲「自爲」的階級，但在革命中，他們還只是居於被領導的地位的參加者，三十年中，他們由被領導的成長爲參加領導的，進而爲主要領導且非他們不能領導的；而原來領導著他們反帝反封建的階級，因其本身就具備著革命與反革命的矛盾性，由革命的領導者變爲忽而革命忽而反革命的兩棲類，現在則變爲背叛革命，跟帝與封建勾結的作爲二者的代表（和封建勢力的首腦）的反動者了。這是一個必然的變化，這是一個劇烈的變化。（當然三十年來中國的變化不止此，而是複雜的多面的。）雖然這個變化尚未使中國完全擺脫帝國主義和封建勢力的壓迫。（即中國社會還是半封建半殖民地的社會），反而增加了二者的代表的革命同盟的反叛者。但這雙重的壓迫是臨近決定地解除的前夜了。就是說，三十年來中國的社會雖然還是半封建半殖民地的社會，中國革命的任務還是反帝反封建，但這個社會不但發生了量的變化，同時亦發生了部份的質變了，這個革命已獲得若干程度的勝利而且臨近決定性的勝利了。所謂

「決定性的」含意是：經過空前偉大的最艱苦的鬥爭後，新中國便誕生，那時封建勢力與帝國主義加諸中國的壓迫的主幹和主根已毀（即半封建半殖民地的中國社會發生空前的質變），僅剩鬚根，無法「東山再起」了。但兩種壓迫完全徹底除掉，則仍須一個相當長期的鬥爭過程，須在新中國的工業化的經濟基礎上（不是資本主義的經濟）才能澈底完成。總之，三十年來中國是變得多了，但直到現在尚未變到不是半封建半殖民地社會的程度。

現在既是面臨著空前偉大的艱苦的反帝反封建的革命鬥爭，作爲這個鬥爭的有機構成部份的文藝，必然而且應該空前有效地負起它的使命。當然不但是要繼承五四的精神和五四以來一切優良的傳統，而且要提高那種精神，發展那種精神，克服三十年來的缺點，配合著現實的要求，才能負擔得起這個使命，才能開拓文藝自身最合理的發展的道路。孫達人先生提倡「回到五四再開步走」，固然是嚴重的錯誤，但揚風先生認爲應該超過五四雖屬正確，由此就忽視了五四的優良的傳統（包括五四精神），就把五四的一切都踢開了，也是矯枉過正而違反了現實。

六、新現實主義與浪漫主義的關係

什麼是新現實（或寫實）主義呢？揚風和雷石榆兩先生的文章中都有著許多寶貴的見解。因篇幅所限，在本文中我也不打算多談，僅談一談他們兩位論爭的問題。

新現實主義是立腳在辯證唯物論和歷史唯物論上，且站在與歷史發展的方面相一致的階級（資本主義社會的掘墓人）的立場上的藝術思想和表現方法（合稱之為創作方法）。它不是憑空產生的。它萌芽於十九世紀末資本主義社會矛盾畢露時候，而在二十世紀二十年代（資本主義已部份崩潰）的社會基礎上正式產生並迅速地爲成世界文學的主潮。但它並不與十八世紀立腳在觀念論上的浪漫主義完全對立，也不與十九世紀底立腳在機械唯物論上舊現實主義完全對立，它是在最新的觀點（辯證唯物論和歷史唯物論的觀點）上批判地接受了革命的浪漫主義和舊現實主義的優良成份的產物。即革命的浪漫主義（和舊現實主義）作爲新現實主義的有機的成份不可缺少的成份而統一於其中。沒有革命的浪漫主義（和舊現實主義）的基本精神便沒有新現實主義。這些，都是一個重視現實的文藝工作者和讀者應有的知識，也是誰都無法否認的道理和事實。

揚風先生認爲新現實主義不但與「浪漫主義有別，就是與（舊）現實主義也有著很大的差異」，從其差別的一面看，當然是正確的，又他認爲浪漫主義「已停止了呼吸」，從浪漫主義已不是這個時代所需要的文學的主潮來說，也是正確的，但他不同時承認新現實主義中必須而且已經包含著革命的浪漫主義的血液（基本精神），當然就是完全否定了它，這大概是因爲揚風先生認爲浪漫主義就祇是鴛鴦蝴蝶派那樣的「毛毛雨」、「桃花江」那樣的浪漫主義吧？不然怎麼在〈五四文藝寫作〉和〈新寫實主義的眞義〉兩文中反對得那麼激烈？後來揚風先生發現高爾基等大文豪也說（其實許多書中都說）新現實主義中是的確有革命的（積極的）浪漫主義的成份，他才在〈從接受文學遺產說起〉一文中承認。他承認了高爾基說的「浪漫主義與寫實主義的結合，在我們的文學上是一種特質……」而說「這第一，高爾基將浪漫主義已分爲積極的與被動的了。第二，積極的浪漫主義與新寫實主義的結合，決不如雷先生那機械的想法，一加一等於二的公式化了」。其道理是已經正確了，但高爾基特浪漫主義分爲「積極的」和「被動的」，是他原來不知道，他在前兩篇文章中不分淸紅皀白一起否定了的，他現在反而說雷石榆先生分不淸楚，其實雷石榆並沒有說浪漫主義加寫實主義就成爲新寫實主義，只說「新寫實主義是自然主義的客觀認識面與浪漫主義的個性感情的積極面之綜合和提高」，雷先生的話雖欠明確，然在這裡面也就說明遠在揚風先生對他未發出第一次攻擊前，他就說浪漫主義有「積極面」「消極面」，而且主張的是「積極面」了。他這裡的綜合二字，要說它是一加一等於二那樣機械的加成亦可，說它是辯證地綜合亦可，但「既不是自然主義的機械的刻劃，不是浪漫主義架空的誇張」，難道還是機械的綜合，而不是辯證的綜合嗎？反而揚風先生接著說的：「應該是經過溶化、改造、洗鍊、陶冶，使能爲新現實主義所用」。正是將浪漫主義改裝一番而採用進新現實主義中的論調，即正是一種將浪漫主義改頭換面後收容了的機械的看法，他接著說的：「這絕不是能說高爾基就接受了浪漫主義的思潮」一語，更足以說明他的這種錯刷。高爾基說：「在文學上有兩個根本的潮流，或說是傾向，就是寫實主義，和浪漫主義」，新寫實主義所吸取的正是浪漫主義中積極的浪漫主義的思潮，即吸取其「強化人對生活的意志，對現實和現實的一切壓迫的反抗心從人的內部喚醒起來」（高爾基語）。對未來的強烈憧憬等基本的思潮或基本的精神。這種吸取是站在辯證唯物論歷史唯物論的世界觀和認識論上，站在與歷史發展相一致的階級的立場上的吸取。即承認客觀的存在決定主觀的意識，主觀的意識亦能被動地反作用於客觀的存在，這個主觀與客觀的辯證的統一，正確地把握住現實的互相關聯不斷的運動及其必然的發展，正確地把握住現實的本質，而在這個基礎上，在被壓迫階級的立場上，發揮積極的浪漫主義的精神。這樣的浪漫主義已不等於「有產者層所有的」建立在歪曲或脫離現實的空想上的浪漫主義，但已具備了革命的浪漫主義的基本精神。其中的現實主義的成份亦然，它已不是機械地刻劃現實的表面現象或僅止表現片面的眞理，而是反映其本質眞理，無限的關係及必然的發展了。在此，附帶再明確地重複一點；新現實主義「綜合」和「提高」了浪漫主義和舊現實主義。並不是原封地接受了來或改頭換面後吸收進來，而是在最正確的哲學觀點和革命理論上和能創造歷史的階段立場上，將這兩種對立的「思潮」辯證地統一起來的。（附註：有人也稱之為綜合的現實主義）。

七、應該強調革命浪漫主義的精神

爲了解放個性感情思想觀念，而提倡「狂飆運動」或「偏向浪漫主義」的見解，許多作者多斥其謬誤，惜均未充分說明其理由。其實理由也不算太簡單。茲就個人管見，略述於次：

「解放個性」與「尊重感情」，不管是作者或書中人（教育的對象）或讀者，自有其片面的道理。因爲凡人皆有個性和感情，個性受束縛應該解放，感情受抑制應該高揚。在現實中是這樣，在文學藝術中自然也不能例外。但以作者與作品來說，我們需要的和肯定的不是個人主義的個性感情，而是與能推動現實創造未來的階級利益相一致的個性和感情。

文藝與一切藝術之創造，假如只在於解放讀者的個性，提高其感情，是不夠的。因爲個性感情及思想觀念的解放是屬於政治經濟和意識形態的解放部份，它們和整個意識型態都是爲經濟基礎及政治上層建築物所決定的東西。人民覺醒而要求個性感情思想觀念的解放是經濟的政治的要求在意識上的反映。人民被壓榨得麻木消沈怨天嘆命，甚至歪曲了自己的性格，喚醒他們的工作是極爲重要的；但認爲其終極目的就只是個性感情的解放，而與人民經濟的政治的要求和解放鬥爭游離了，這種解放便落空了。個性感情解放的目的和內容應該就是爭取人的生活，人的權利；否則便是歪曲現實的空談謬論了。還有更重要的一點；要人民參加革命的鬥爭，固需促使其個性感情思想觀念等獲得相當的解放（即喚醒他們），但人民參加革命時，還不是十全十美的戰士，他們帶著一個要求，爭取人的生活、人的權利，同時也帶著許多缺點錯誤（能沒有那就好極了），在鬥爭的烘爐中，他們才逐漸克服了弱點，進一步地解放了個性感情思想觀念（當然其投入鬥爭中即是其個性感情思想觀念空前的大變革）。

而其澈底的解放又須在整個解放後建立的社會基礎上才可能完成，總之，文藝的目的不祇是要將人民的個性感情思想觀念等解放，更重要的是要使人民從經濟的殘酷的榨取和政治的高壓下解放出來。同時，也不是要將這些解放完畢，人民才能參加解放鬥爭，雖然事先解放得愈多愈好。

提倡狂飆運動是主張將十八世紀的浪漫主義「再版」，「偏向浪漫主義」則只主張以浪漫主義爲主。「偏向浪漫主義」可以有兩種涵義；其一是也需要現實主義，但更重視浪漫主義，這根本就無所謂新現實主義了，因爲新現實主義中已包含有革命的浪漫主義的成份，又格外來一個浪漫主義，豈不是否定了新現實主義中已統一著浪漫主義？結果所謂「新現實主義」就成爲舊現實主義。這樣，浪漫主義固然是歪曲現實的，「新現實主義」必然也成爲歪曲現實的了。其二是偏重新現實主義中的浪漫主義。即先忽略一下其中的現實主義，而偏重一下浪漫主義，以解放思想感情個性觀念，將這些解放了以後，再來運用不偏不倚的正牌的新現實主義。其實偏向浪漫主義就是不夠尊重現實，因而也就要歪曲現實（五四時期就是曾經因歷史條件的限制而犯了偏向一邊的錯誤），其結果就成爲十八世紀那樣的浪漫主義，因爲十八世紀的浪漫主義並非毫無現實主義的成份，它正是偏向浪漫主義且偏得很厲害。（一切新現實主義以外的文藝中都多少含有現實主義和浪漫主義的成份。就只是偏向，且二者往往只是混合，沒有統一，即使有統一，也不像二者在新現實主義中一樣辯證的統一者。）新現實主義是決不容許偏向浪漫主義的，要偏，便反而是歪曲現實。但這並不是說二者在新現實主義中是等量地存在，我們應將之「等量齊觀」。二者應該是辯證地統一者。即客觀存在決定主觀，主觀亦能施反作用於客觀的存在。假如基於這個眞理，而認清了現實的醜惡和光明，認清了革命的對象，認清了革命的本質和任務，認清了革命的戰略策略，認清了革命必然的結果……總之，認清了現實及其必然發展的道路，而強調對壓迫的反抗精神，強調對必然的未來憧憬，追求，爭取的熱力，是非常必要的。即基於對現實的正確的認識而強調革命浪漫主義的革命精神是可以的；不但可以，而且非常必要。這已不同於偏向了。

「偏向浪漫主義的創作方法是必然的」一語，曾出於雷石榆先生的〈台灣新文學創作方法問題〉一文中，且曾受到許多作者的攻擊，將雷氏當做一個張資平那樣的浪漫主義者攻擊，這樣未免有欠公平。因爲他用了「偏向」雖屬不當，但他繼續還有頗長的補充：「我們固然需要開放個性，尊重感情，解脫思想，打破狹隘的觀念……同時更須要涵養更高的人生觀（中略）宇宙觀（中略），更深刻地觀察現實……沒入生活……而以新現實主義爲依據，強調客觀的內在交錯性，眞實性，強調精神的能動性，自發性，創造性，啓示發展的辯證性，必然性……。」從這裡，我們仔細注意發現了雷石榆先生雖說了「偏向浪漫主義」，但解釋上又並不偏向，而是二者並重。所以，他的錯誤倒不是一般人所攻擊那樣的，而是「偏向」二字用得不當，和說成二者並重，看起來是二元論的見解。因爲要在客觀眞實性的基礎上強調主觀的「精神的能動性，自發性，創造性」才是辯證唯物論的見解。雷石榆先生的基本觀點，由其《文藝一般論》一書及一些評論文章中看來，無疑是辯證唯物論的，但就事論事，在這兒則沒有說明浪漫主義成份與客觀現實的眞實性（現實主義成份）二者之間辯證的關聯，這不能不算是一個相當大的缺點。可是批評他的作者就將後面的話割掉不談，一口咬定他是無聊的浪漫主義者，眞是太不公平了。

八、個性、階級性、群體性與典型

揚風先生說：「新寫實主義的個性是廣大人民的群衆性，新寫眞主義的感情是廣大人民求民主，反專制、求解放、反獨裁的積極的行動和怒潮」。這裡揚風先生澈底地否定了新現實主義的文藝中人物的個性，同時將階級社會裡文藝的階級性都模糊了。這樣根本就是否定典型，因而也就是否定文藝，取銷文藝。因爲典型是現實的概括的具現，即概括了的共通性底個性的具現，用吉爾波丁的話說：「典型是單一的東西與一般的東西的統一，個人的東西與社會的東西的統一」。所謂「單一的東西與一般的東西的統一」，一方面是指那些僅以故事爲主而不著重人物性格的表現的作品（如某些敘事詩或報告文學）中具體的個別事件與一般性的統一；另一面（更重要的一方面）則是指典型人物的典型性格所由產生的典型情勢。即指社會的性質和動向通過它而決定人物的典型性格，但又是由人物所串演出的個別事件與人物活動的環境及社會的特質和動向的統一。所謂個人的東西與社會的東西的統一。其中個人的東西就是指人的特徵。社會的東西，在階級社會裡（蘇聯的社會對全世界來說是勞動階級的社會），一方面就是指階級性與階層性，另一方面就是指「群體性」（如民族性，群體性，人民性，或其他的生活上有某些共同性的學校軍隊……等集團性）。不到全世界的階級社會都死滅了，文藝中人物性格的階級性是必然會有而且是非具有不可的，（因為現實中就是充滿了階級的對立，不如此便是歪曲了現實）而且階級性是其中決定的因素。我們說得更明白一點；人物的典型是個人的特徵（包括個性）與階級的特徵（包括階級性）群體的特徵（包括群眾性）的統一。這個統一不是個性上加上一點「階級性」，再加上一點「群體性」，而是個階級的群體的特徵不可分割地統一於個人的特徵中（活生生的個別性中）具體地表現出來。現實社會裡的人都或多或少地有著個性，階級性和群體性。三者都很明顯地具有的人，就叫做現實的典型人物，文學和他種藝術中的人物的典型是根源於現實及現實的典型，但它不是現實的攝影，也不是現實典型的攝影，而是現實的高度的眞實的概括，而是比現實典型更爲「典型」的典型。現實中階級性決定個性並不可分割地統一於個性中，文藝中也是這樣。眞正成功的作品中的典型人物，其整個的個性或任何一點細小的個性，從某一方面看它是個性，擴大看它又是階級性，同時也是群體性。這就是說明三者是不可分地統一者。當然低劣的作品或不夠成功的作品中亦有絕對特殊的個性或無生命的抽象的類型性，但那只說明其失敗，說明其歪曲現實而已，並不能藉以否定三者中任何一方面的存在，所以說，揚風先生否定文藝中有個性的存在，同時模糊了階級的存在（雖然他承認文藝應該有階級性，但他忽略了這種階級性並不是用幾個口號叫出來，正是統一於個性之中具現出來的）。實際就等於否定文藝，取消文藝的推動現實的作用。他否定新現實主義中人物的個性與階級性這還算是小事（其實也就夠大了），最重要的是他同時也就否定了現實中人物底個性了。（他雖然沒有正式的否定，但已間接地徹底地否定了）。因爲新現實主義既能眞實地反映現實，（揚風先生也決定承認的），不是現實中的人沒有了個性，文藝中的人物怎麼會沒有個性呢？我在此敢武斷地說：人類的個性是永遠有的。（當然不是固定化的，而是發展的變革的。）但它在階級社會裡是爲階級性和群體性（包括群眾性）所決定並與之統一；在將來無階級的社會則爲無階級性的（與群眾性一致的）群體性所決定並與之統一。

認爲人類會絕滅個性，成爲一架群衆性的血肉的機器，是非常危險的見解，它的作用在於消解人類對於幸福自由的未來的渴望和戰鬥的熱情。雖然人類要追求幸福自由的未來，誰也無法蒙蔽和阻止，揚風先生的見解更不會生什麼影響，但其見解對於台灣一部份的青年，則頗有害處。也許揚風先生的錯誤正是由重視群衆性而發生的無意間的錯誤，並非存心放毒素，不過總是一個嚴重的錯誤，我們應予以糾正。

在階級社會裡，人的個性普遍地受到阻礙束縛，不能獲得正常的發展。有的被壓制和麻醉得個性都歪曲了，有的甚至變得幾乎連個性都沒有了。人們充滿了畸形的性格！令人戰慄的性格！在將來的榨取關係消滅後的社會裡，生產力發達到驚人的高度，人無匱乏之虞，無廢疾之憂，人只知道爲人群（包括自己）服務，不知道虛僞自私諂媚欺侮惰怠苟且……了。（恕我說得太簡略。）那時群衆性得到了無限廣闊的發展；群衆性也與群體性一致了。爲群體性所決定並與其辯證地統一的個性也得到了高度的無止境的發展。但在那時，現在我們看到的醜惡的個性已完全死滅，眞正的人性（個性與群體性的統一體）取而代之，所謂「個性解放」，這時徹底實現了。這時沒有群體性與反群體性的矛盾，沒有人性與獸性的矛盾，有的是個性與群體性底辯證的統一。換句話說：群體性決定個性，不違背群體性的個性的發展又作用於群體性，使群體性又向前發展。就這樣地無限地向前發展。服務創造享樂是生命的內容，生命充沛了幸福自由……

這些也許讀者認爲說得太遠了，但這正是我們人類必然的未來。（但這必然的未來，並不是命運的，而是人的力量開拓的。）如不相信，我引一段話吧：「新社會的生產方式下，消滅了人對人的榨取，保障大家享有勞動權、休息權、教育權、社會保險權等等。這種結合勞動力和生產手段的方式對於社會生產力及人的個性的發展創造了無限的自由。」更進一步的社會則對於個性的發展更是自由了。如果這些都不相信，文學作品應該得到具體的充份的說明了，假如承認新現實主義不是造謠主義的話。

作者附言

一、因節省篇幅計，本文僅能原則性地談一談，未便多舉例及多錄論爭者的話。但又為避免「批評家」吹毛求疵；仍濫費篇幅，特別加了許多括弧，眞是矛盾得很！（在台灣寫文章誠一苦事！）

二、寫至此，本文已達一萬兩千字，「台灣新文藝的方向」及「如何建立台灣新文藝」兩大更重要的問題，只好另文論之了。

三、「人民性」與「群衆性」是有區別的，在此不便註明，談及「台灣新文藝的方向」一問題時，再補強之。

新生報《橋》副刊　一九四八・七・三十——八・二十二

關於理論與實踐

——駁陳百感先生「台灣文學嗎？容抒我見」一文

駱駝英

本月十五日中華日報所載陳百感先生的文章，表面上好像是非常著重實踐的。然其目的就是徹底反正確的理論的指導，而要作者盲目地生活，這在事實上也就是乾脆不要實踐，不要有計劃地在台灣作爲反帝反封建鬥爭一翼的新文藝，且連既有的基礎也企圖將之摧毀，而讓陳氏的「實踐」所產生的「人民文藝」（實即遵命文藝）來代替它。

假如沒有現實的要求，假如台灣文藝工作者的見解均已一致的正確，也就無需論爭，也就不會發生論爭。既然在創作上與見解上有著不大正確的傾向，論爭就是迫切需要了，而且問題不論其爲「一般的」或「台灣的」（借用陳氏機械的用語），它便是現實的具體的問題了。（許多重要問題還論爭得不夠。）迄今已有的論爭，其收獲不算豐富，但反對個人主義與空想的消極的浪漫主義以及強調生活實踐與服務於人民及其革命，是這次論爭的不可抹殺的成果。（在論爭中揚風先生雖有許多錯誤，但對這幾點他同時又是最有貢獻的。）即使曾經發表意見的作者的正確的推論，眞如陳氏說的全是從「書桌上撫拾現成貨色」，（是否如此，單就拙作來說，陳氏將中國現有的正確的文學理論跑一通馬後，便可知道是「撫拾」抑是創造。「沒有研究調查便沒有發言權」，現在他還不應該信口雌黃。）它已不是脫離中國血淋淋的現實的空論，而是針對著中國的台灣的現實的能指導實踐的具體的眞理了。凡眞理誰都有權利「撫拾」，且應該「撫拾」。

理論是實踐的產物，實踐是人類變革世界的活動——有一定的主體立場的活動。雖然實踐對理論在二者的辯證的統一中具有主導的作用，但忽視了理論的偉大的能動的指導意義，就是實踐主義（經驗批判論）或其變種表面上強調實踐的優越性的實用主義的謬論。假若理論脫離了革命的實踐，固然成爲無意識的無用的空論，但「沒有革命的理論便沒有革命的行動」，假若實踐不按照革命理論所指示的道路走去，它就成爲盲目的行動了。

陳氏假若承認正確的理論的重大的指導意義而提出實踐的重要性主導性，主張應從實踐中建立較已知的更具體的理論，不能閉門造車，我們自然毫無異議；但也不會感謝他的「清醒劑」，因爲我們至少不比他知道得更淺薄。揚風先生每次的言論都強調要和人民一起生活一起戰鬥，鄭重、楊逵、蕭荻等先生也說過類似的話。我在〈論台灣文學諸論爭〉開頭第五行也說過現實主義的基本觀點是「從人民的生活和鬥爭（包括作者生活的實踐）中產生，而服務於人民。」（實踐問題遠在十年前我與夏衍、紺弩等的合集《怎樣寫作》中我即談過，又在七年前的拙集《詩論集》中更曾專題談過。目前擬專題談而尚未談出。）

陳氏高唱「實踐」到底是怎麼樣的一回事呢？

他說：「如果我們不能提出屬於台灣的這一範疇的具體的意見，而只是大做其一般性的文學理論檢討的文章，則我們的成績，充其量是叫自己和讀者的頭腦，給所謂作家者跑一通馬而已。」這裡他將台灣視爲絕對特殊的台灣，魯濱孫漂流到的海島一樣的台灣。將四個月來數十個文藝工作者的言論視爲充其量是毫無用處的東西。是的，因爲我們這些都是「消化不良或止於淺嘗」的頭腦讓文學家「跑一通馬而已」的淺薄之徒，給讀者毫無益處。那麼中國著名的文學家又怎樣呢？他們在陳氏的眼中也不過是「所謂文學家也者」，隨便翻開那本正確的文藝理論書籍均可看見，他們更喜歡引徵「世界文學中關於這些問題所已得到的定論」，是喜歡將高爾基、吉爾波丁等或其他外國文豪當作「百寶囊萬靈藥」的人，他們的論調也是我們所談的爲陳氏所深惡痛絕的這一套（只是消化比我們良好而已），其作用只在我們的腦中「跑一通馬而已」。這樣，全中國作家的論著均被陳氏間接地否定了。只有「民族形式論戰的成果」幸而未被他否定，但他並未指出其中那些才算是其成果？「消化不良」者吞下骨頭怎麼辦？（編輯論戰文章及專書討論的機械唯物論者胡風的全部理論嗎？）

他將台灣及全國作者的進步的正確的理論的價值用一個民族形式的迷陣和「世界文學中已有定論」的幌子掩飾著，而徹底否定了，此即徹底否定了正確的理論對實踐的指導作用。就是他所謂「世界文學的定論」也被他歪曲而否定了。

看吧，他說：「新寫實主義是當代蘇聯文學的主潮」，而不說是世界文學的主潮，且別人在台灣的討論，又被他諷刺爲與「台灣具體條件」無關，這不是明明白白的否定台灣及全國需要新寫實主義嗎？他不但否定這點，連新寫實主義本身都被他歪曲和否定了。

他說：「高爾基是說過他相信從舊浪漫主義裡，一定可以掏出很寶貴的東西……用來充實新寫實主義的」。他又認爲蘇聯的作品常常使人感到「平淡無味，缺乏一種火熱的瑰麗的字句的美化」（愛倫堡語大意）而說：「無疑的，這正是由於強調了新現實主義的特質達到被拘束的程度因以致之，而那種所謂火熱的瑰麗的字句卻正是浪漫主義寫作手法的特色之一。高爾基的話，就是基於此文學現象而發出的，其內容是如此明確如此平易。」他不知道「革命的浪漫主義是新現實主義，這個全面的創作方法中組織的不可分離的部份」（拉甫涅夫）是「強化人民對生活的意志，對現實和現實的一切壓迫的反抗心從人的內部喚醒起來」（高爾基語——再引他所痛恨且貶為不明確的話）的成份，是「作者對自己的主人公所集注的愛和憎」（拉甫涅夫）。這因爲現實中的人就存在著革命浪漫主義精神，所以作爲現實底正確的具體的認識概括強化和表現的創作方法，新現實主義中就必然和應該內在地本質地結合著這種成份，並不是淘出一點浪漫主義塡進新現實主義中，或與之外在地結合就可稱之爲充實。陳氏將高爾基的話說成「明確」到是「很寶貴的東西」，且這寶貴的東西就歪曲成「火熱的瑰麗的字句」的形式主義觀。將浪漫主義與新寫實主義歪曲爲外在的聯繫，眞是庸俗膚淺到令人吃驚，還自命深嚐！

愛倫堡的話假如是「因缺乏火熱的瑰麗的字句的美化而平淡無味」，根本愛氏就錯誤（「平淡無味」誠然是某些蘇聯作品的缺點，但主要的原因並不是字句瑰麗美化與否，更不新現實主義的罪過。）陳氏知否？愛倫堡原來是一個象徵主義者，一九三五年許多國際作家參加的蘇聯作家協會的大會中，轉變後的他反對文學隊反對集體創作，曾遭伊凡諾夫，賽芙琳娜，高爾基等嚴厲的指責。愛氏的觀點是形式主義的美學觀。美在那裡？美正是存在陳百感所反復的諷刺的典型中。因爲凡與被壓迫的愛憎一致的典型，就是眞的，其中也就有著善，有著美。文學雖是語言的藝術，但詞句瑰麗與否、火熱與否並非最重要的問題。試問用愛氏的美學觀來看阿Q正傳，其字句瑰麗嗎？火熱嗎？恐怕找不出瑰麗的字句吧？作者的熱情是寓於冷諷的字句後面吧？難道阿Q正傳就乏味嗎？假如愛氏的話是「平淡無味且缺乏火熱的瑰麗的字句的美化」，則愛氏無誤。而陳百感認爲是強調新現實主義的結果，簡直是荒謬絕論，因爲這不但不是強調新現實主義的結果，反而是沒有深刻地了解和沒有十分正確地把握新現實主義結果。因新現實主義中是□□地本質地包含著革命的浪漫主義，強調前者必然也就強調了後者，反之亦然。

這樣，台灣與全國作者的理論只是些給人頭腦中「跑一通馬」的沒屁用的「現成貨色」，新現實主義又被他歪曲爲只是蘇聯的文學主潮，只能製造「平淡無味」的作品的思潮和表現手法，於是就新現實主義也不要，正確的理論的指導也不要，就只要陳百感的「實踐」！他號召作者盲地去撞，於是就撞出問題，撞出理論，撞出陳氏的「台灣的」、「人民的」作品，撞出「新寫實主義的作品」來。這種徹底否定正確的理論的指導作用，高唱盲目的實踐，認爲什麼都是自然而生，不止是自發論、經驗批判論、實用主義的謬論，其中是存在著很深的陰謀的。他還用根本就含糊不淸且比喻不當的「實踐是理論的南針，理論是實踐的燈塔」以及他的「實踐與理論的並進」、「直接間接接近人民」等作煙幕，掩蔽著他陰謀。實在其目的不□完全不要正確的理論的指導，根本就是要取銷作爲變革世界的活動的實踐，以陳氏的盲目行動的「實踐」代替之，從陳氏的「實踐」中自然產生出劉野樵氏的「人民」的「人民特質」的「新寫實主義」文藝，來爲陳氏的「人民」服務。

假如陳氏沒有這種陰謀，我們這些淺薄到只會讓他人的理論在腦中「跑一通馬」的，只會「在書桌上撫拾現成貨色」的「消化不良或止於淺嘗」的淺薄之徒，雖非堅卓辛勤的文藝學徒，理論雖於讀者毫無益處，我們也是人民中的一部份，我們還算願意「跑馬」「淺嘗」「撫拾」並沒有反動無恥，爲害人民，陳先生旣自命研究社會科學，就應該知道研究社會科學的目的是在於把握住社會發展的規律及其必然性而改造社會，然改造知識份子應該也是其中的一部份，我們理論到底淺薄在何處？陳先生應該具體地指出，善意的教育一番，超渡一番，方合道理，爲何空洞無憑的反覆諷刺呢！

新生報《橋》副刊　一九四八・八・二十二

致陳百感先生的一封信

何無感

在中華日報文藝版上，讀到了陳百感先生的大作，首先觸目的是：先生要——「緊緊擁抱現實，呼吸人民的空氣，感受人民的苦痛，懷具人民的希望……」，以爲先生一定是一位「人民的」批評家了，可是看了全文以後，反而愈使我莫明其妙。陳先生的「抒見」，不過在我的腦子裡「跑了一通馬」給跑的烏煙瘴氣而已。

先生的文字，無疑是針對著近四個月來的文藝論爭而下的「針砭」，對象是駱駝英先生、揚風先生、雷石榆先生等，同時也提出幾個問題、幾點意見，我對於陳先生的理論內容，卻有些未敢苟同的地方。

陳先生首先提出了「爲什麼一定要死死抱住高爾基不放呢？」對的！但陳先生也承認：「作爲文

豪，他是夠偉大的。」那麼既然這問題是文學上的，而不是社會科學上的，爲什麼就不能援引高爾基說過的話？新現實主義裏的浪漫主義成分的問題，除了高爾基說的那麼「平易、明確」之外。不知陳先生還看見過那一位作家的更「平易、明確」的內容？假如沒有，爲什麼不能引用他的豐富的文學遺產？「我們並不是因爲文豪有話才來討論、研究，而是因爲客觀環境向文學提出要求」難道大家都要像陳先生一樣把同樣的內容，不聲明是高爾基的，而算是自己的創見？（其實，陳先生對於高爾基「明確」而「平易」的內容，並沒有說出個所以然來。）在最高的原則的探討上，用高爾基的話作爲一種引證，就能算是「死死抱住」？陳先生認爲：「其內容如此明確，如此平易，爲何……要用一些意義晦澀的字眼呢？」這就不合邏輯，前面說的內容，後面說的形式。陳先生既然自認爲新現實主義者，大概總承認形式爲內容所決定的罷！

陳先生以爲：「如果我們不能提出屬於『台灣的』這一範疇內的具體意見，而只是大作其一般性的文學理論探討的文章……」則如何如何。

首先，關於揚風、雷石楡諸先生的論爭，正是「具體的」討論「新台灣文學」的建立，駱駝英先生的文字又是「論台灣文學諸論爭」，也是針對著論爭中幾個最具體最主要的問題的論文。大概陳先生以爲徒有論爭是不足爲訓的，不錯！一篇篇的小說還沒有寫出來，但「理論是實踐的燈塔」呀！要求正確的理論，也正需同一戰線的戰友們的互相批判與討論。

其次，台灣在地理環境上，雖然是一個孤島，但就社會的經濟基礎而言，它是中國的一環，台灣文化也正是中國文化的一環，這，懂得社會科學的陳先生您，是不會不曉得的。但先生的文字中間，卻有意無意地把台灣和中國大隔離，先生以爲：一般性文藝理論的探討已成定論，不錯，眞理是有的，而且還在不斷發展中；但還得看人們是否抓得到他或故意歪曲了他。假如承認台灣文學是中國文學的一環的話，正確的一般性文學理論的介紹與對歪曲者打擊，倒是必要的；台灣的特殊性倒是在於五十年間被日本統治在文化上造成的惡果，我們可應注意的，倒是台灣的特殊性與大陸進步的一般性的轉化，與大陸的一般性在台灣的特殊化的問題，最後是台灣的特殊性與大陸進步的一般性的統一。而不是關閉在一個孤島上，打著「到人民中去」的大旗，採集幾篇民謠，幾首高山族的歌曲－照陳先生您所擬定的「基礎工作」作下去；這種庸俗的見解是作不通的。（其實搜集民謠等也不是不需要，「到人民中去」更是真理，只是照您的方案去作是要不得的。）先生以爲目前台灣沒有人民的文藝，而非得在您的「基礎工作」初期出現後才有，那時才需要理論問題的提出，可是先生您忘了台灣文藝「正」作爲中國人民文藝運動之一環而在鬥爭，在克服在發展中，您把這點忽略，要「從頭作起」，也正是割據台灣與大陸文藝運動的一般性。叫人們鑽在這個小天地裡接近人民，可是正與世界民主革命力量與文藝陣線脫離，那「爲人民」也就成了「空中樓閣」了。

陳先生希望「作家」們要實踐要實踐！而認爲這次文藝理論的論爭是狂人夢囈；大概是過分強調

了實踐是理論的母親罷！這也可以作爲二分面來說：一則正確的理論也是實踐的燈塔；二則這次論爭也正台灣文藝運動的實踐的「具體」內容之一。一些「作家」或「社會科學家」們，在報端散放一些有毒素的理論給讀者一個撞到暗礁上去的燈塔，豈不可惡！正確嚴厲地批判這種「作家」，正是最「具體」、最「現實」不過的實踐。同時，剛才所說：中國大陸一般性文藝理論（自然是進步的）的指導與介紹，在台灣是亟亟需要的，同時台灣是中國的一環，台灣的人民與中國全體人民的民主革命運動中，是攜手一致的，所以正確的文藝理論與批評既是中國人民鬥爭的武器之一，在台灣來說，也是夠具體夠現實的實踐了。而陳先生認爲「具體」與「現實」的「基礎工作」，既然是在「台灣的」這一孤立的範疇內，而且不需要一般性文藝理論的指導，更認爲要從頭開始下手工作，那麼，陳先生的「基礎工作」才正是很不現實，很不具體。

所以，陳先生的「要參加實踐」的針砭也就落了空；因爲文藝批評也正是鬥爭的一種武器（照前聲明：創作也是）。假如讀者看了先生的文章，以爲：論爭什麼！胡鬧！我們去實踐——搜集民謠，弄「台灣的」……或是狹隘地方封建性的鄉土文學罷……。於是，文壇上盡是注射毒藥的庸醫；至於作者與讀者們便昏昏沈沈地實踐了，去鬥爭了；但這樣的鬥爭與實踐——沒有正確理論的指導而被有毒的理論所迷惑的鬥爭與實踐，與全世界全中國民主革命的文藝運動脫節的鬥爭與實踐——是永遠不會成功，不會勝利的。我覺得從社會科學見地出發的陳先生您，竟有這種不合正確的社會科學的理論的主張，不勝詫異之至。大概是陳先生去迷迷糊糊去實踐，忘了正確的文藝理論的指導。這正是機械唯物論者與經驗者失敗過的道路。

末了，談談先生的態度問題，先生自稱是「爲人民」的，但我懷疑一個眞正「爲人民」的，是否會：一、孤立台灣，割斷與大陸的一般性與聯繫。二、披上強調實踐的糖衣，而否定理論的指導作用，也就一起將實踐否定了。同時在先生不知是否故意抄錯的：「理論是實踐的燈塔，實踐是理論的南針」那兩句中，又將理論與實踐的關係混淆了。三、一筆抹殺這次論爭中每一個人寶貴的意見與熱情，稱之爲「在讀者頭中跑馬」的「幼稚文人」，自視甚高，一腳踢開文藝統一戰線。就憑這三點，已能使一位嗅官敏銳的讀者有所警惕了。

新生報《橋》副刊　一九四八・八・二十五

論建立台灣新文學

蔡瑞河

文藝是「人類爲了適應社會生存要求的產物」。它永遠寄託於整個社會生活爲基礎。但是這種社會生活基礎，是兼「精神文明」與「物質文明」而言的。所以任何文藝創作的本身，都不是生產方式變更的機械，而是整個兒人類生命活動的創造，它不僅是被動地爲社會特定的經濟條件所決定，更要能動地推動社會，改造社會，以增進整個兒人類的生活。同時也可以說文藝是「人類感情互相交流」的橋樑，它不僅是決定於某一個社會階級的意識而存在，更不是以助長階級的利己精神爲目的，而是爲整個社利益而存在。因此我對那些把「文藝神屬化」的和脫離現實生活的作家，而自以爲「文學青年」的，不得不予以相當的批評。

觀過去的台灣文學，因爲環境惡劣，在發表上不能沒有障礙，在表現上自然也有很多的困難，而且人民對這個「文學」以爲是貴族的消遣品，正因爲人民對於「文學」評價太貴了，甚至不知文學是怎麼一回事，而把它視爲奢侈品的現象。又文學家的工作，大概都祇屬於「文人」間的舞文弄墨或僅爲要發表自己的意象，把他們的對象——大衆——都放棄了。因此他們的作品多半祇是適應同好者們之間，不能深入一般知識發展。藝術至上主義者，唯美主義者等，他們雖有他們的主張，但因多含有不可知的觀念的關係，愈鬧愈離開現實，甚至其言行也是空想，而被指爲根本與社會生產無關係的「文學青年」了。

自從「台灣新文學」運動以後，面目一新，水準一天一天地高起來，而已經形成文藝運動的潮流是不可否認的事實了。毫無疑義的，建設「台灣新文學」的目的是在求群智群策群力，打開目前的難關而能開發混亂荒蕪的台灣文藝現狀。

目前人民尚未認識新文藝的價值，因此它與大衆之間，猶有一條很廣闊的溝壑，我們如果不趕快建築一個鞏固壯麗的大橋，給與一般大衆當作鄰徑，一般大衆是決不敢向前問津的。目前一般不滿現狀，這正是大衆求改善求進步的希望，所以要改革現實，靠文藝的形式、思想、力量，來融合大衆的思想意識，因此大衆化的「台灣文學」是我們文藝工作同仁應共同努力的趨向。

現在台灣文學所患致命傷有二，第一，就是言文不能一致，並且文藝青年們所受過的教育，大半是日文教育。因此用國文不能充份表達自己的思想、感情，而感覺苦惱。對這個問題，我想只要及時努力運用國語，在寫作時盡作通俗的白話文，那麼所有的困難自然會消除的。第二，是民衆對新文學沒有顯然的嗜好，對這個問題，要喚起民衆的重視，須動員文藝愛好者們的常用講演會、文藝座談會，或到民間時常宣傳研究民間文學，而善爲之誘導。依我所道的，台灣人是希望看看有刺戟性的；和比較有社會性，以替台灣民衆訴苦，爲台灣人民吐露希望。總之，建立台灣文學，就是建立大衆化的「人民文學」。

新生報《橋》副刊　一九四八・十一・三十

關於台灣新文學的兩個問題

籟亮

自從台灣新文學這一個運動開始以來，各項文學問題的論爭甚爲激烈。我對於已發表的論文檢討以後，得到了關於台灣新文學存在的兩個根本問題，就是「特殊性」和「全體性」。一個是承認不承認「特殊性」的問題。一個是「特殊性是否完全與大陸孤立無關」，也就是是否會陷於無聊的鄉土文學的問題。

對於特殊性的承認這一點無疑問是台灣新文學運動的最大的動機，楊逵先生用他的常用語「澎湖溝」說得好。日本五十年間的武力和欺瞞的統治畫出一條可惡的澎湖溝在台灣和祖國之間是很清楚的事實。日本在五十年之間爲了他們榨取爲目的的統治的便宜改造了台灣。日本式的房子、日本料理、日本衣服、日本語等等，這種種的事件也許成了和祖國的對立或者隔膜，但是這樣的特殊性，從現在的題目來看，並不成大問題，只能成立某些附屬的或枝節的問題。好像華南海岸的風俗和中原一帶的風俗不能夠一致，北平的生活方式和上海的生活方式，不能夠一致一樣，這件事是毫無問題的特殊性。重要的問題並不在這裡，重要的問題不過是潛在的內心上的東西，日本爲了保持他們統治上的繁榮，他們對我們強求服從。因此時常拿出腐化了的封建倫理來痲痺我們。

他們時常對我們貫注封建毒素，教我們崇拜與服從獨享其利的少數人爲的道德。甚至提出他們一流的所謂「皇國國民道德」來毒化我們。所謂一切日本的遺毒，也是由這一個根蒂爲出發的封建思想的扶植，這才是一切台灣的病態的根源。但在這五十年中我們祖國的進步是多麼顯明的事實。日新月步的人類行進是多麼的快。只有台灣孤獨留在他們的後面。五十年的距離是多麼長的距離，因此我們應該改造我們自己，對付這一個要求台灣新文學的出生，難道不是必要且必然的嗎？「澎湖溝」這一個特殊性，除了傻子以外無人可否認的。這個特殊性的肯定，就是台灣新文學應當要揭發批評與肯定罷了。台灣新文學並不是自現在才被掛出來的「新貨色」，而是自從日寇佔領時代早就有了它的淵源了。

不過在這裡我們碰到一些人士的反對！有一位先生認爲「澎湖溝」雖是一個特殊性，可是這個特殊性，並不能夠作成建立台灣新文學的因素。他認爲文學是一種人種和環境的產物，所以在歐洲有北歐文學、南歐文學，但是台灣是中國的一部份，人種是一樣，土地還是中國的一部份，其他，政治關係、經濟關係和其他種種關係完全是融合在中國之內。因此沒有建立台灣新文學的需要。可是我對這位先生這一套看法不能同意。假使文學是一種人種和環境的產物的話，文學會陷於死一般的地方特產物。好比中國有米的出產，歐洲有小麥的出產一樣，由一個種爲出發，生在其地位，長在其氣候，這個產物就是文學。這樣來，當然歐洲的文學不會影響到我們東方來。我們接觸西歐文學時一定只能發生了一種彷佛對於送貨也似的珍貴的情緒而已。不過事實不是這樣，偉大的西歐各種文學都很深地影響到我們來。這一個事實，簡直証明了那種看法是被成見所支配。再來看，我們可以發見以那種看法，不能夠理解的許多事實，比方說，被人稱爲理性的民族德國產生了歌德的浪漫文學，然而感情的民族，執南歐文學牛耳的法國，卻產生出左拉的寫實文學。再用親近切實的例子來說，多年來由國人被稱爲保守的民族，不過這裏出現了充滿了進取精神的偉大魯迅先生。我們難道可以否認魯迅先生的進取性嗎?從這一個推論批評那位先生的看法，是完全失掉了其意義。不外是以形式上來獨斷地畫了一個境界線罷了。

文學是不能夠完全以人種和環境來分類的。文學應該以歷史的思潮與現實的趨向來分類的。在同一個地方內有站在舊階段（比方說封建制度的保持者）和站在新階段的（比方說民主主義的提倡者）二個對立存在時，於是產生了在同一個地區內的對立。在同一個歷史階段上有前進和落後的差別，才能夠發生地區性的差別。國文學，因此釀成了地區性的差異。台灣新文學當然是和祖國文學一樣站在同一個新的歷史階段上的，不過這裡躺著可惡的「澎湖溝」——五十年的距離——這就是台灣新文學的立場——特殊性。台灣新文學的「台灣」這兩個字是多麼需要的啊！

那麼「台灣新文學」是和「大陸文學」對立的嗎？不是的，「澎湖溝」是站在和祖國同一新歷史階段上，才可以看得出它的特殊性。因此這一個特殊性是以同一個歷史階段爲前提的。所以台灣新文學是附屬於「同一階段」，「個」者的存在以「全者」爲前提，「個」「全」相互成爲一個基礎。所以「台灣新文學」是中國文學的一環。

第二個問題是「台灣文學」是否會陷於「鄉土文學」的問題。我對於這一個問題在前段已經答覆了。不過在這裡我想要再來補充一點。因此不妨說明的重覆。因澎湖溝的存在，台灣文學要採取的形式也許會和祖國的不同。不過站在同一個歷史的新階段，這一個觀念是相同的，這一個觀念就是使「台灣新文學」不是死的鄉土文學，而是動的寫實文學；成爲中國文學的一環的唯一要素。不但是成爲中國文學的一環。從積極的反映現實，而不是供人欣賞的鄉土文學因爲內容相同，所以「台灣新文學」十分能夠影響到祖國或者全世界，任何站在和我們同一歷史階段上的人類。「台灣新文學」的作用並不是被限制於島內的，而是無限地對內對外作用的文學。因此台灣新文學和地方風土民俗誌一般的鄉土文學不同。

由於同一觀念出發的，同一歷史階段上的任何風格一定是可以相通的。所以世界任何站在和我們同一立場上的高度風格，也可以成台灣新文學的風格。不！台灣新文學者應該爲了創造站在我們立場上的文學的最高風格而努力！「台灣新文學」必然是進步的。我們相信「台灣新文學」，並爲了創造站在我們同一立場上的何任文學的現實性，而供出無限量的貢獻。願我們的工作能站在這一個方向而努力。

新生報《橋》副刊　一九四九・一・十四

台灣文學的方向

——師範學院文藝座談會講演

歌雷講／小河記

在《橋》上我們提出了一個問題：台灣文學往何處去？在這一年中，有許多人發表了他們對這一個問題的態度；在這許多作家中，我們可以看到，他們有一個共同的見解；台灣文學不是只在建立一個「個人的文學小王國」，而是在積極的努力於人民的結合與社會的進步。

但針對今天，檢討我們自身的缺點，與整個「台灣新文學」運動的一年來的經過，因於這一種再批判，使我們感到這問題有重覆提出的必要。

在我參加過的許多學校及作者的文藝座談會中，有一個問題常被提出：——今日的文學應是「浪漫主義」的還是「寫實主義」的，可以很簡單的回答。在一年來的台灣文運中，我們很可看出，都是從這一社會基礎產出來的「寫實主義」的作品，事實上許多人的意見都肯定於這種認識。——是寫實主義的文學。然而，也有不少作者說是還覺得懷疑。因此我們要反省「台灣新文學」運動的目的。

到底我們提出的這一個運動，只是在提倡多寫作呢？——一種毫無意識的文藝工作。只在爭取發表機會，與一種文藝工作的風頭主義——還是對自己不會應負上廣大的任務？如果我們目的只在提倡「多寫作」，則有許多文章均可刊載出來；但我們不能這樣做。在這裡我們放下了一個標準，到底這篇文章是反映社會呢，還是只在吐露其個人的生活瑣事與孤獨的感情？——我們提倡了這一運動一年多中，但仍沒有獲利到多大的基於這一個認識的反對。

有許多人許多刊物提倡所謂文學的藝術水準。但我們懷疑他們的藝術將「準」在那裡？再拿起莎士比亞的作品翻翻，從今日進步觀念批評我們可以看出他還是以「自己」以「個人」爲出發，而不是以「社會」爲出發的，我們不客氣地批判，這種作品我們今日這個時代，不敢同意，我們在今日創作，就應該有新的道路，他們自己生活在社會中而不覺得，生活在現實中，而離開現實，這種文藝觀念，實是需要作者個人的自我覺醒的。

在台灣新文學運動被提出以來，作品中有兩種惡劣傾向，受到批判，一種惡劣傾向，就是作者個人的文藝領域，有一種個人「小圈子」的傾向，與社會相隔絕，另一種惡劣傾向就是個人的享樂與英雄主義。

這兩種惡劣的傾向，所產生的原因，當然是因爲在今日社會中，作者不能使「個人」與「社會」

的關係獲得一個正確的觀念，往往認爲個人的文學的目的與整個大多數的全體人民的目的是兩回事，或甚至是相互矛盾的，因此產生僅僅止於欣賞與文學愛好，而沒有在意識建立一種更積極與更進步的「服務社會」的觀念，這或許有許多作家對過去日本作家所提倡的「私文學」在內心有潛在愛好與感染，他們也是推崇個人喜怒哀樂，而脫離了社會，脫離了現實，這在今日已不爲大衆所需要的。

新文學運動要求我們對我們所生活的社會有深刻的了解，要生活在群衆中，因爲這樣才能產生有價值的作品。如果單以個人爲出發，結果必將以個人的利益去掩蓋一切，去衡量一切；在進步的社會中，必爲人民所唾棄。

以個人之私情作爲文學標準在社會的具體要求下是否會被抹煞？私文學是否要爲「大衆」具體的文學所壓縮？這個問題的提出，相信是當下許多台灣作家所急要解答的。

一個人如果一切都以私利爲出發，那他定會把個己的利益建築在別人的痛苦與大多數人民的辛苦上，在今日中國這一個窮困的土地上，你要享福，別人就只有不享福，就只有吃苦。這很簡單，在目前舉目荒涼的現實情況下，爲了個人利益，譬如想建立一個幽美的環境以滿足自己生活的享受，那他必然要漠視到大衆的利益，間接中增加了大衆的痛苦。爲了使社會進步，我們要接近人民，便要幫助人民，那麼，把自己利益建築在別人痛苦上的這種思想，這種生活態度便非打消不可。作爲文藝工作者的我們還不止此，我們更應要在與人民生活當中，從貼近人民，進而去反映人民，反映人民的哀樂，惡怨與愛憎。

有一種人不把自己放在大衆的生活圈子裡，永不使自己與周圍的大衆接觸。他們雖不把自己的幸福建立在旁人痛苦之上，但卻把自己的生活圈子弄得很狹，生活在社會中而不與社會發生聯繫。在文學上的表現，便也以個人感情爲中心，與社會無關，不去反映社會，反映大衆生活。這種生活態度與創作態度在今日是要不得的。一年多的台灣新文學運動中，今日檢討下，仍然是這兩種惡劣傾向，在阻礙這個運動的成就與發展。

我們對文學的態度是要求它反映現實，反映人民生活與願望。但如何去「反映」？怎樣使我們所提倡的新文學接近大衆呢？

第一、我們先要肯定「具體的」、社會發展方向，與新現實主義的文藝道路，否定自己，以集體要求爲出發。

第二、徹底肅清「個人」與「集體」相對立的陳腐觀念，個人與集體並不矛盾，並無衝突。十八世紀的革命家推崇「個人」，視「個人」是與「集體」矛盾的，那是因爲在當時封建制度下，「個人」爲封建關係窒息著，爲封建關係來縛著，所以才產生了個人與集體的矛盾。工業革命以後，少數人控制了財富，更多的人被壓抑在生活的下。

因此，大多數的人中的「個人」，應當以大多數中「集體」的願望，爲追求的目的，在「集體」

中的自由，才能有「個人」的自由可言，而文學價值也必以大衆的社會爲依歸，沒有「集體」，願望就不存在個人願望，沒有集體的文藝要求的作品，個人的享樂的英雄主義的文學作品目的，實在是違反社會的進步，也只有代表人民的文學作品，才有這一個時代的精神與藝術價值，而受到永久的重視。在新的社會中，如上面我們所肯定的，把個己幸福建立在旁人的痛苦之上的生活態度已不能存在，那麼，在這裡個人與集體的關係已不再是衝突的了，「個人」與「集體」是統一的。

從這裡出發，我們否定了上述享樂主義及個人主義，同時，個人又與集體不相矛盾；那麼，我們便可以與人民站在一起，去反映人民的悲苦哀樂。否定了這個結論的人，必將爲社會所淘汰。

（三十七年十二月二十日講）

新生報《橋》副刊　一九四九・一・二十四

略論台灣新文學建設諸問題

吳阿文

這一年來，台灣新文學運動的鑼鼓可說打得很響，然而，其收獲卻很少，態度是互相排擠，步伐很雜亂，是遲遲不進的。

起始，是楊逵出來揭幕，接著，就是揚風與雷石楡等出來扮演武戲；一直到駱駝英出來綜合的解釋一下，這幕戲才算過了一個段落。

這個鑼鼓聲於幾個月來忽而沈默下去，到最近，似乎又再響起來了。

在目前，再來一次台灣新文學運動是很必要也很必需的。因爲從前，日本帝國主義者留給我們的「殖民地封建文化」，到現在還很根深蒂固地存在著台灣。正如一塊巨大的鐵板，沈重地壓在我們頭上，使我們始終喘不過氣，也看不見光明。

統觀這一年來，發表在《橋》副刊上面的，有關台灣新文學運動的討論，總覺得全是在「名詞」與「術語」裡兜圈子，總覺得雙方的態度是；似乎這一方努力要打倒那一方，那一方也努力要打倒這一方，因而終於雙方都一樣地忘卻了廣大群衆的存在，這樣的態度是完全不對的。

大凡，對於一個問題，倘要提出討論的時候，首先，我們要了解這個討論的目的，千萬不可爲著討論而討論，是要得到一個目的來討論才對。這個目的是什麼呢？這個，當然就是眞理。

檢討這次台灣新文學運動的討論，到底抓到了眞理沒有？回答是，似乎有而實際上沒有。假使這次是抓到了眞理，收穫一定不會這麼少，步伐也不會這麼雜亂，而且是遲遲不進的。

爲什麼會如此呢？這也就是因爲大部份的文藝工作者，缺乏了實事求是的態度，對於台灣的客觀情況，缺乏更進一步的正確瞭解。如在討論台灣文學的「特殊性」與「全體性」的問題時就很明顯的可以看出。

有的因爲過於強調了台灣文學的「特殊性」而忽略了「全體性」。有的因爲過於強調了「全體性」而忽略了「特殊性」，這統是一種偏見，是錯誤的。

正確的說：「全體性」與「特殊性」都是互相不用分離的東西，都有互相連繫的緊密關係，這兩個東西，倘若這個離開了那個，必然的就會變成了殘廢。台灣文學的「特殊性」，需要放在這個「全體性」上面才是。這是一個事物的「兩面性」。

關於「持殊性」與「全體性」問題，在此請讓我提出一個現實問題來解釋一下吧。

目前的台灣人民，到底在過著怎樣的生活呢？我們的心理到底在想著什麼呢？而且在精神上到底在要求著什麼東西呢？而且在精神上到底在要求著什麼東西呢？前面的這些問題，無疑地就是屬於「全體性」的原則問題。

而對於前面的這些問題，到底要怎樣來反映他們的喜怒哀樂呢？到底要怎樣來描寫他們的現實生活呢？到底要怎樣來表現他們精神上所要求的東西呢？這些問題，無疑地也就是屬於「特殊性」的方法問題上的具體問題了。

關於「特殊性」與「全體性」的意義，我們弄淸楚以後，就再進一步地來討論在文學中這兩個「特殊性」與「全體性」和作家的關係。

一、作爲一個文藝工作者，要怎樣來修養自己的人格，要怎樣來改造自己落後的思想意識，要怎麼建立自己正確的人性觀與世界觀，要怎樣來爲人民服務，這些問題，就是作家與文學中「全體性」的關係的問題。

二、要怎樣來把握現實，要怎樣來取材，要怎樣來處理事件，要怎樣來表現群衆的眞實生活，要怎樣來運用自己巧妙的藝術手段，把時時刻刻發生於現實社會裡的，人與人的生活關係的「典型事件」，準確的攝取到文學作品中來，並且由此反過來去教育他們，指導他們，啓發他們，這些問題，就是作家與文學中「特殊性」的關係的技術上的具體問題了。

全世界的進步作家，與文學中「全體性」的關係一樣的，然而對於文學中「特殊性」的關係與態度就有差別了。

關於「特殊性」，作爲一個文藝工作者，應要以實事求是的態度來處理這個問題。

歐洲有歐洲的「特殊性」。上有上海的「特殊性」。台灣有台灣的「特殊性」。法西斯的政治有法西斯政治的「特殊性」。資本帝國主義的政治有資本帝國主義政治的「特殊性」。半封建半殖民地的政治有其半封建半殖民地政治的「特殊性」。

發生於各國不同的環境中的各個不同的事件是都有各個不同的「特殊性」的。作爲一個文藝工作者，對於如此的事件，需要運用自己極其尖銳的理智，非常正確的把它處理，並且同時也把它的「特殊性」攝取到文學作品中來。比方，提出一個例子來說吧！在滿洲事變以前，台灣新文學運動的產生，顯然地是受著祖國「五·四」運動的影響較大。其本質，是屬於「民族革命民主主義運動」的一環的。雖然，其徹底的目的是與祖國「反帝反封建的革命民主主義運動」一樣，然而在鬥爭的方法上，是根本與祖國的方式不同的，日常壓迫台灣的殖民地政策，是有其「殖民地政策的特殊性」的。所以，台灣的革命鬥爭方式，也就非採取適應於這種「特殊性」的「特殊方式」不可。

是故，這個時期台灣新文學的內容，不僅要反映台灣的地方色彩，反映台灣的風俗、語言、習慣就得，更重要的，是要表現日帝在台使用怎樣的「殖民地政策」，來壓迫著台胞、欺騙著台胞、榨取著台胞、剝削著台胞、蹂躪著台胞的許多種種殘酷事實。在另方面，還要著重描寫在這種鐵蹄下面，怎樣受著現實的教訓而逐漸覺悟起來的台灣人民，怎樣英勇而果敢地，與那些「殺人不厭的傢伙」，「血腥的統治者」，展開爭自由、爭解放的，壯烈的可歌可泣的鬥爭經過。

在個個苦難的時代，面向著殘酷的現實，作爲一個文藝工作者應要有革命的精神、思想，並且也應該有革命的實踐行動來配合這個偉大思想。

作爲一個人民作家，不僅要無時無刻的學習革命的文學理論，同時也要以革命的實踐行動來配合這個理論，於是反過來在戰鬥中提高革命文學理論的水準。理論是需要與實踐統一的，其需要統一的意義也就在此。

關於理論與實踐的關係。關於台灣新文學的方向與台灣新文學運動的展開的關係，我們了解過去台灣新文學運動的本質與祖國的新文學運動的本質相同之後，對於目前台灣新文學的方向的問題，在此，我們就馬上能夠清楚地找出一條光明而正確的道路來。

毫無疑義，台灣是中國的。台灣新文學就是整個中國新文學的一部份，台灣新文學運動也就是整個中國新文學運動的一環。

中國新文學是「反帝反封建」的文學，是「人民」的文學。當然，台灣的新文學，也就是這樣性質的文學。

日帝統治台灣五十一年來之久，在思想上，所留給我們的，是「資本帝國主義殖民地封建文化」。台灣光復以後，在這種文化上面又再加上帶有「官僚性格」與「買辦性格」的半奴隸文化。這兩種文化所融合起來的就是「原始的妓女文化」。這種「原始的妓女文化」是產生於這個台灣的「特殊性」上面的。這種寄生的、落後的、腐敗的「原始的妓女文化」，就是台灣新文化的死敵。

現階段的台灣新文學運動，如果站在台灣文學的「特殊性」上面來說，其意思，就是：台灣進步的文藝工作者要團結起來，共同來剷除這個「原始的妓女文化」的一種運動。這是對內的一個。另方面，對外就是要努力與國內的「戰鬥的民主主義文學友軍」，取得密切連繫而促成步調一致的新現實主義文學運動。

這種帶有濃厚的，台灣特殊性的「原始的妓女文化」，出現於台灣思想方面的姿態的，隨便的提出幾個具體證據來說，就是「台灣獨立」與「託管」等的不正思想。

台灣究竟能不能獨立呢？對這個問題，如果我們從地理上、血緣上、民族問題上來說，斷然是不能夠的。台灣已是中國的一部份，想與祖國脫離是完全不對的，是完全錯誤的。這是一種「流氓放蕩子的奇型思想」，是不純的。

而「託管」呢？更不成，我們如若花一些時間來把「託管」這個名詞仔細的分析一下，於是立刻就明瞭這個名詞，就是「變型的殖民地奴隸思想」的代名詞。這種思想確實可怕。爲什麼自己的事不自己管呢？是不是承認自己已經不是中國人了呢？這簡直已失卻了民族的氣節，是卑鄙而無恥的想法。這種思想是民族敗類才有的思想，是奴隸才有的思想。這種思想，是台灣人民所絕對反對的。

作家，應該是人民忠實的兒子，是要爲人民服務，是要站在全體人民的利益上來寫作品，這是歷史所賦給予我們偉大的使命。

說來，文學是要表現群衆的生活的東西，就必須反映他們藏在心裡眞眞正正的感情、思想。眞正的台灣人民絕對沒有這樣的思想，相反的是與這種不正思想對立的，是仇恨它的。

作爲一個文藝工作者，對於這樣的壞思想，應該堅決的反對，應該站起來反抗，應該毅然地拿起「筆槍」去向它衝鋒。這就是說：我們要站在眞正台灣人民的利益上，來表現他們內心的反抗，來描寫他們內心的仇恨。在另方面，也應以作品，來無情地暴露這種壞思想的本質，揭發躲在這種壞思想後面的陰謀，這樣的作品，也才有時代性，也才有永恆性，也才有眞正的藝術價値。

話說到這兒，我們無妨回過頭來再檢討這個壞思想，對於台灣新文學運動，與台灣文藝工作者的壞影響。

這種壞思想，不僅存在於那些極其少數的民族敗類的腦袋裡，在我們文藝工作者的思想意識形態裡，還或多或少的有潛伏著這種壞思想的殘餘。從這種壞思想的殘餘出發。於是就產生出許多，如：

「宗派主義，個人英雄主義，形式機械主義，以及狹隘的排外主義」等等的壞傾向。

這許多壞的傾向，不但會阻礙台灣文藝工作者的進步，同時也會阻礙台灣新文學運動的發展。爲著台灣新文學的光明前途，對於這種壞傾向我們應該肅清它。

如果你肯這樣做，你就必須勇敢地去站在時代的龍頭，去跟著歷史跑。於是大家必須團結起來，以實事求是的態度再來展開一次轟轟烈的台灣新文學運動。於是在這個運動中來形成一個強固的「文藝統一戰線」，毫沒猶豫地去向那生根於台灣「特殊性」上面的「原始的妓女文化」——台灣文化的死敵——進行英勇無情的鬥爭。於是在這個火烈的戰鬥中來磨練自己的精神，來改造自己落後的思想意識。於是和群衆站在一起，和群衆打成一片，來建設新現實主義的，光榮燦爛的台灣新文學——偉大的人民文學——。

新生報《橋》副刊　一九四九・三・七

關於附錄文章的一些說明

曾健民

附錄中雷石榆的〈女人〉，是引起彭明敏與雷石榆雙方在新生報《橋》副刊上來回打了數次筆仗的原文。爲了使讀者更確實地了解筆仗的實情，特重刊了此文。

論爭開始不久，錢歌川發表在《中華日報》的《海風》副刊上的一篇文章和在中央社的發言，立即激起一連串關於「台灣文學」內涵的論爭；附錄重刊了錢歌川的原文，這對掌握論爭的原始脈胳很有幫助。錢歌川在〈如何促進台灣的文運〉以及中央社訊報導的談話中表示了「建設台灣新文學」有語病，他說：「語言統一與思想感情又復相通之國內，而欲建設台灣文學某省文學，實難樹立其分離之目標。」然而，雖然他不贊成「台灣文學」這用語，但他主張應提倡「鄉土藝術」、「地方色彩」、「運用適當之方言」，並認爲「現在台灣的文藝作家，應該把寫作的範圍縮小到自己的鄉土，把發表的範圍擴大到全國去」。

錢歌川的文章與談話立即引起了一連串激烈的反應，這反應分別表現在新生的《橋》與中華的《海風》上，而呈現贊成與反對的兩種論調。

在《橋》上，有陳大禹的〈「台灣文學解題」——敬致錢歌川先生〉，以及瀨南人反駁錢歌和陳大禹的〈評錢歌川、陳大禹對台灣新文學運動的意見〉；而針對瀨南人（林曙光）的觀點，陳大禹又寫了一篇〈瀨南人先生的誤解〉予以回應。最後楊逵寫了一篇〈台灣文學問答〉，辯證地綜述了他對「台灣文學」的觀點，論理深刻，今日讀之仍然令人動容，可說振聾啓聵。

《橋》上的這四篇文章，基本上都是反對錢歌川的意見，認爲不論從台灣的歷史或現實來看，主張「建設台灣文學」並沒有錯；但主張建設台灣文學，並不意謂台灣文學從中國文學分離、對立，相反的，兩者是辯證統一的。

另一方面，出現在中華日報《海風》副刊的三篇文章——杜從的〈所謂「建設台灣新文學」〉、段賓的〈所謂「總論台灣新文學運動」〉、杜從的〈以鑼鼓聲來湊熱鬧〉，就表達了另一種極端的看法。他們雖然提出了與錢歌川一樣的看法，認爲台灣作家應致力於「寫出寶貴的文學遺產和有特色的鄉土文學」，但是他們卻把《橋》上的「建設台灣文學」的議論，上綱爲：「一套你爭我奪以及把一個東西分爲二個東西的含有毒素的把戲」，甚至極端地主張：「這種把文學在台灣分離而企圖與中國文學分離對立的鼓吹……要大家聯合起來撲滅那少數人散步的毒素。」云云。把《橋》副刊上熱烈進行的「如何建設台灣文學」的論議，扭曲爲「與中國文學的分離對立」，並且高喊要撲滅散布的毒素，這種論調已經完全偏離了錢歌川的原意，其中閃爍著政治性的恐赫。埋下了不足一年後在「四六事件」中，《橋》副刊被迫停刊以及歌雷、孫達人等人被捕的伏筆。

楊逵在上述三文刊出同時，又勇敢地在中華《海風》副刊寫了〈現實教我們需要一次嚷〉，澄清了自己的觀點，他說：「這討論、這運動，當然不是爲的分離對立，更不能也不會是你爭我奪」、「我始終是純潔的，爲求台灣文學的充實與廣泛的發展以外，更沒有什麼作用與背景。」

駱駝英在《橋》上發表了〈論台灣文學諸論爭〉之後的隔週，在中華日報的副刊出現了一位署名陳百感者所寫的〈台灣文學嗎？容抒我見〉，批判駱文只會引用蘇聯的新寫實主義或死抱高爾基的文學理論，大做一般性文學理論探討，而不能提出屬於「台灣的」這一範疇的具體意見。這又引起駱駝英寫了一篇〈關於理論與實踐〉予以反駁；認爲陳百感「徹底否定正確的理論與指導作用，高倡盲目的實踐……其中存在著很深的陰謀。」；接著，何無感（張光直）也寫了〈致陳百感先生一封信〉批判陳百感的觀點。

最後，陳百感在中華日報上發表了〈答駱駝英先生——「關於理論與實踐」讀後〉，辯明他只是強調理論與實踐應該並重，強調平易明確，並不是以爲台灣可以遺世而獨立。

這使我們更實際地理解到，一九四八年的台灣文學，在國共內戰的局勢下，投射出的兩條文學路線。

通過這些附錄文章，我們可以更全面地理解《橋》副刊上的一些文章一些論題，其出現的背景、根源，如此才能更正確掌握它們討論的主題，能夠更公正客觀、深入地認識一九四八年圍繞著「如何建設台灣文學」論議的各式各樣的觀點。擴大論議的向度。

女人

雷石榆

現在，當然沒有人再迷信著神話，說女人是水做的了，因爲我們男子也不相信自己是泥做的，但宗教上的亞當和夏娃卻是一對平等的夫婦，雖然夏娃是從泥做的亞當的一根肋骨變化成的，可是並非依存亞當而生活，而且這位娘子也和丈夫一樣無所忌憚，一同偷吃了上帝的禁果而被逐出樂園，上帝執行他的統治權，不管你是男是女，只要觸犯他的法律，那就毫不寬恕的。這使我們聯想到由氏族「奴隸」封建到今日老大的資本主義制度，一手握著統治權，一手翻弄著法律的統治者，也不管你是男或是女，只要觸犯了他們的某一尊嚴或利益，甚至被搾不出更多的血汗，那不僅被驅逐到飢餓線上，單單想想被販賣的黑奴的命運的悲慘，也可以舉一反三了。

在今日，尚有許多男人追憶地描述，女人憧憬地幻想：在我們的人類之最初，即所謂原始共有社會，婦女是怎樣執行過她們的支配權，證明那時代的女人是怎樣出風頭了的。可惜那種時代永遠不會再來了，即使會有類似的現象，那些男人也不是專去狩獵，女人也不是專責分配獵物和跟許多男人搞而生下不知其父的兒女。（現在的私生子是在意義不相同的行為上產生。）

那種時代也許經過了幾萬年，女人雖行使了幼稚的支配權，但男女可說是自由的、平等的。在這裡不必要談歷史的進化法則，總之，更有咧產的經濟意義的地位，被男性的首長所據有以後，女人便被發現是水做的了，在中國所根據的理由是：女人最愛流淚、淚不就是水的轉化嗎？於是士大夫的先生們用「水性楊花」這「名句」來責備忽視三從四德的婦女。高高在上的我們男性的遠宗近祖，以擁有最多美人爲人生的艷福，尤其是做了皇帝，一生都記不清選入宮中的妃嬪媵嬙有多少，從未被碰過眼的王昭君，到了「手抱琵琶出漢宮」去和番的一刻，才發現她的哀艷而痛惜不已，怎能怪捉弄賂賄的畫工毛延壽，只怪皇帝自己太豈有此理而已。所以，唐明皇著迷了楊貴妃，三千粉黛都無顏色，首都的長安丟了，貴妃被迫在馬嵬坡勒死。後來江山雖復得。最使我們感覺淒涼的是：「白頭宮女在，閒坐說玄宗。」

資本主義的法律似乎進步得多了，什麼一夫一妻咧、男女平等咧。但事實上法律對於如下的事實並沒有什麼效果：無錢的男子一生討不到老婆，有錢男子一生玩弄女人，又一面存在著不人道的娼妓制度，許多私生子也沒有公民的資格。

前些天我讀了某報上轉載美國考僑利士在伊利諾大學科學討論中的一段講演的話，他說：：「不久的將來，將是女人的世界，因爲女性出生率的激增，是我們今日所面臨的嚴重問題之一……」他甚至說「女性比男性容易生活。」我不知在座的科學家們有沒有大大喝采過。這是摩根•福特，梅隆那些資產鉅子聽了不是把大肚皮笑得更大，便是把高鼻子揑得更高。假如這種話是眞理，杜魯門應取消徵兵計劃和原子彈的生產。

女人的數目更多，或女人的性情更適合於執行支配權，那決不是歷史的根本問題。這是事實，也是一般的常識；我們生存在一切都受著資本主義制度制約束的社會，沒有眞正的男女平等，沒有眞正的女子獨立與自由。在我們未來的理想社會，也不是會原始共有社會的再版。

在過去一般發展的資本主義國家中，日本的婦女可說是最被輕視和壓迫的了，一方面在極度勞力搾取下生活，（在商業市場的表面看來，日本的女子職業似乎是相當普遍的，但那衹限於年青尤其美貌的少女，而且職業也不過是小職員以下，除了低賤的勞動者，一般女子結了婚也就終止了職業）一方面，受著馴服的婦道的約束，而男子嫖妓跟吸煙一樣平常，東一個西一個脈卡咳（妾，尚不像中國人負起公然責任的蓄姨太太），也是極其自由的。日本帝國主義統治了台灣達半個世紀，有人覺得日本男子和本省女子通婚的甚少，認爲是本省同胞的民族意識堅固的證據，這固然也是理由，但另一方面也由於日本人過分誇張自己民族的優越性，對本省女子比日本女子更輕視。然最可悲的是，日本的倫理意識倒把本省部份的男子毒害了，本省光復以來，我們不斷從社會新聞上讀到男子如何蹂躪女子的消息，最近被王明毅遺棄的陳彩雪母女一案，因爲糾葛的時間較長成爲顯著的一例吧了，而做過日治時代的辯護士，現在兼王家法律顧問的周議長，其威脅陳彩雲的語氣，也十足表現了遺毒於殖民地的那種買辦的性格「無非是錢的問題，你要多少？兩萬元總夠了吧？」好像在金錢以外，就沒有道德觀念，沒有責任感的存在，何況拿出的金錢買不到兩雙好的皮鞋，這成什麼話？

我們且不說陳彩雪是與王明毅共過甘苦的夫婦吧，即在有過友誼的感情的場合來說，也不應該那樣殘忍的對待，這流落街頭的母女反動了陌生人的惻隱之心而予以援助。

台灣的女子確是很可憐的，解放她們，要消滅日本帝國主義的，尤其加之於殖民地的對女子虐待的意識，一方面提高她們的知識、技能，在生活上求得獨立。特別在婦女本身，加強奮鬥的意志，不要每遭不幸，單從金錢上期求解決。倫諾 Lnno 島的婦女要殺絕島上的男人固是神話，但波華荔夫人艾瑪爲淫靡的物質生活所誘惑及受了風流紳士的洛朶爾夫布郎石先生的假愛情的欺騙，最後不能不是悲劇的結局。

新生報《橋》副刊　一九四八・五・三

如何促進台灣的文學運動

錢歌川

台灣的新文學運動雖遠在民國十四年由「人人」雜誌的創刊，已發出萌芽，經「赤道」而「南音」，到民國二十二年在台北竟成立了所謂「台灣文藝協會」，第二年又在台中組織了「台灣文藝聯盟」，一時作家輩出，用中日文的寫作，也有不少問世；但一則因爲日本人的壓迫，一則因爲還沒有大作家產生，所以至今台灣的文學並沒有多大的發展，光復以後，似乎反而消沈了。

文學是反映時代的，而且不能沒有背景，要如何促進台灣的文運，我認爲首先還得注意這兩點。台灣的文藝作家實在有用之不盡，取之不竭的材料，以時代而論，這兒經過西班牙、荷蘭的佔據，前者十六年，後者三十八年，國姓爺來逐走荷人，收復國土，後清人又復割讓給日本，直到這次戰後，經五十年才又光復，其間不知經過多少變化，尤其是日本人統治之下，受盡種種壓迫，志士起來反抗也達三十幾次之多，這些都是很可珍貴的材料，值得作家描寫的。

以背景而論，這兒有海有山，有原始的人類社會，有高山同胞，有閩粵系統的民族，有西洋人及日本人的影響，實在一點也不單純，隨你把背景放在那個角落裡，都可以寫得有聲有色。

我願奉勸台灣的作家，決不要向外界去找材料，只要利用本省的故事，寫出本省人的性格，便足夠創造許多偉大的作品來了，鄉土藝術是值得提倡的，地方色彩也是文學作品上一個重要的因素，我們爲什麼要捨近取遠，放下知道的不寫，而去描寫那樣自己並不十分知道的事呢？

台灣農民的生活是怎樣的，台糖和樟腦是怎樣製造出來的，台灣的知識青年是怎樣奮鬥過來的，當然只有歷其境的本省人知道得最清楚，爲什麼不把它用文字寫出來呢？

我以爲現在台灣的文藝作家，應該把寫作的範圍縮小到自己的鄉土，把發表的範圍擴大到全國去。他應該把這種新鮮的內容，拿去給祖國的文壇放一異彩，不要侷限在台灣文藝協會或聯盟的小天地中，如果認爲上海是現在中國文藝的中心，就要把作品拿到上海去發表，因爲只有那裡的刊物，才是全國性的。

國人對於台灣的一切都極關心，而現在介紹台灣給國人的，卻全出自一般外來人的手筆。他們只看見台灣的表面，不知台灣的內容，寫來自然不能逼眞，有時甚至很不可靠，寫的台灣高山族傳說，我就看見報上罵他掛羊頭賣狗肉，欺騙讀者。外省人對台灣若沒有深刻的研究，孟浪執筆，當然是很危險的。但知道的人老不肯動筆，而國人的要求又那般迫切，所以外省人便不得不胡來代勞了。要知道台灣的眞面目。我們惟有等待台灣人拿出作品來。

在這種環境下，我想台灣的文藝，是不難應運而生的。

中華日報《海風》副刊　一九四八・五・十三

所謂「建設台灣新文學」錢歌川說有語病展開文學運動則有必要

中央社訊

（中央社訊）此間文化界人士近有盛談建設台灣新文學者，記者爲此走訪台大文學院長錢歌川，據稱該項論題略有語病，文學之地以地域分如南歐文學北歐文學者，蓋以其民族氣質相異，語文及生活觀念不相同，而影響及於其作風，（題材處理之不同與表現手法之不同）之故。語文統一與思想感情又復相通之國內，而欲建設台灣文學某省文學實難樹立其分離之目標，然日本控制台灣半世紀來，此間文學運動早經停頓，吾人固宜戮力耕耘此一荒蕪地帶，以圖重新積極而廣泛展開是項運動。又於推行是項運動時，鼓勵於創作中刻劃地方色彩及運用適當方言無不可，然不可謂即爲台灣新文學，可與中國文學日本文學對立。又台大校長視事後，人事方面傳聞雖多，但迄今未作何決定，各院長總辭，固均未獲批准，即使教務長丁西林雖已辦公，但學校當局亦未予正式發表。按丁氏爲國內有數物理學家及劇本作家（丁氏劇作出版時筆名署丁西林）。

一九四八・六・十四

所謂「建設台灣新文學」

——台北街頭的甲乙對話

杜從

甲：什麼叫做建設？

乙：建設者，破壞的反面也。沒有破壞，就沒有建設；沒有建設，那裡有破壞呢。如目前流行的「建設」，則用意在於「破壞」，不想如何來保護原有的一點心血，而只想去掉這點心血而加以「破壞」。其理由是有了「破壞」，才有了「建設」。

甲：那麼「建設台灣新文學」可不是等於破壞「台灣新文學了」？

乙：這要分開來說。建設不建設，橫豎是官話。建設並不是那麼容易，只要稍微懂得歷史的人，就會明瞭所謂建設的眞面目，這裡不想談這官話。問題的是：台灣有沒有新文學？依我的看法，台灣的所謂新文學大概是一種「特產」，比如台灣有大甲蓆、虱目魚、波蘿蜜、香蕉的特產，正如福建有武夷茶，北平有□炮□，四川有銀耳一樣。所謂台灣新文學也是這一類罷？不過，這樣「特產」眞是弄不清楚，讀了這麼多年書，跑了這麼多的地方，今天才聽見老兄的「台灣新文學」五個字。

甲：這才怪啦，文學也有某地方的「特產」，是不是可以論斤講價，買一些回去嚐試滋味？

乙：到那裡去買呢？我還沒有去探聽行情呢。不過，這年頭，怪事太多了。可憐「文學」二字也被人出賣，用來沽名釣譽，盡享漁利，湊湊熱鬧來互相標榜。貨色還未看見，眞假還未分清，鑼鼓早就響了！煞是要得的！你要買這種「特產」，就先要去湊湊熱鬧，吹噓一下。

甲：你這些話可弄得我頭昏眼花了，教我如何是好？

乙：且慢急，聽我說罷。這種「特產」只有少數人所「特」有的，別的人根本就沒有這種「特產」。那少數人故意（？）表示有「寶貝」，要拿出「貨色」來又拿不出來，於是如走江湖的變把戲，先來一套鑼鼓聲，標新立異，活活的把一個東西變爲二個東西，而後又來一套你爭我奪，表示彼此不甘放棄這「寶貝」，其實啦，觀衆早就討厭這一套把戲了。如果這套把戲可以收效，那麼還不是也可以來一下所謂「北平新文學」，「上海新文學」，「南京新文學」，甚至可以來一個「台北新文學」的。文學的有界限，不過是一種可笑的幼稚的荒謬的話。

甲：可是我以前有聽到什麼北歐文學，東歐文學，西洋文學，日本文學，那麼，爲什麼「台灣新文學」是一種可笑的幼稚的荒謬的話？

乙：老兄，別弄錯了！台灣是中國的，中國有中國文學，難道台灣可以在中國以外另創一種新文學嗎？這，正如作家有一流二流三流和不入流的分帶，卻沒有什麼「台灣作家」或是「福建作家」。台灣有其豐富的文學遺產，有精彩的鄉土文學，這是不容否認的，比方說：在淪陷半世紀的台灣，有許多別的地方沒有的可歌可泣的故事，有許多別的地方所沒有的轟轟烈烈的傳記，有許多光明與黑暗的鬥爭史，那些被壓迫和被損害的同胞的不可緘滅的光榮的故事，這就是豐富的文學遺產；還有那些高山同胞的生活風情，糖和樟腦的開發過程，阿里山的雲彩，日月潭的秀麗，鵝鑾鼻的遼闊，這裏同胞的樸素和厚道的美德，耐勞和克苦的精神，諸如此類的形形色色，就是鄉土文學的特色了。

甲：這樣說來，文學在台是有特色了？

乙：不錯，任何地方都有特色的題材，不過，這些題材要如何去處理和發展是一個值得注意的問題。台灣因爲淪陷半世紀，中國文學在這裏要先克服文字上的困難，樹立正確的意識。爲了強調那些寶貴的題材的處理和發掘，文學在這裏的確須下過一番的苦功，並且需要普遍的推廣，把過去的光輝再予放大，與久別的中國文學打成一片，決不容與中國文學對立和分離。

甲：對了，這件沈重工作決不是所謂「建設台灣新文學」。

乙：那麼你也不必去買這種「特產」了！天快黑了，改天再談吧，再見！

（筆者按：本文寫後，甲兄告訴我：又看見有所謂「總論台灣新文學運動」，想必又是另一「特產」，姑待小病痊癒後再談。）

中華日報《海風》副刊　一九四八・六・二十三

所謂「總論台灣新文學運動」

——台北街頭的甲乙對話

段賓

（段賓按：閱海風三一一期杜從先生的「所謂建設新台灣文學」的對話，把大家要說的話說出來，欣幸之餘，感不勝感。茲特從本人聽到的又一對話筆錄寄與編者先生，希編者先生與杜從先生鑒原。）

甲：什麼做「總論」？

乙：總論者，收場也。走江湖的從「四海之內皆兄弟」的招牌到一鬨而散的拆穿西洋鏡的把戲的時候，只轉彎抹角的掩旗息鼓，企圖來一個三十六計走爲上計的表演。表面上叫做「總論」，實際上是五竅空虛，趕快收場，企圖掩飾敗兵拆旗的狼狽，找一棲身之所而已！

甲：那麼，下文沒有了？

乙：有的，把戲有的，那節目單是「定名問題，方向問題，創作問題？」問題這麼多，把戲做了這麼久，到這時候才來「定名」，眞是所謂「蓋棺論定」，「壽終正寢」，嗚呼尙饗也！觀衆的眼睛畢竟是雪亮的，瞞騙不了的，要看也好，不看也好，還不是那一套，自吹自擂，旣無聊，又幼稚。把新文學當爲如「夏令衛生宣傳週」那一樣來出演，可不是天大的一個笑話，要「定名」，且要「方向」，又要「創作」，身兼數職的「文官」來「運動」，好像要「衛生」，且要「營養」又要「節慾」，名堂一大堆，還不如說：要拍蒼蠅，要滅蚊蚋，要除鼻涕，要清溝渠，要有新鮮空氣來得一乾二淨，免得拖泥滯水，弄巧成拙，笑話百出，而且偏偏又要硬拉一些優秀的文學工作者來點綴，來出演！

甲：不錯，這玩意好像「夏令衛生宣傳週」的，很是滑稽。不過據我所知道，這些節目單開列的名字，裡面根本有好幾位不曉得這回事，不願犧牲時間在這「趕快收場」的戲文上，你看要討好人心竟然玩出這卑鄙的手段來，令人氣憤！

乙：老兄何必性急，氣憤什麼？這年頭，什麼都走了樣。還有「討好人心」一舉，算是還有點天理良心的鞭策，也該可憐可憐那自吹自擂者。寬恕是最好的美德，爲了可憐，我們何必吝惜寬恕呢！

甲：我才不寬恕呢，那一個要寬恕？這種把文學在台灣分離而企圖與中國文學分離對立的鼓吹，造成少數人狹窄的「文學擂台」，夢幻著在嚷嚷的當中來突現一個少數人把持的「文學天國」，這種企圖和夢幻是不可寬恕的荒謬的毒素，在一切復甦的台灣，尙不予嚴厲的撲滅，不知將造成一種多麼危險的後果，斷送了一部份正在萌芽的尙未了解中國文學的本省的優秀的作者，又把整個豐富的文學遺產和特色的鄉土文學弄得四分五裂，爲了愛護本省優秀的作者，勿在逗轉在狹窄的荒謬圈子裡，而又爲了不分省內外的優秀的作者打成一片，並且，實重整個豐富的文學遺產處理和培植及特色的鄉土文學的發展和運用，我們不能緘默了，要大家聯合起來撲滅那少數人散佈的毒素。

乙……而且，撲滅了那少數的毒素後，還要更積極的指出一條正確的道路，這條道路，是遙遠的，廣闊的，不分省內外的人士來一同開闢，這條道路不必有什麼「定名」，就只有一個前提：文學於台灣展開和推廣。這件工作絕不一蹴可幾，而是不斷努力，不斷拿出貨色來，會寫的人要拚力的寫，寫出這些寶貴的文學遺產和特色的鄉土文學，不會寫的人要提高其欣賞力和興趣的情緒。盡量的溝通大陸和這裡的文學交流，把大陸的優秀的作品介紹到這裡來，把中國文學的過程給大家參考，又把這裡的具有特色的鄉土文學介紹到大陸去，大讓大陸的朋友了解這裡的情況，隔膜一打開發展就可無限量，否則，井底蛙的天地是夠慘的！

乙……在文學的路上，絕沒有捷徑，只有是艱辛的長久的朝著一個正確的目標走才有所成就，犯了誇大病的，一味的想要「唯我獨尊」的佔領某一小地方的「名聲」是文學路上的一個小偷而已，偶而僥倖的不被暴露的偷了點小東西後沾沾自喜，日深月久，結果是活擒正身，押赴刑場的「不幸」而已。我們要有準備一回長征的苦心，在這塊文學沙漠的地方翻出泥土來，撒下苦心的種籽，再予充份的水和陽光與空氣的培植，權溉。有一分熱發一分光，我們不必灰心和失望，我們最要緊的是拿出貨色來！拿出大家所需要的作品來！好壞眞假自有公正的評論，我們需要在文學路上的老前輩的指引，老前輩的成就者不要緘默了，年青的伙伴們不要氣餒了！

甲：拿出貨色來，我們再也不能遲疑！

乙：是的，貨色拿出來與拿出什麼貨色來，還有欣賞力和興趣情緒的提高，我談罷，時間不早了！

中華日報《海風》副刊　一九四八・六・二十六

令人啼笑皆非

夏北谷

編輯先生：

新生報副刊《橋》，最近爲「台灣新文學」鬧得震天價響，像煞有介事似的。這種探尋眞理的運動原是無可厚非的。不過冒然提出「台灣新文學」且冠以「建立」或補之「運動」的口號，倒有使人嚇然一跳。因此我們特別仔細地讀了幾篇文章，卻原來多是過去在內地曾經討論的文藝問題而來重彈一遍，並看不出中國有另外「建立台灣新文學」的氣氛需要，實在令人啼笑皆非。

當時我把這問題提出同事廖張二君討論，三人的意見不約而同，打算合作一篇否定「台灣新文學」這口號的文字，但終以各人的功課都煩忙，一直沒有動筆。

前天居然看到錢歌川先生向記者發表對「台灣新文學」的意見，滿以爲可以糾正一些人錯誤的見解，卻想不到陳大禹先生在《橋》上發表了一篇牽強附會的文字：「台灣新文學」題解，真是強人角入五里霧中。

今天讀到貴刊杜從先生的「所謂「建設台灣新文學」」一文，我與有同感。其實今日台灣的文藝問題，就是中國文藝的普及工作問題，它是整個中國新文學大圈子裡的一部份，不能獨立，也沒有獨立的條件與獨立的必要。台灣誠然有「特殊性」，但在表現出來的文藝內容，也就必然的要兼負蕩滌日人已經在此的遺毒，和記錄他們的殘酷暴虐的使命。

我們希望「海風」對這些能夠加以討論，使一般文藝青年不致在那里作無謂的爭執行，不知尊意如何？

（編者按：我們同意夏北谷先生的意見。是就說是，不是就說不是。我們願意多刊登「是和不是」的討論文章！）

中華日報《海風》副刊　一九四八・六・二十六

現實教我們需要一次嚷

楊逵

在世間，不管我們喜歡不喜歡，很多人卻是最喜歡湊湊熱鬧的，這是無可諱言的事實。這些很好動，只有動，才會得到一點刺激，終而開始工作的人們你說他們是阿Q吧，但世間卻充滿著阿Q呢。如果他們的工作對台灣的文學，對中國的文學有點貢獻，那麼我們就可以不必反對了。文學的充實與發展不是幾個偉大的作家可以包辦的，文學的充實與發展依靠著全部作者與讀者的廣泛的進步。

在文學的路上，只會吵吵嚷嚷是不夠的。最好拿出「貨色」來，這句話我有同感，但為文學工作的普遍化，現實卻教我們需要一次嚷。

文學在台灣曾有相當成就與遺產，雖在日本的統治時期，台灣文學的主流都是反帝反封建的，在民族觀點上都表現著向心性的。這在光復後，如魚得水，應該發揚光大，但光復以來將近三年了，台灣的文藝工作者都還在流離四散，沒有一點氣息。爲聯合這些文藝工作者回到同一線上，爲使新進活躍一點跑到這一線上，是不是需要一次嚷？是不是需要一套的鑼鼓？

再看內地來的文藝工作者這一方面，大部份都深居書房裏搾搾腦汁，發表出來的文章其數雖不能算少，但因爲與台灣的社會，台灣的民衆，甚至台灣的文藝工作者很欠少接觸，所寫出來的都離開台灣的現實要求，離開台灣民衆的心情太遠，當然還有語言上未得十分流暢，使台灣的讀者很難得親近，愛讀。爲使他們的生活在台灣社會生根，與台灣民衆多一點瞭解，與台灣的文藝工作者多一點合作，我們是不是需要一次嚷？需要一套的鑼鼓呢？這事情，從事編輯工作的先生應該會比我們覺得深刻些。

就是這樣，不管內地本地的文藝工作者今天需要聯合一塊兒，竭力找尋一條路，發現定當的創作方法。這也就是今天需要一次嚷嚷，需要先來「一套鑼鼓」的理由。但這卻不是，也不能是「標新立異」，也不是，更不能是把一個東西變成爲二個東西，怎麼會有「一套你爭我奪」的道理呢？

已經是文學工作者，至少也卻是文藝愛好者的我們，大家都很希望看到台灣的文學興隆，大家都需要通力合作以便找到一條正確的道路，因此大家就需要互相瞭解，深切的交流，來一次討論討論，我想，這才是今天很切實的任務呢。

這討論，這運動，當然不是爲的「分離」「對立」，更不能也不會是「你爭我奪」。

因爲這次關於「如何建立台灣新文學」的討論是我提起的，所以這情與經過我負有證明的責任，如說這討論是無聊的，那麼我就是一個無聊的人吧？我以誠懇的心情告訴，爲提起此一問題與參加這一次的討論，我始終是純潔的，爲求台灣文學的充實與廣泛的發展以外更沒有什麼作用與背景。我很堅信，爲求一國的文學的充實與發展，地方文學與個別的文學（比如農民文學等）的充實與發展是不能忽視的。在中國領域裡，鼓勵個別文學的充實與發展，即是中國新文學的充實與廣泛的發展，祇有這努力，才得珍惜我們的固有光輝和心血。以上是關於「建設台灣新文學」的我的意見和信念，如得借報端公開刊出以便得到大家的指教最爲欣慰。並祝工作發展。

中華日報《海風》副刊　一九四八・六・二十七

「以鑼鼓聲來湊熱鬧」

杜從

讀楊逵先生致者的信（刊登於海風三一四期）語懇意切，充份表現生氣與探討眞理的精神，欣幸之餘，不無感想。「許多人卻是歡喜湊湊熱鬧的，這是無可諱言的事實。」（引楊逵先生函語）。「是就說是，不是就說不是」，編者先生一再提醒的這句話。其實，我早就奉此語爲眞理。如今不過是多一「是和不是」的考驗。

批評抑是糾正一個錯誤的觀點，並不一定是以個人爲針鋒的。楊逵先生的提起如何建立台灣新文學只是個人的一個感觸而發起的，既然以「運動」口號公諸報上，當然也需要大家的檢討，檢討總是好的，正如楊逵先生所說的「始終是純潔的」。可是，個人的純潔並非可以代表一個整體的純潔，於是，表現於「運動」的過程中是釣名沽利的一些不關痛癢的幼稚的論爭，和一套你爭我奪以及把一個東西分為二個東西的含有毒素的把戲，這些都是事實，讀者無妨找找那些「運動」的副刊來看，這兒不必浪費篇幅來引例子。那麼，楊逵先生以為既是「發起人」（？）就須負擔這些論爭的因果嗎？這，實在大可不必的，我們看透了一場把戲的過程。應該負擔這些論爭結果的倒是那些利用某一口號而企圖造成與中國文學分離與對立的某一些人，繼而企圖夢想實現個人的「文學王國」的某一些人。表裡是為文學在台灣前途打一出路，骨子裡卻是文學在台灣的前途粉碎了。台灣的若干文學工作者還未了解那股暗流應該撲滅，未免令人寒心。反而滿以為這就是文學在台灣的推廣，未免令人感覺可笑和天眞。也只有在台灣才有這現象，在大陸，這套把戲早就引不起人家的興趣。如今既然少數人發生興趣，我何妨以「無可諱言的事實」來「湊湊熱鬧」？

聽一個朋友說：台灣淪陷期間，是有「台灣文學」這個名詞的。在淪陷半世紀的那種環境裏，敢以中國文字來寫作品的，已經是非常難能可貴的，而在作品中又表現出反帝反侵略反封建的精神的，的確是令人非常尊敬和佩服的。「台灣文學」在那個環境裏誕生，是很自然的一件事情，因為「台灣文學」在那個環境裏代表了被壓迫與被損害的抗拒力；明顯是和那日本暴虐的統治力的鬥爭。樹立「台灣文學」的這一旗幟在那個環境裡可以說是與「日本文學」對立與分離（其表現的題材截然不同。）這是非常適當與光榮的一件事情，這段文學在台灣的輝煌的過程是不可泯滅的，我們是當記取的。可是，今日的台灣，還來這一個「台灣文學」式「台灣新文學」這個過時的名詞，我們就感覺非常莫明其妙了。今日的台灣難道還未解放嗎?仍然需要以這面旗幟打衝鋒嗎?還有什麼條件可以造成這個名詞的復活?難道還禁止以中文寫作嗎?仔細的想一想,除了言語、文學、風俗、習慣、血統不同的地方可能獨創一個文學的系統,台灣實在沒有一個條件「以獨創一格的文學,也絕不容獨創一格」。若是說「台灣文學」是以反帝反封建反侵略的精神爲特色,那麼,中國文學何嘗不是反帝反封建反侵略的精神的爲主流?過去環境不同而隔離,如今是必須需要

匯合爲一巨流了。那些故意混沌不清的把「邊疆文學」和「台灣文學」混爲一談,甚至強調「地方文學」則可創設「台灣文學」,還有,說是「台灣文學」這個名詞無關緊要,隨便談談而已。言外之意,令人不得不懷疑其用心之毒和不擇手段的污穢了文學在台灣的光榮傳統和未來的使命。我們必須提高警惕性,決不容少數人的故意馬馬虎虎拿出一個過去光榮而現在無須復活的招牌來掩飾毒素的撒佈。

「台灣文學」或是「台灣新文學」在今日無須復活並非說文學在台灣沒有推廣的必要,而是把這過去光榮的傳統再予擴大光輝,走向一條康莊大道,和中國文學打成一片,成爲整個中國文學中的一個重要的因子,來充分的運用台灣的寶貴的豐富的文學遺產和發掘特色的鄉土文學的題材,在這當中,文學於台灣當然較大陸的任何地方有突出阻礙(如克服文字上的困難)和如何來普遍化的問題,今日的許許多多不分省內外的作者應該是朝著這一方面來奔跑,那裏可以你爭我奪,活活的把一個東西分

爲二個東西。

名詞，有時候是很可以不必一提再提的，甚至於可以淡漠置之，或是放棄吧了，可是，某一種名詞用來號召人們而被當爲「方向」和「目標」，是不能不一提再提的，並且要「是就說是，不是就說不是」的加以判斷和糾正。至於有人竟然說這只是「一字之爭」，好像承認那一字即使錯了，而過程還是對的，可是，試問，這是不是一字之爭？這，已不是「名詞」或「一字」「語病」之爭了。那些輕描淡寫的掩飾錯誤的心情，人們的眼睛畢竟雪亮的，看得見的。假如要錯就錯到底，我們倒要看看所謂「台灣新文學」究竟是什麼東西？

中華日報《海風》副刊　一九四八・六・二十九

台灣文學嗎？容抒我見

陳百感

「怎樣重建台灣文學？」

甲說：新寫實主義；乙說：新寫實而又浪漫；甲說：不准浪漫；乙說：要浪漫；丙說：是要浪漫的嘛。於是請出高爾基的靈牌，大家爭著抱住不放；又請出吉爾波丁教授來，大概還有倍林斯基吧？如此這般，既背高氏名言，又誦吉氏偉論，益以倍氏卓見，述而且說，七嘴八舌，蔚成洋洋大觀。到頭來，「呵，原來如此！」——高爾基其實是這麼說！

好了，好了，結論有了！就是：高爾基怎樣怎樣說，吉爾波丁又怎樣怎樣說，作爲主導思想的立腳點問題是解決了。於是翻開了第二頁；典型是什麼呀？人民性與群衆性是有分別的；你知道嗎？等等，等等。再翻下去，大概要論技巧談性格吧？好在文學論的書有的是，而高爾基則早已騎鶴西歸，吉爾波丁亦還在蘇聯，中蘇之間又沒有訂過商約，他們的嘴巴是大可放心借重下去的。

爲什麼一定要死死抱住高爾基呢？作爲文豪，他是夠偉大的；但他既非百寶囊，更不是萬靈膏；有些問題，不一定就要徵引他的話，尤其是在徵引者消化不良或止於淺嘗的情形下。且以新寫實主義裡面是否有浪漫主義的成份這一論題來說吧。高爾基是說過他相信從舊浪漫主義裡一定可以淘出很寶貴的東西的，他還曾經提出過新浪漫主義的口吻，自然並非以此口吻來否定，而是用來充實新寫實主義的。但是，如果我們不能從他的這一啓示，得到更明確更平易的見解，而遽然引用，則除了做文章拿稿費以外，其實際意義怕不會比人們之讀原文更大呢。事實上，高爾基的話是含蘊著明確而平易的眞理的，他自己是否曾詳釋過這一眞理，恕我孤陋，不敢胡說，但是我們要是相信對他這一原則性的話理解到可以徵引，則在對讀者應負的責任上說，我們是沒有理由不能或不願出乎明確平易之言的。

高爾是蘇聯人，新寫實主義亦是當代蘇聯文學的主潮。我們讀蘇聯的文學作品，固然爲那裡面的思想深度的廣邃，力透紙背的筆觸，感到折服驚嘆；但我們同時亦常常感到缺憾；那就是：「平淡無味，缺乏一種火熱的瑰麗的字句的美化。」（愛倫堡語，大意）無疑的，這是由於強調了新寫實主義的特質達到被拘束的程度因以致之，而那種所謂火熱的瑰麗的字句卻正是浪漫主義寫作手法的特色之一。高爾基的話，就是基於此一文學現象而發出的，其內容是如此明確如此平易，爲何捨此不圖，偏要應用一些意義晦澀的字眼，偏要檢文學論，查文藝主潮史或文學源流呢？

然而，上面所述，僅僅是當作凡所爲文務求明確平易之例的聊備一格而已，嚴格而又現實的地說來，鄙意以爲對於這一問題（指新寫實主義與浪漫主義）的探討，以至於典型呀，什麼什麼性呀，技巧呀等等，如果我們不能提出屬於「台灣的」這一範疇內的具體意見，而只是大做其一般性的文學理論探討的文章，則我們的成績，充其量是叫自己和讀者的頭腦，給所謂各文學家者跑了一通馬而已。這眞是何苦來哉？我以爲，世界文學中有關這些問題所已得到的定論，以及抗戰後我國文藝界的那一次「民族形式」論戰的成果，對於今天「重建台灣文學」的這一課題，是可以供給我們很多寶貴的材料幫助我們解決很多一般性的文學問題的，就是因爲如此，在建立台灣文學的工作上，我們是不是應該讓筆停留於摭拾現成的果實，或者說複製練就的結晶？爲工作、爲作者、爲讀者，這都是值得愼重考慮的。

自然，這一工作的性質是長期的，其內容是繁複的，我們決不能性急地要求馬上出現一部完美的台灣文學理論的書，猶之乎不能馬上向作者們要求拿出一部夠得上稱爲台灣新文學作品一樣。但一切可能做的基本工作是應該開始了；更切實地說，最高原則性的理論指導的探究工作，大多已有定論可參考應用，我們目前所更爲缺乏更爲需要的，是屬於「台灣的」這一範疇內的具體諸條件的研究探討的基礎工作的建立，只有在開始這一奠基工作以後，由於實踐與理論並進的工作過程中所必然會引起的遲疑似的種種問題，要求著，析難決疑的解答，我們的筆和腦的應用，才能夠擺脫遊離於不著邊際的浮面，而進入日見深遠博大而切實具體的境界去。

要怎樣開始這一基礎工作呢？這該是問題的中心，値得大大地討論研究的，鄙意認爲，高爾基、吉爾波丁他們的牌頭可以不必那麼急急抬出且死抱不放，因爲所謂「重建台灣文學」，正是重建台灣文化的一個有機部份，它的內容該是淸除那些衰老的有害無益的傳統因襲的渣滓，批判地接受前人的遺產和自外面吸取了精華，而把文學從爲少數人所特有的狹籠中解放出來，使它呼吸著台灣大地的氣息，跳動著台灣人民內心裡的脈搏，成爲眞正的台灣人民自己的東西，爲台灣人民所易於接受所夠接受所喜見樂聞的。在向這一指標的前進的路上，我們的絕大部份的精力，是應該投資在從這古老的泥沙中淘出金子，而不應該耗用於高爾基怎樣說，吉爾波丁又怎樣說上面。

基於以上所述，我們開始工作的下手處不是很淸楚麼？那就是：在人民裡面。估計目前的情況，「到人民中去」也許是一個過高的口號，但我們的工作如果離開了人民，就將成爲空中樓閣。因此，必須直接地或間接地和人民接近，了解人民的生活，了解他們的希望、渴求、和生命的內在的衝激力，跟他們感受同一種類的歡喜哀愁憤怒與痛苦；要教育他們並向他們學習，把文學作爲鬥爭的武器爲他們服務。同時，收集並硏究爲他們所長久喜愛的民間歌謠民間戲曲，爲他們所熟練運用的野言俚語，以及流行的神話，傳統和故事等。從這種種的屬於人民的實際事物裡面，我們將會得到我們所需要的東西，例如精闢靈活的字和詞，特殊美妙的語法和文法的使用，爲他們所喜見樂聞的形式和內容等；

把這些東西有機地藝術地運用起來，不斷地研究改進，也揉和了從外來文學裡適當地擷採來的養料，這就是我們重建台灣文學的具體諸條件的內容，重建台灣文學的工作應該是從這裡開步、前進、發展。

新台灣文學必將賦有著「台灣的」亦是「人民的」底特質，它毫無疑義的是屬於新寫實主義的；在初期出現的水準作品中，有可能發生蘇聯文學界的那同一現象，就是說，「平淡無味，缺乏一種火熱的瑰麗的字句的美化」，這其實也是這一問題本身的辯證發展的過程中所必然會有的事。在那個時候，由於客觀環境的需要，我們也許會自然而然地請出高爾基，吉爾波丁們的牌頭，進行辯論新寫實主義與浪漫主義的姻緣吧？但就是如此，我們也將不會老是高爾基怎樣說，吉爾波丁又怎樣說，我們並不是因爲文豪有話才來討論探究，而是因爲客觀環境向文學提出要求；並且爭論的將是如何從浪漫主義裡提煉出好東西用以充實我們的新現實主義作品的內容。在這同一的意義下，典型的塑造，技巧的修養、思想的深度、形式的研究，與功利性、人民性，以及語法、文法、用字、遣詞等文學上一般的問題，在那個時候，亦會或先或後地被提出來。

我相信新的台灣文學一定會產生，因爲有人民的地方，就一定有堅卓辛勤的文學學徒，他們只問耕耘，不計收穫，更不會妙想天開，以爲只要翻文學論，查文學思潮史或文學源流，知道高爾基怎樣說，吉爾波丁又怎樣說，就能夠在書室裡撰寫出一部台灣新文學理論的書來。「實踐是理論的南針，理論是實踐的燈塔」，這雖是一句老話，但在此時此地，還是可以拿來當清醒劑應用的。

我自慚是文學的門外漢，不能呈獻卓偉之詞；凡有所述，大抵還是從社會科學的見地出發的，且亦殊無創見。但我誠懇地希望，浮遊於空中的朋友們，請降下來吧！在書桌上摭拾現成貨色的朋友們，請走出外面來吧！只有當我們能夠緊緊擁抱著現實，呼吸人民的空氣，感受人民的痛苦，懷具人民的希望時，我們的工作的腳步才會踏著實地，才有可能一步步地向前邁進。

中華日報《海風》副刊　一九四八・八・十五

答駱駝英先生

——關於「理論與實踐」讀後

陳百感

歷史開始了新的一頁，「正」和「反」的鬥爭臨到了定命的前夕。我們說：「我們是處在行動的時代」，難道這一句話的含義，就是拒絕正確的革命理論的指導，主張盲目地行動或盲目地生活麼？

檢討十年來的文觀運動，我們覺得它並未善盡了反帝反封建的任務；尤其是面對著當前這一翻天覆地的形勢，我們雖然喊著「爲人民」，但事實上，我們的文藝運動卻已經給人民的時代拋在後頭了！爲什麼會這樣？除了客觀環境的罪惡的障蔽外，我們自己主觀上的弱點，卻是主要的原因。結在那裡呢？就在於「想」有餘而「行」不足。我們想要全心全意爲人民服務，結果卻沉溺在理論延長或理論辯爭裡而絞腦汁。我們的理論常常跪在實踐前面，我們並沒有好好地使理論的發展密切地配合看實踐的深度。這是一。

可是，在另外一個地方，那裡的文藝園地，論園丁，未必比這裡多，卻居然栽出了新的花朵。我們記得，巨人的那一個「民族形式」的口號，是同時向全國進步的作家提出的，但在這裡和那裡，結果竟是如此不同，那裡的文藝運動，已經向著「人民的」這目標大大地跨了一步。我們當然不應該把這完全絕對的歸功於環境的助力，那裡的文藝工作者的「實踐與理論並重」「把理論溶解在實踐裡面」的正確的工作原則，該是最重要的條件。這是二。

我們是在台灣。我們的文章除了自家幾個人閱讀以外，更重要的還要台灣的讀者能夠接受樂於接受。因此，我以爲：（甲）寫得平易明確該是能夠接受的條件；（乙）從具體的台灣文藝界的現象的批判，把理論溶解於這種具體的批判，探討或論爭裡面，該是樂於接受的條件；（丙）展開研究並發推台灣文學遺產的工作，以人民的尺度爲取材標準，這該會使讀者對我們的工作發生更親切的興趣。這是三。

高爾基的語錄之類，是大文豪們長期的理論研究和實踐經驗得來的結晶，往往是寥寥數句，卻包括著一個眞理。爲求通俗，大衆化，使讀者更容易明白起見，在此時此地，如果我們以爲能夠應用應該引用，則我認爲應該考慮：（甲）不摘原文，而以明白淺顯的詞句述之；（乙）引用文，附以較爲具證易的說明。尤其要力避意義不夠明確或不夠通俗的術語。這是四。

基於上述數點，我寫了那爲「台灣文學嗎？容抒我見」，我的意見是，理論與實踐應該並重，我沒有把理論與實踐機械地分開，而是要求兩者更加緊密的結。我以爲既已提出了「重建台灣文學」的口號，則所有圍繞著這一口號所發表出來的文章，應該力求其影響的深入，使廣大的讀者發生興趣和共鳴，而樂於參加我們的工作；爲了達到這目的，我們就沒有理由不從台灣讀者所看到聽到或感覺到的問題下筆，就沒有理由不從在實踐過程中所必然會發生的種種依違疑似而要求探究確定的問題下筆，從這種種問題所展開來的理論探討或爭辯，因爲它是圍繞著十分具體的現象的，讀者就易於接受樂於接受，甚至自然而然地發生關懷的興趣。我之所以強調平易明確，強調實踐，目的就是這樣。我自問並沒有說過一句取消理論或實踐重於理論的話。文學這東西，並不像數學那樣能夠定出一個公式來，倒如新現實主義呀，革命的浪漫主義呀，如果要解釋得十分具體十分通俗，是一件極爲困難的工作，因此就只好借助於爲讀者所容易看到聽到或感覺到的實際問題。我的又強調「台灣的」，並不是以爲台灣可以遺世而獨立，而是認爲這可以使工作更爲具體而深入，目的還是在於讀者的易於接受。我們應該注意到台灣讀者所具備的條件。

以上是我的意見，以下答覆所駁。

一、文章如果跟讀者的理解距離得遠就是不切實際，其意義就不免是浮面的，而不是深入的。讀者也許驚服於內容的偉美博大，但他不能置一詞，那就等於腦子給別人的配了一通，配得莫名其妙。

二、我說的是「新寫實主義亦是蘇聯文學的主潮」，駱先生輕輕一筆把「亦」字鉤掉了，於是責我「並不就是世界文學的主潮」，這究竟是誰「歪曲」？——「看吧」。

三、是的，「現實中的人就存在著革命浪漫主義的精神」，我們所生活著的這個時代就存在著革命的浪漫主義的精神。但我們爲什麼說革命的浪漫主義，而不說革命的什麼什麼其他字樣的主義？這革命的浪漫主義和舊浪漫主義固然不是二而一，但兩者之間難道不是有某種血緣關係麼？我說從的浪漫主義裡面可以提煉出寶貴的東西，用以充實新寫實主義，正是因爲新寫眞主義裡面存在著革命的浪漫主義精神。在駱先生的文章裡，他是談論過這革命的浪漫主義精神的，我的不覆述是因爲我並無異見，這就好像駱先生說過新寫眞主義是世界文學的主潮，我說蘇聯文學的主潮亦是一樣的。

四、我那句「強調了新寫實主義的特質」特質二字上面，有「人民性的」四個字給漏植了。我以爲「火熱的美麗的字句的美化」，是可能使作品更加強烈的發射出革命的浪漫主義精神的光彩的。覆按我的原文，我並沒有說過只要「火熱的美麗的字句的美化」就行，在這一句上面，我所說的「思想深度的廣邃，力透紙背的筆觸」，正是說的內容。

五、我只是借用愛倫堡的一句話，並沒有把他的作品當作典範的意思。但愛倫堡雖然受過不只一次的批判，卻也拿過最榮譽的文藝獎金，駱先生把他稱爲象徵主義者，我認爲是不可解的。

中華日報《海風》副刊　一九四八・九・五

國家圖書館出版品預行編目資料

台灣文學問題論議集：一九四七——一九四九／
陳映真．曾健民編. -- 初版. -- 台北市：人間,
1999 [民 88]
面；　公分

ISBN 957-8660-56-1（平裝）

1. 台灣文學 — 論文，講詞等

820.7　　88012607

1947-1949
台灣文學問題論議集

發行人／陳映真
主編／陳映真・曾健民
執行編輯／宋文揚・林一明
出版者／人間出版社
社長／陳映和
地址／台北市潮州街九一之九號五樓
電話／02-23222357・23418312
郵撥帳號／11746473　人間出版社
排版／龍虎電腦排版股份有限公司
印刷／漢大印刷有限公司
電話／(02)29555284
總經銷／聯經出版事業股份有限公司
地址／汐止鎮大同路一段三六七號三樓
訂書專線／02-26418661
登記證／局版台業字第三六八五號
初版二刷／二〇〇三年十一月
定價／新台幣三〇〇元

人間思想與創作叢刊

台灣鄉土文學・皇民文學的

清理和批判

【特集】台灣皇民文學合理論的批判

精神的荒廢　陳映真

台灣「皇民文學」的總清算　曾健民

試論「皇民文學」　劉孝春

【台灣文學史】

民族魂主宰的一次新詩革命

【專題】

鄉土文學論爭二十週年

想像鄉土・想像族群　施　叔

本土之前的鄉土　林載爵

回顧之前・再思之後　申正浩

民眾的與民族的　曾健民

【紀實報導】

十一年後的八尺門和阿春　關曉榮

人間出版社

二十五開　三〇〇元

劃撥：11746473

【文獻】

台灣鄉土文學論戰　陳正醍

與台灣鄉土文學遇合時的種種　田中宏

探索與回顧　高信疆

【座談】

艱難的路，我們一道走來……　吳福成等

情義與文學把一代作家聯繫到一起　尉天驄等

【爭鳴】

反鄉土派的嫡傳　曾健民

一時代思想的倒退與反動　石家駒

【人間文學】

詩集因緣　吳　晟

兩個十年　詹　澈

毒蘋果札記　施善繼